講談社文庫

チェンジ

警視庁犯罪被害者支援課8

堂場瞬一

JN051454

講談社

目次

チェンジ　警視庁犯罪被害者支援課8

第一部　白昼の襲撃

1

犯罪被害者やその家族の長期的な支援を行う「被害者支援センター」は、東京メトロ副《ふく》都《と》心《しん》線西早稲田《にしわせだ》駅のすぐ近くにある。午前中、そこでの打ち合わせを終えて、村《むら》野《の》秋生《あきお》は昼食を摂《と》るためにセンターを出た。いつものように、西原愛《にしはらあい》が乗った車椅子を押している。

「最近、何か美味《うま》い店はできた？」村野は訊《たず》ねた。

「この辺はねえ……」下の方から愛の声が聞こえてくる。「昼食砂漠だから」

「警視庁だって同じだよ」警視庁本部は、官庁街の霞《かすみ》が関《せき》にあるので、食事ができる店は限られている。

「警視庁は、職員食堂があるだけましでしょう」

「あそこで食べたことないだろう？　平日ずっと食べてると、週末にはいい加減嫌になってくる」

「贅沢《ぜいたく》ね」

「食べ物に関しては、君だって贅沢じゃないか」

「食べるぐらいしか、ストレス解消法がないもの」

「ストレス、溜《た》まってるんだ？」

「センター専従になってからはどうしても、ね」愛が肩をすくめた。彼女は元々、ウェブ制作会社を経営していて、支援センターでの仕事は週に数回のボランティアだった。今は会社をかつての部下たちに任せてしまい、センターの仕事に専念している。この仕事では、確実にメンタルをやられる……しかも彼女には、そのストレスを解消するための趣味もない。そもそも下半身の自由を失っているから、できることとできないことがはっきりしているのだ。腕だけで運転できるように改造した車でドライブするのが、唯一の気晴らしと言っていいだろう。

「カレーかな」村野は言った。我ながら面白みのない提案だが。

「カレーねえ……あの店でしょう？」

愛は乗ってこなかった。二人で何度か行ったことのある店だが、彼女はあまり気に入っていなかった。それを言えば村野もそうだが、選択肢は少ない。

「何だったらコンビニ飯でもいいけど」つい開き直ってしまう。

「さすがにそれはちょっと、ねえ」

昼食が決まらないとストレスが溜まる。それでなくても今日は残暑が厳しく、普通に歩いているだけで汗が吹き出すような気温なのだ。しかも村野は車椅子を押している。普段の愛は、自分で普通に車椅子を動かしているのだが、何故《なぜ》か二人で一緒の時は村野が押すのが無言の了解になっているのだ。

「ちょっと待った」

ズボンの尻ポケットに入れていたスマートフォンが震え出す。急いで取り出すと、支援課で待機している係長の芦田《あしだ》だった。

「まだセンターにいるか？」芦田の声はいつもより少し甲高く、切迫している。

「打ち合わせは終わりました。これから昼飯にしようかと思ってるんですが」

「悪いけど、すぐに東新宿《ひがししんじゅく》に行ってくれ」

「東新宿？　副都心線の？」西早稲田の隣駅だ。

「そうだ」

「何事――」

「通り魔だ」

場所を詳しく確認して、村野はすぐに電話を切った。

「悪い。飯は一人で何とかしてくれ」

「何かあったの？」

「隣駅で通り魔」村野は少し屈《かが》みこんで、愛の耳元でささやいた。昼飯時で人通りが多いから、こんな凶暴な話題を普通のトーンで話すわけにはいかない。

「すぐに行って」愛が小声で返す。「うちにも連絡が入るかもしれないわね」

「どうかな。まだ状況が全然分からないから。一人で大丈夫――」

「私はずっと一人でやってきたわよ。早く行って」

ずっと一人で。

かつての恋人の些細《ささい》な一言が、胸に突き刺さる。しかし心に刺さった棘《とげ》を抜く間もなく、村野は頭の中でこの近隣の地図を広げた。隣駅の東新宿までは、明治《めいじ》通りを南へ真《ま》っ直《す》ぐ行けばいい。距離もそれほどではない。昔の自分だったら――左膝を負傷していない若い頃だったら、すぐに駆け出していただろう。しかし今は、そういうわけにはいかない。夏の方が冬よりもましとはいえ、この膝では全力ダッシュなど望むべくもない。かといって、地下鉄を使うのも時間の無駄だ。

幸い、明治通りは空車のタクシーが多く走っている。村野はすぐに手を上げて、一台のタクシーを摑《つか》まえた。乗りこむ直前、愛に向かってうなずきかける。彼女はうなずき返し、軽く手を振ってきた。

そんな可愛《かわい》らしい仕草を見るのは、ひどく久しぶりな気がした。

東新宿駅は、副都心線と都営大江戸《おおえど》線の乗り換え駅で、地上では明治通りと抜弁天《ぬけべんてん》通りが交差する交通の要衝である。現場は抜弁天通り沿い、オフィスビルが立ち並ぶ一角だった。既に所轄のパトカーが何台も到着し、救急車も集まっている。まだ熱い現場――発生からさほど時間が経《た》っていないのはすぐに分かった。

現場は、幅の広い歩道上だった。規制線がかなり広範囲に張られているのは、被害者が何人もいるからだろう。刃物を持った犯人が次々に通行人を襲った場合、犯行現場は数十メートル、いや、数百メートルにまで広がっている可能性もある。

村野は警戒している若い制服警官にバッジを示し、身を屈めて規制線の内側に入った。左膝を曲げた瞬間、鋭い痛みが走る。自分が捜査一課を離れるきっかけになったあの事故以来、膝の痛みとはずっとつき合いが続いている。疲れが溜まると襲ってくる鈍い重さ。急に動かした時には、釘《くぎ》を打ちこまれるような鋭くきつい痛みが走ることもある。今のは後者だった。数度の手術を経て、今でも筋力をつけるためのトレーニング、関節を硬くしないためのストレッチを続けているものの、仕事が忙しいのでどうしてもサボりがちになり、膝の状態は一向に改善しない。いや、実際には年々悪化しているようだった。主治医は「人工関節を入れれば完全に治る」と簡単に言うのだが、四十代で人工関節は、心理的に非常に抵抗がある。

誰か話を聞ける人間は……事件発生直後の現場は混乱していて、誰もしっかり状況を摑めていないことが多い。ざっと見た限りでは、現場が複数箇所あるのは間違いないようだ。まだ搬送されていない被害者もいるせいで、歩道一帯が凄惨な雰囲気でざわついている。村野は一番交差点に近い場所の歩道にへたりこんでいる、男性被害者に歩み寄った。半袖の白いシャツの右肩が血に染まっている。救急隊員が応急手当てをしていたが、苦痛で顔が歪《ゆが》んでいた。よく見ると右肩ではなく、首から出血している。いきなり首を切りつけられたのか――少しでもずれていたら、今頃は出血多量で死んでいたかもしれない。

先へ進むと、すぐにもう一人の被害者を見つける。こちらは若い女性で、何とか立ってはいるものの激しく泣き叫んでいて、話が聞ける状況ではない。体の大きな二人の男性刑事が両脇にいてあれこれ話しかけているが、しばらくまともな事情聴取は無理だろう。そもそもこういう場合は、女性警官が担当した方がいいのだが……村野は近くの自販機でペットボトルの水を買った。女性に直接手渡せる状況ではないので、一人の刑事の腕を引いて後ろを向かせる。凄《すさ》まじい目つきで睨《にら》まれたが、バッジを示して名乗るとすぐに顔から感情が抜けた。まだ若い――たぶん二十代で、いかにも経験が少なそうに見える。

「これ、彼女に飲ませてあげてくれないか？」

「水ですか？」

「暑いし、水分補給しないと危ない」

「分かりました」

若い刑事がボトルを受け取った。村野は支援課の人間だと明かし、ここで少しだけ情報を収集していくことにした。

「怪我《けが》は？」

「左の腕を切られていますけど、見た限り軽傷だと思います」

「被害者は何人いるんだ？」

「まだ正確には把握できてません」

「犯人は？」

「逃げたようです」

「明治通りの方から来た感じかな」村野は、自分が歩いて来た方へ視線を向けた。

「そうだと思いますけど、はっきりとは分かりません」若い刑事が力なく首を振った。たぶん、刑事になって初めての大事件なのだろう。犠牲者が複数いる通り魔事件の捜査が厄介なことは、村野もよく知っている。

「俺たち支援課も現場にいるから。何かあったらフォローする」

「はあ」若い刑事は、村野の申し出にあまりピンときていないようだった。

それも仕方がない。何か事件や事故が起きた時、被害者に最初に寄り添うのは所轄の初期支援員である。それだけでフォローしきれない場合に、本部の犯罪被害者支援課が出るのが決まりで、最初から支援課が出動するのはレアケースだ。

　捜査妨害にならないように……自分の出番が来るまでは、刑事たちの邪魔にならないようにじっと待機だ。慣れたやり方だが、それでもすぐに苛立《いらだ》ちが募ってくる。実際は、自分たちはこの現場で仕事をすることはないだろう。被害者が複数いて、全員が病院へ運ばれるだろうから、支援課のスタッフもそれぞれ病院でケアすることになる。その分担は——自分が心配しても仕方がない。人の手配をするのは、芦田たち管理職の役目だ。

「おい、しっかりしろ！」

　突然怒声が聞こえてきて、村野は声の主を探した。聞き覚えのある声——二十メートルほど離れた先からだと分かった。数人の刑事がしゃがみこみ、あるいは立ったまま一人の男を囲んでいる。その中の一人が、被害者の胸ぐらを摑んで揺さぶっているのだ。いや、あれは犯人か？　いくら何でも、現場で被害者に危害を加える刑事はいないだろう。

　沖田《おきた》——追跡捜査係の沖田大輝《だいき》ではないか。何でこんなところに？　仰天して、村野は思わず駆け寄った。

「沖田さん！」

　声を張り上げると、沖田がしゃがみこんだまま顔を上げ、鋭い視線を向けてくる。

しかしそれは一瞬のことで、すぐにまた、歩道にへたりこんだ男に突っこんで行く。今にも平手打ちでも食らわせそうな感じだった。

「喋《しゃべ》れるんだろう？　しっかりしろ！」

無茶な……村野は慌てて、刑事たちの輪に割って入った。

「止めて下さい！」自分では無理かもしれない……沖田は体はそれほど大きくないが、力は強いし元気だ。そして自分には、左膝の自由が利かないというハンディがある。

村野の叫びがきっかけになって、固まっていた刑事たちが一斉に動き出す。被害者の前でしゃがみこんでいた沖田を強引に立たせて引き剝がした。

「何だ！　今、話を聞いてるんだ！」沖田が怒鳴りながら抵抗したが、二人がかりで両脇を固められているので動きようがない。村野は素早く、被害者の前に屈みこんだ。

「大丈夫ですか？」

まったく大丈夫そうではない。男は目が虚《うつ》ろで、口が半分開いていた。胸は規則的に上下しているが、顔の左半分は血に濡《ぬ》れている。頭を切りつけられ、かなり出血しているようだ。両足を投げ出し、両手を股の間に入れて、すっかり疲れ切った様子である。年齢は四十代……に見えたが、顔の半分が血に濡れている状態では、正確には年齢が読めない。

「見えますか？」村野は彼の前で右手の指を三本立てて見せた。「何本ですか」

「三本……」

「今日は何曜日ですか？」

「火曜」

意識はそこそこはっきりしているようだ。しかし声が低く、不安定に震えている。目立った外傷だけではなく、他にも怪我を負っているかもしれない。頭を打っていないかどうかが特に心配だ。

「通して下さい」

てきぱきした声に振り向くと、救急隊員二人が刑事たちの輪に割って入って来るところだった。村野は素早く退いて、その場を彼らに任せた。これで一安心――と思ったところで、いきなり後ろから腕を摑まれる。かなりの力で、転びそうになったが、何とか踏ん張って振り向く。

「沖田さん……」

「村野！　てめえ、何で邪魔するんだ！」沖田の顔は怒りで真っ赤になっていた。

「邪魔って、相手は怪我人――被害者ですよ」

「そんなことは関係ねえよ。俺の獲物なんだ！」

「何言ってるんですか」まったく意味が分からない。獲物って、どういうことだ？

「クソ、これでアウトだよ」沖田が口汚く吐き捨てる。

「沖田さん……」

「うるさい！」

沖田は踵《きびす》を返《かえ》し、さっさとその場から離れた。スマートフォンを取り出すと、どこかへ電話し始める。その間もずっと、村野を睨み続けていた。

いったい何なんだ？ 訳が分からないが、沖田の所属する捜査一課追跡捜査係は、普段から隠密《おんみつ》行動が多い。迷宮入りしてしまった事件の再捜査が仕事なので、他の係――普通に発生した事件に対応する――とは捜査のやり方がまったく違うのだ。

通話を終えた沖田は、結局村野を無視して、さっさと現場から立ち去ってしまった。彼が絞りあげていた男はストレッチャーに載せられ、救急車に運ばれて行く。体には毛布がかけられ、目を閉じた顔には血の気がまったくない。先程は普通に話せていたが、急に容態が悪化して意識を失ったのかもしれない。出血や痛みによるショックは、少し遅れてやってくるものだ。

それにしても……沖田がここで何をしていたかはどうでもいいが、これは間違いなく大きな事件になる。支援課もフル回転しなければいけないだろう。

村野はそれからしばらく現場に止まった。当初予想した通りで、ここでやれることはない。基本は、まず負傷者の救護——これは救急の仕事で、村野たちが手を貸せるものではない。しかも支援課からは、一人も応援が来ていなかった。確かにこの辺は、霞が関の警視庁本部からは少し遠いのだが、それにしてもどういうことだろう。最初に芦田から電話を受けてから、もう三十分以上経っている。誰か到着していてもおかしくないのだが。

負傷者が全員搬送され、現場でやれることはなくなった。これからが捜査の本番だが、支援課の仕事は通常の警察の捜査とは違う。芦田さん、しっかり指示してくれないと困るんだけど……と思った瞬間、スマートフォンが鳴った。まさに芦田だった。

「まだ現場か？」

「ええ。どうしたんですか？　誰もこっちに来てないじゃないですか」

「今、新宿《しんじゆく》東《ひがし》署に集まっている」

「所轄ですか……」

「ああ。ここに支援係が全員揃《そろ》ってる。ここを拠点にして、まず病院へ行ってもらうことになる」

それは支援課の仕事として極めて一般的だ、と村野も納得した。支援課の人間が現場に集まっても、何ができるわけではない。今回の現場は、むしろ病院と言っていい。

「結局、被害者は何人だったんですか」

「今把握しているだけで四人だ。一人意識不明、一人が非常に危険な状況だ」

村野は思わず顔をしかめた。負傷者が出るだけでも大変なのに、死者が出たとなったら、通り魔事件は一段と重みを増す。所轄にとっても本部の捜査一課にとっても、最優先の仕事になるだろう。しかし——支援課のスタッフである自分が、そういうことを気にしてはいけない。そもそも支援課は総務部傘下の部署で、事件を捜査する権限はないのだ。それを無視して——もちろん犯罪被害者のためだが——捜査に首を突っこむことはあるが、最初からそうしようと思っているわけではない。

「俺はどうしますか?」

「興亜会《こうあかい》総合病院へ行ってくれ。そこに二人、搬送されている」

「危ない感じですか?」

「情報が錯綜《さくそう》していてよく分からないんだ。搬送されたばかりだからしょうがないんだが……」

先ほど沖田が突っかかっていた人間かもしれない。もしも彼が死んだら、沖田もさぞ寝覚めが悪くなるだろう。そんなことは簡単に想像できるはずなのに、彼はどうしてあんなにむきになって話を聴こうとしていたのか……。

「追跡捜査係の沖田さんが、現場にいたんですよ」

「あいつが犯人なのか？」

「係長……それは笑えません」

「失礼」芦田が咳払《せきばら》いした。「何だ？　偶然通りかかったとか？」

「そうじゃないみたいです。どういう理由でここにいたかは分かりませんが、被害者にいきなり突っかかっていったんです」

「何か、奴《やつ》が捜査してる事件の関係者だったのかな……まあ、そんなに目クジラ立てる話じゃないだろう」

「だといいんですが」

芦田は心配していない様子だったが、村野はまったく安心できなかった。沖田は捜査手法が強引で、陰では「武闘派」と揶揄《やゆ》されている。実際に容疑者に暴力を振るったりすることはないのだが、そういうことをしてもおかしくない感じがあるのだ。

「とにかく、病院の方、頼む」

「分かりました。他に誰か入りますか？」

「安藤《あんどう》を行かせる。被害者が二人いるから、手分けして対処してくれ」

「分かりました」

村野の頭の中には、都内の——少なくとも二十三区内の大きな病院の住所と地図がインプットされている。病院で被害者やその家族と面会することも多いので、自然にそうなってしまった。病院は好きな場所ではない――自分も事故の後で長期間入院していたからだ――が、仕事ならば仕方がない。

興亜会総合病院は、東京メトロの外苑前《がいえんまえ》駅近くにあり、外傷、特にスポーツ外傷の治療に関しては定評がある、と聞いたことがある。国立競技場をはじめ、秩父宮《ちちぶのみや》ラグビー場、神宮球場とスポーツ施設が固まっている街だからだろうか。

この状態では、必ずしも急ぐわけではない。村野は副都心線で一度渋谷《しぶや》に出て銀座《ぎんざ》線に乗り換え、病院へ向かった。病院に着くと、ちょうど梓《あずさ》がタクシーから降りたところだった。

「何だ、タクシーだったのか」

「地下鉄よりこっちの方が早いんですよ」

「だろうな」村野はうなずいた。「被害者の身元、割れてるのか?」

「まだです。少なくとも、こっちには情報は入ってません」

「病院に確認するか」

「ですね」梓がうなずく。

二人はまず、一階の受付でバッジを示し、会うべき相手を探った。取《と》り敢《あ》えず、受付の方で対応するという。

「少し前にも、他の刑事さんが来ましたけど……」受付で「応対係」を引き受けている菊川《きくかわ》という中年の男性職員が、不思議そうな表情を浮かべる。

「ああ……担当が違うんですよ」先に到着していたのは、新宿東署か本部の捜査一課の刑事だろう。彼らの仕事は、被害者の証言を聞いて、犯人につながる手がかりを探すことだ。一方支援課の仕事は、事情聴取が無理な方向に進まないように監視することである。

「そうなんですね」短い説明で、菊川はあっさり納得したようだった。

「ええ。他の刑事は、今はどこにいますか？」

「会議室で待機していただいています」

「お手数です」いい判断だと、村野はこの菊川という男を好ましく思った。一階の待合室や処置室、病院の前で人相の悪い刑事たちがウロウロしていると、患者に悪い影響を与える。刑事は見た目がよくない――人を怖がらせてしまうルックスの人間も少なくないのだ。しかも捜査の最中はカリカリして、普段にも増して表情が険しくなる。

二人は、三階のナースステーションの奥にある会議室に通された。刑事が四人……二人の被害者にそれぞれ二人ずつつく、という体制でこの場に臨んでいるわけだ。ごく標準的なやり方である。村野と梓が入って行くと、八つの目が一斉にこちらを向いた。余所者《よそもの》が何だ、という露骨な拒絶の雰囲気。しかしその中の一人が知り合いだったので、村野は緊張を解いた。

「どうしたんですか、村野さん」捜査一課時代の後輩刑事、北上《きたかみ》だった。

「いや、うちのサポートが必要になるかな、と思って。支援課として通常のやり方だよ」村野はできるだけ柔らかい口調で答えた。

「邪魔しないで下さいよ」北上が急に厳しく忠告した。

「捜査一課の邪魔？　冗談じゃない。そんな怖いこと、できると思うか？」

「俺が聞いてる話と違いますね」

北上が相好を崩してニヤリと笑った。色々忙しい男だ……北上ももう、刑事としては中堅で、自分の仕事に対するプライドは高いだろう。支援課が捜査一課のやり方に散々口を出した場面も見てきたかもしれない。そういう積み重ねがあって支援課に悪印象を抱いていても、まったく不思議ではない。

「被害者の身元、割れたか？」

「まだです。とにかく治療が終わらないと話もできないし、持ち物チェックも無理です」北上が首を横に振った。

「一人、意識不明だと聞いてるんだけど」

「そうみたいですね。でも、詳細は分からないんです」

「ちなみに、現場に沖田さんがいたの、見たか？」

「追跡捜査係の？　いえ」

「被害者を追いかけていたみたいな感じだったんだけど」彼の言葉では「獲物」。尾行していた容疑者が、偶然通り魔事件の被害者になった感じだろうか。そうだとすると、沖田のあの怒り、焦りは理解できないでもない。自分だって、そんな状況になったら切れてしまうかもしれない。

「そうなんですか？」

「何か知ってるか？」

「他の係のことまでは分からないですね。とにかく今は、治療待ちです」北上の態度には、どことなく余裕があった。捜査一課に来たばかりの頃には、どこかおどおどして、先輩から何か言いつけられる度に暗い目をして従っていたものだが、十年も同じ部署で仕事をしていると、嫌でも図々《ずうずう》しくなるものだろう。

村野はしばらく北上と話をしたが、情報収集と言えるほどの内容ではなかった。北上も、いきなり「現場へ行け」、そしてその後「病院へ転進しろ」と指示されただけで、状況を完全に把握できていないに違いない。まだ本格的に仕事に入る前なのだ。

会話が途切れたところで、病院の女性職員が会議室に入って来た。

「患者さんのうち、お一人の治療が、取り敢えず終わりました」

「話はできますか？」北上がすかさず前のめりで訊ねる。治療を終えたといっても、痛み止めなどを使っていると、意識が朦朧《もうろう》として話ができないこともよくある。

「大丈夫です」女性職員がうなずく。「ただ、かなり動揺していますから、できるだけ穏便にお願いできますか」

「被害者は男性ですか、女性ですか？」

「女性です」

村野があの現場で見た女性被害者——腕を切られてパニック状態になっていた人だ。腕の白さと、そこを流れる真っ赤な血のコントラストが、くっきりと脳裏に蘇《よみがえ》ってくる。

「じゃあ」村野は梓に目配せした。女性被害者が相手なら、彼女がついている方がいいだろう。「そっちは頼む」

「村野さんはどうしますか？」

「もう一人の方を受け持つよ」

梓が無言でうなずき、二人の刑事の後を追って会議室を出て行った。それから三十分、村野は次の連絡をひたすら待ち続けた。昼飯を抜いてしまったので頭がくらくらするようだったが、何とか我慢する。バッグの中には非常食としてシリアルバーが入っているが、今はそういう甘い物を食べる気になれない。水分で空腹を紛らすために、お茶をちびちびと飲み続ける。

今度は職員ではなく、まだ若い医師が入って来た。深刻な表情で、もう一人の被害者の容態を告げる。

「あまりよくないですね」

「意識が戻らないんですか？」

村野は思わず先に訊ねた。先を越されたと思ったのか、傍《そば》にいる北上が嫌そうな表情を浮かべる。

「傷はそれほど大したことはないんですが、倒れた時に頭を打ったようですね。急性硬膜下血腫の疑いがあります。これから手術に入ります」

「そうですか……」北上が一瞬落ちこんだ表情を見せたが、すぐに気持ちを立て直したように聞き返した。「助かりますか？」

「今のところは、何とかなると見ています」医師が深刻な表情でうなずく。「ただし、意識がいつ戻るか、その後に話ができるかどうかは何とも言えません」

硬膜下血腫は非常に予後が悪い、と村野は聞いたことがある。死亡率も高く、生き延びても、高次脳機能障害が残って意思の疎通ができなくなることも多いという。この被害者から事情を聴くのは不可能ではないか、と村野は半ば諦めかけた。

「被害者の荷物はどうなってますか？」北上が訊ねる。

「保管してあるはずですが、職員に確認してもらえますか」

医師が出て行くと、北上が脂の浮いた顔を両手で擦った。

「まいったな。硬膜下血腫となると、ヤバいかもしれませんね」

「上手《うま》く回復しても、そんなに早く事情聴取はできないだろうな」村野はうなずいた。

「じゃあ、村野さんはもう引き上げていいんじゃないですか？　事情聴取の時に『待った』をかけるのが支援課の仕事なんでしょう」

「ああ。お前らが、被害者に迷惑をかけることがあったら、全力で阻止する」

「被害者に迷惑をかけようなんて、考えてませんよ」呆《あき》れたように北上が言った。

そういう気楽な考えこそが問題でもあるのだ。被害者を、単に「被害を受けた人」と考えている刑事がどれだけ多いことか。そうでなくても、被害をとうとうと訴え、状況を説明したくてたまらないのだと思っている。だから被害者が話に詰まったり、説明が曖昧になったりすると、途端にへそを曲げて強く当たるようになる。実際には、事件直後の被害者は激しく動揺していて、まともな会話ができるような状態ではないことが多い。一時的に記憶が飛んでいることもよくある。逆に興奮してまくしたて過ぎ、何を言っているか分からなくなってしまうことも珍しくない。刑事はそういうことに慣れねばならないのだが、ただマニュアル的に話を聴けばいいと思っている刑事がどれだけ多いことか。

「取り敢えず持ち物を調べますけど、村野さん、どうします？」

「横で見てるよ。俺が手出しすると怒るだろう？」

「面倒な仕事の時は、手出ししないんですね」北上が嫌そうに言った。

「手伝えって言われたら手伝う」今のところ、支援課本来の仕事をする場面ではない。後輩に手を貸してやっても、悪いことはないだろう。「それより、まだ身元も分かってないんだよな？」

「それをこれから調べるんですよ」

それは比較的簡単に分かるのではないだろうか、と村野は楽観視していた。まさにあの被害者を「獲物」と認定していた男——沖田がいるのだから。先に北上を会議室から送り出してから、村野はスマートフォンを取り出した。呼び出し音が鳴り始めてから、沖田とはまともに話ができないかもしれないと思ったが、手遅れだ。電話してしまったのだから、身元について確認しよう。

苛立ちを隠そうともしない沖田の声が、耳に飛びこんでくる。

2

「栗岡将也《くりおかまさや》だ」

「何者なんですか」電話の向こうで、村野が遠慮がちに訊ねる。

「それが分からねえから、調べてたんじゃないか」沖田は吐き捨てた。

目の前で尾行対象が襲われる——そんな経験は、刑事としてすっかりベテランになった沖田にも、一度もなかった。その場にいても何もできないので、警視庁本部に引き上げてきたのだが、愚痴を零《こぼ》す相手もいないのでさらに腹が立つ。同期で相棒の西川大和《にしかわやまと》は、北海道《ほっかいどう》に出張中。他のスタッフも出払っていて、部屋に残っているのは沖田の他に大竹《おおたけ》一人だった。大竹は極端な無口で、朝から夕方まで口を開くのが五回ぐらい、という日も珍しくない。話すと、エネルギーを極端に消耗するとでも考えているのかもしれない。こちらが話しかけても、虚空に向かって声を発するようなものだ。

誰かに吐き出したいな、と悶々《もんもん》としている時に、支援課の村野から電話がかかってきたのだった。しかしこれは、必ずしも歓迎すべき電話ではない。

「でも、沖田さんの獲物なんでしょう」

「俺、そんなこと言ったか？」

「言いましたよ」

覚えていない……相当頭に血が上っていたのは間違いないようだ。残念ながら、興奮すると自分でも何をしていたか忘れてしまうことがある。

「容態、どうなんだ？」

「よくないですね。重傷です」

村野の説明を聞いているうちに、沖田は暗澹《あんたん》たる気分になってきた。硬膜下血腫ということは、このまま意識が戻らず命を落とす可能性も低くはない。自分が揺さぶった影響もあるかもしれないと思うと、罪の意識も襲ってきた。

「クソ、参ったな……」沖田はがしがしと頭を掻《か》いた。

「そんなに重要な相手なんですか？」

「八年前に、江東区《こうとう》──北砂《きたすな》で強盗殺人事件があったんだ」

「砂町銀座《すなまちぎんざ》商店街の惣菜《そうざい》店が襲われた事件でしょう？」

「そうだ。よく覚えてるな」沖田は素直に感心した。古い事件を追う自分たち追跡捜査係ならともかく、普通の刑事は、自分が担当している事件以外については覚えていないものだ。

「うちが扱った事件でもあるんですよ。俺が支援課に来る前ですけど」

「そうなのか？」

「亡くなったのは、その店舗兼住居にたまたま泊まりに来ていた孫娘ですよね。おばあちゃんも重傷……相当ひどい事件だったみたいですね」

「ああ」それで支援課も出動したわけか。まあ、あいつらはちょっとした事件でもすぐに首を突っこんでくるのだが。「お前が来る前じゃ、まともな支援活動もできなかったんじゃないか？」

「いや、俺は……」村野が一瞬言葉を切る。何だか話しにくそうだった。「沖田さんも、発生時は関わっていなかったんでしょう？」

「うちは、あくまで古い事件を担当するのが仕事だからな。簡単に片づきそうな事件だと思って、横から見てたよ」沖田は正直に打ち明けた。

砂町銀座商店街は、戦前からあり、今も昭和の気配を色濃く残している。そういう雰囲気が好きな人は少なくないようで、訪れるにはバスに乗るしかないのに、平日でも週末でも常に賑《にぎ》わっている。沖田も、この件の再捜査で街を歩き回ってみて、気安い雰囲気が一発で気に入った。

その商店街で起きた凶悪事件だった。犯人は深夜に、店舗兼住宅に侵入、女主人に重傷を負わせ、さらにたまたま泊まりに来ていた十九歳の孫娘——大学生で、東京で一人暮らしをしていた——を殺して、家にあった金庫を持ち去っていた。何とか一命を取り留めた女性の証言によると、被害額は二千万円。

「支援課としては、一つの教訓になって生きてる事件なんですよ」村野が打ち明ける。

「そうなのか？」

「当時は、十分なフォローができなかったみたいです。重傷を負った女性の娘さんは、結婚して福岡《ふくおか》に住んでいた――残った唯一の肉親というわけです。ところがその時、ちょうど台風が接近中で、すぐには東京へ来られなかった。ようやく家に来たのは、事件発生の二日後だったんです」

「それはしょうがねえだろう。誰も台風には勝てねえよ。お前らの責任じゃない」その間の遺族の焦りと悲しみは、沖田にも容易に想像できたが。

「こっちへ来てから、さらに取り乱してしまって、事情聴取も上手くできなかったみたいです。支援課のフォローも成功したとは言えない……そのせいで、初動捜査が遅れたとも言われてるみたいです」

「そいつは支援課のせいじゃねえだろう。担当した一課の刑事がだらしなかっただけだ」組織的には、追跡捜査係は本部捜査一課の一部署なのだが――沖田も一課の強行犯係からの横滑り異動だ――どうしても他の係の仕事を冷ややかに見てしまうことが多い。お前らがだらしないから、事件は迷宮入りして、うちの扱う案件が増えるんだ。

「娘さん、結局その後離婚しましてね」村野が深刻な口調で言った。

「そうなのか？」

「あの事件がきっかけで、夫婦関係がぎくしゃくしてしまったんですね。家族が殺されると、やっぱり大事なものがなくなってしまった感じがするんでしょう」

「なるほどね……だけどあの店、今も営業してるじゃねえか。誰がやってるんだ？娘さんか？」

「ええ。結局離婚してこっちへ戻って来て、母親の面倒を見ながら店を再開したんです。周りの人の勧めもあったみたいですね」

「下町らしい、いい話じゃねえか」そう言いながら、沖田は暗い気分になった。自分の子どもが殺された家に住み、そこで商売を再開させるには、相当な精神力が必要だったはずである。

「とにかく支援課としては、何もできなくて申し訳ない限りだったんですよ」

「お前が担当してたわけじゃないんだから、気にする必要はないだろう」

「そういうわけにもいかないんですよね」

「それがお前の最大の弱点だぜ。何でも自分で抱えこんでいたら、いつか潰れて死ぬぞ」

「まあ……頑張りますよ」

村野の口調に一瞬迷いがあったのが気になった。自分の指摘が、痛いところを突いてしまったようである。まあ、支援課の仕事は何かとストレスが溜まるし、実際にだいぶ参っているのだろう。最近の村野はかなりダメージを背負っている、と沖田もあちこちから聞いていた。それはそうだろう――一回一回やり方も相手も違う仕事を何年も続けていたら、気持ちがすり減らない方がおかしい。村野は、自分も「事故の被害者」という立場であることから、志願して支援課に異動したのだが、そういう志にも限界があるだろう。エネルギーのゲージがどんどん下がっていく……あの課で仕事をするのは五年まで、というようなルールを定めるべきだと沖田はいつも思っている。

「それで、栗岡将也というのは何者なんですか？　あの事件の容疑者を割り出したんですか？」

「いや、こいつは事件当時から容疑者として名前が挙がっていた。ただ、当時の特捜本部が容疑を詰め切れなかったんだな。だらしのないことに」沖田はつい、皮肉を飛ばした。

「それがどうしてまた浮上してきたんですか？　何か新しい証拠でも？」

「いや、そういうわけじゃない」それを認めるのは悔しかった。「ただ、行き詰まったら基本に立ち返るのが捜査だろう？　再捜査するなら、昔とは違う人間が調べるのがいいんだよ。それまで見えてなかったものが見えてきたりする。それを探すのが俺の仕事なんだ」

「それで尾行を？」

「ああ」

「沖田さん、襲撃の場面は見てたんですか」

「いや。ちょうど俺が交差点を曲がる直前に発生したみたいだな。奴は明治通りから抜弁天通りへ左折して、俺は少し距離を置いて尾行していた。俺が抜弁天通りに入る直前に、最初の悲鳴が聞こえたんだよ」

「つまり、一番明治通りに近い場所に倒れていた人が、最初の犠牲者ですか」

「だと思う」沖田は一人うなずいた。「まさか、あんなに何人も襲われたとは思わなかったけどな」

「沖田さんは、犯人を見てないんですか？」村野が念押しした。

「見てねえよ」沖田は嫌々認めた。「相当逃げ足の早い奴じゃねえかな。あるいは路地に消えたか。いずれにせよ、犯人を見たら俺も現場に残ってたよ。少しは捜査の役に立ったはずだからな」

「なるほど……それで、栗岡将也に関する情報はどれぐらいあるんですか？」村野が遠慮がちに訊ねる。

「俺の手元にあるのは、昔のデータだけだよ。住所はそこから割り出した。四年ほど前に今の住所に引っ越したんだな。携帯は変わっていない」

「家族は？」

「ああ」村野が本当に知りたかったのはこれだな、と沖田には分かった。今や栗岡は、犯罪被害者でもあるのだ。村野自身がやるかどうかは分からないが、連絡の取れる家族を割り出すのは大事なことだろう。「ちょっと待て」

沖田は手帳をパラパラとめくった。西川は、全ての情報をパソコンに打ちこんでデータベース化しているが、沖田は基本、アナログ派である。毎年もらう手帳は、年末になる前に全ページが真っ黒になってしまうのが常だった。

「出身は長野《ながの》だ」

「長野市ですか？」

「長野市」沖田は住所を読み上げた。村野が、メモを取っている様子が窺える。「電話番号もいるよな？　実家の電話番号なら分かるぜ」

「お願いします」

沖田はさらに、家族で話が聴けそうな人間の名前を教えてやった。ここまでサービスする必要はないとも思ったが、ここで恩を売っておけば、何かいいことがあるかもしれない。

「ありがとうございます……ご両親はもういないんですか？」

「いや、それは分からない」実家で連絡先になっていたのは、弟だった。栗岡は四十五歳、両親は既に亡くなっていてもおかしくない。実家は弟が継いだ、ということではないだろうか。

「ありがとうございました。これから持ち物を精査します」

「何か分かったら、俺にも教えろよ」

「いや……まず、支援課として仕事をしたいので」

「おいおい、情報は俺から一方通行かよ」沖田はつい文句を言った。

「事態が動いているので……これで失礼します」

村野はいきなり電話を切ってしまった。あの野郎……プライベートでは決して無礼な人間ではないのだが、仕事の話になるとすぐにムキになって、周りを置いてけぼりにしてしまう。

さて、俺はどうしたものか。腕組みをして、目の前のパソコンの画面を睨んでみたが、それで何が起きるわけではない。目の前の電話が鳴ったので、取り敢えず時間は潰せるな、と思って受話器を摑む。西川だった。

「係長は？」挨拶抜きでいきなり切り出す。

「今、外してる。今日は病院じゃなかったかな」

「またかよ」

西川が露骨に不満そうな声で言った。係長の鳩山《はとやま》は慢性肝炎で、検査や治療のために定期的に病院へ通っている。しかしその割には元気なので、もしかしたら仮病を使っているのでは、と沖田はずっと疑っていた。まあ、本当にそんなことをしていたら、すぐにバレてしまうだろうが。

「鳩山のオッサンに急ぎの用事だったら、携帯にかけた方がいいよ」

「じゃあ、そうする」

「で？　北海道はどうよ」涼しいだろうな、と考えると心底羨ましくなる。東京はまだ暑い日が続いており、沖田は珍しく夏バテしていた。

「どうって……やりにくくてしょうがない。いくら警察庁の特命だからって、こんな行政的な仕事を押しつけられてもな」

北海道警に追跡捜査専門の担当部署を作る——そんな話が舞いこんできたのは、一ヶ月ほど前だった。ついては、これまでに実績のある警視庁から具体的な捜査方法、組織の構築などについて話を聞きたいと、警察庁経由で道警から要請されたのだ。こういう話は、基本的に総元締めである警察庁が担当するのが筋なのだが、未解決事件を継続的に捜査する部署は、まだほとんどない。しっかり結果を出しているのは警視庁だけなので、具体的な話を聞かせてやって欲しい、というのが今回の警察庁からの依頼だった。道警は未解決事件をかなり抱えており、ここで新たな組織を立ち上げて、少しでも解決していこうという考えらしい。

というわけで、講師役・相談役として西川が派遣されることになったのだ。あいつなら冷静だし、筋道立てて話すのが得意だから、講師役にも適任だ。先週から北海道に渡った西川は、今週一杯は向こうにいる予定で、状況によっては週跨《また》ぎになるかもしれない。

「たまには一人でのんびりするのもいいじゃないか」

「ところが、のんびりできないんだよ」西川が愚痴を零した。「九時から五時までみっちりなんだ。道警の連中も勉強熱心というか、やる気満々なんだよな。それだと、こっちもしっかり教えないといけない。逆に教えちゃいけないこともあるから、その按分《あんぶん》が面倒なんだよ。少し観光でもしたいところだけど、無理そうだな」

「美味《おい》しい出張なんだから、それぐらい我慢しろよ。飯は美味いだろう？　接待漬けじゃないのか」

「まさか」西川がむきになって否定した。「昨夜《ゆうべ》も一人で牛丼だったんだぜ」

「牛丼？　北海道で？」

ありえない。この時期だったらウニにイカ、ジャガイモにメロンと、北海道ならではの味を満喫できるだろう。それが一人で牛丼？

「向こうも、毎晩宴会ってわけにはいかないんじゃないかな。俺も別に、接待してもらいたいわけじゃないし……夜は一人になるパターンだ。居酒屋で一人宴会もできないし、そもそも飯を食うのも面倒臭くなるんだよ」

「奥さんのコーヒーも飲めないしな」西川は、妻が淹《い》れたコーヒーをポットで持ってきて、毎日三杯飲むのを日課にしている。沖田は香りを嗅ぐだけだが、それでも美味いコーヒーであろうことは容易に想像できた。

「まったく……これじゃ、東京にいた方がよかったよ。そっちはどうだ？」

「一人、取り逃した」

「ヘマしたのか？」

「俺のせいじゃねえよ」怒りを何とか押さえつけ、沖田は昼過ぎの事件の顛末《てんまつ》を話した。

「何と、通り魔ねえ……お前もついてない」

「まったくだ」

「運も実力のうちって言うけどな」

「大きなお世話だ」

「だけど、これで犯人を一人失ったかもしれないな」

「まだ分からないけどな。再捜査を始めたばかりだし、確証はないんだ」

「ま、意識が戻るように遠くから祈ってるよ。それと――」

「何だ」

「容疑者に会いに行こうなんて考えるなよ」

言われて逆に、すぐに会いに行くべきだと考えた。村野は意識不明と言っていたが、実際に自分の目で見ないと納得できない。話はできないにしても、しっかり顔を拝んで、「まだ捜査は終わりじゃない」と自分に気合いを入れなくては。

どうせ他にやることもないし、話す——口喧嘩《くちげんか》する相手もいないのだから。


少し手を回して調べると、栗岡は興亜会総合病院に搬送されたことが分かった。地下鉄の外苑前駅から歩いて五分か……地下鉄を乗り継ぎ、暑さに耐えながら病院へ向かう。病院の冷房で何とか生き返り、待合室の片隅にある自動販売機でスポーツドリンクを買って喉を潤し、ようやくまともに仕事をする気になった。

受付でバッジを示し、栗岡の居場所を確認する。運びこまれてから検査を受け、今まさに手術を受けている最中だという。沖田は思わず舌打ちしてしまった。これでは話を聴くどころか、顔を拝むことさえできないだろう。

かといって、このまま帰る気にもなれない。せっかく病院まで来たのだから、何かを持って帰りたかった。とはいえ、本人に会えない以上、大した成果は得られないだろう。受付で粘って、症状について話を聞こうとしたが、「ここでは答えられない」の一点張り。

そこで、もう一人の被害者が同じ病院に運ばれていたことを思い出した。そちらの女性は軽傷ということだから、何とか話が聴けるのではないだろうか。自分が通り魔事件の捜査をするわけではないが、ヒントにはなるかもしれない。沖田はこの被害者――女性だった――が入った病室を聞き出して、そちらへ向かった。

廊下には誰もいない。この時間だと見舞い客が多いはずだが……病室を見つけ、引き戸の前に立って、一瞬で気持ちを整える。中では、捜査を担当する刑事たちが事情聴取中かもしれない。ここは余計なことをせず、情報収集に徹するのがいいだろう。

ドアに手をかけたところで、声をかけられた。

「何してるんですか、沖田さん」

村野……こいつ、膝が悪くて時折足を引きずる割に、音も立てずに近づいてきやがる。沖田は顔が引《ひ》き攣《つ》るのを感じたが、敢《あ》えて「よう」と気軽な調子で言った。

「栗岡さんは手術が終わったばかりですよ。今、ＩＣＵにいます」

「ああ、そう」

「そこには、沖田さんには関係ない人しかいませんよ」

「いや、俺も関係者みたいなものじゃないか。現場に居合わせたんだから」

「だったら、捜査担当者に現場の様子を話して下さい」村野がぴしりと言った。「それなら、いくらでもやってもらっても構いませんから」

「ちょっと話を聴くだけなんだけど」

「それは沖田さんの仕事じゃないでしょう」村野の顔がみるみる強張《こわば》る。「困りますよ。興味を持つのは分かりますけど、職分をはみ出して仕事をされたら、しめしがつきません」

「ああ？　そういうこと、お前もよくやってるそうじゃないか。聞いてるぞ」少しむっとして沖田は指摘した。

「俺は、流れでやってるだけです。好き勝手に首を突っこんでるわけじゃない」

「俺だって、自分の仕事に関係があるから——」

「無理するつもりなら、排除しますよ」村野が冷たい口調で言い放つ。「とにかく、引いて下さい。関係ない人を苦しめるのはやめて下さい」

「苦しめる？　冗談じゃない。そんなつもりはねえよ」

「とにかく」村野がゆっくりとうなずく。「余計なことはしないで下さい」

「固いこと言うなよ」沖田はわざと気安い笑みを浮かべた。「俺とお前の仲じゃないか」

「駄目です」村野が両手を広げる。その動きには、妙な抑止力があった。

「分かったよ」沖田は一歩引いた。「でも、栗岡は俺の獲物だからな。近いうちに必ず話を聴かせてもらう」

「医者は、話ができるようになるかどうか、分からないと言ってます。病院に押しかけるより、周辺捜査をしている方がいいんじゃないですか」

「お前に、追跡捜査係の仕事のやり方を教えてもらう必要はないよ」さすがにむっとして、沖田は声のトーンを落とした。

「もちろん、俺にはそういう仕事は分かりません」村野も開き直ったように言った。「とにかく、ここは引いて下さい。俺に口を出させないで下さいよ……」

「口出ししなけりゃいいじゃないか。大人しく、被害者のために動いてりゃいいんだよ」

「それ以外のことはしてませんよ」

「俺が聞いてる話とは違うけど、まあ、いいか――じゃあな」

永遠に言い合いが続きそうだったので、沖田はさっさと引き上げることにした。村野が自分の仕事に賭ける意気込みは理解できるが、あまりにも頑《かたく》な過ぎる。彼には彼の事情があるのも分かるが、もう少し柔軟に仕事をしてもいいのではないだろうか。人間、三年も同じ仕事を続けると、やり方を変えるのは難しくなるのだが。

3

午後六時。既に勤務時間は過ぎているが、村野たち支援課のメンバーはまだ新宿東署にいた。設置されたばかりの特捜本部とは別に会議室を借りて、そこで今後の被害者支援の方針を整える。問題は、意識不明になっている栗岡という被害者……まだ家族に連絡が取れていない。この件は、支援課に任された。本当なら、担当刑事が連絡をつけるべきなのだが、今回は仕方がない。とにかく、所轄も捜査一課も手一杯なのだ。それに、いずれ栗岡の家族に対するフォローも行うことになるのだから、最初から関わっていた方が効率がいい。

効率だけでは、この仕事はできないが。

今回は重態だった一人が死亡、一人意識不明、二人が負傷という大事件なので、課長の桑田《くわた》敏明《としあき》が出張って、自ら陣頭指揮を執っていた。しかし頼りにはならない……元々交通畑が長く、被害者支援に携わるのは、支援課の課長になってからが初めてなのだ。支援の実務経験がないせいか、どうしても指示があやふやになってしまう。結局、係長の芦田がいつも割りを食うことになるのだった。桑田の機嫌を損ねないように指示をやんわりと修正し、汗をかきながら必死で事情を説明する――もっとも、指示がなくても村野たちは勝手に走りだしているのだが。

今回は被害者一人に対して支援係のスタッフ一人がつき添い、病院に詰めている。村野は署で、栗岡の家族と連絡を取ろうとしていた。

その前に……まだ存続している砂町銀座強盗殺人事件の特捜本部に電話を入れて、栗岡の情報を絞り出す。沖田の情報にプラスすることで、人物像が次第に明らかになってきた。現在の住所は荒川区町屋《あらかわくまちや》。独身で、近くの自動車修理工場で働いていることが分かった。この修理工場とは連絡が取れたので話を聴いたのだが、今日は休みを取っていたようだ。理由は不明。

「あまり自分のことは言わない人間でね」この工場の社長、三橋《みつはし》という男が明かした。「腕は確かだし、無断欠勤するようなこともないんだけど、とにかく無口なんだ。実家？　いや、実家の話を聞いたことはない。普段、どういう人間とつき合っているかも分からない。呑《の》みに誘っても、乗ってこないしな」

何となくだが、孤独な四十五歳の姿が浮かび上がってきた。東京にはそんな人間はいくらでもいるが、栗岡の場合は少し事情が違うような気がする。もちろん、八年前の事件で容疑者とみなされたことが原因だ。当時は別の自動車修理工場で働いていたのだが、金に困っていたという情報があるし、悪い仲間もいたらしい。しかも事件の前に何度か、現場近くの防犯カメラに姿が映っていた。いかにも下見をしているような感じ……ただし、事件当日に曖昧ながらアリバイがあったことで、追及は徹底されなかったのだ。沖田が何故この男に再び目をつけたかは、結局よく分からなかったが……事件をゼロから再捜査しようと思った時、当時捜査線上に浮かんでいた人間をまず調べようとするのは、普通の発想ではあるが。

社長の三橋は下町の人間らしく面倒見のいい人で、村野と話しているうちに「すぐに見舞いに行く」と前のめりになった。病院に来ても会えないと説明したのだが、「身の回りの物が必要だろう。女房に用意させて持っていく」と言っていきなり電話を切ってしまった。村野は呆れたが、栗岡のことを詳しく知るためには、この社長とじっくり話すのがいいかもしれないと思い直す。「無口な男だ」とはいうものの、三橋のようにお喋《しゃべ》りな男と一緒にいると、どんなに無口な人間でも、いつの間にか自分のことを話してしまったりする。

さて、あとは実家だ。調べると、栗岡の実家は、長野市内で和菓子店を営んでいることが分かった。善光寺《ぜんこうじ》に近い場所なので、名物の土産物などを扱っているのかもしれないと思ってホームページで確認すると、実際にはかなり大きな会社組織のようだ。県内に二十ヶ所ぐらい販売店を持ち、東京のデパートなどにも商品を卸している。

本社——本店と同じ住所・電話番号だった——に電話をかけてみると、たらい回しにされて、家族に電話をつないでもらえない。挙げ句の果てに、話していた相手——年配の女性社員だった——は「こちらからかけ直します」と言って一方的に会話を打ち切ってしまった。何か面倒な事情がありそうだな、と村野は嫌な予感を抱いた。

二十分待たされた。今の電話を取ったのは社員で、家族に連絡を取るのに手間取っていることは想像できたが、こんなに時間がかかるものだろうか。もしかしたら、こちらが警察官かどうか疑っている？

　スマートフォンが鳴った。見知らぬ番号……出ると、相手が不機嫌な声で話し始める。

「お電話いただいたようですが」名乗りもしない。

「栗岡さんですか？」

「栗岡です」

「栗岡将也さんのご家族ですね？」

「警察の方に用事はありませんよ」

　強烈な反発。何か事情がある、と村野は悟った。もしかしたら、八年前の一件が尾を引いているのかもしれない。栗岡は容疑者扱いされ、周辺の捜査もかなり進められたはずである。家族に対する事情聴取も行われ、その際に担当の刑事が不快な思いをさせた、というのは容易に想像できた。捜査が進行中の刑事はとにかく焦っており、相手が誰であっても、早く話を引き出そうとぞんざいな喋り方をしてしまうものだ。

「栗岡将也さんとはどういうご関係ですか？」

「栗岡将也は私の兄です」

「お名前は？」

「分かってるでしょう？　それは昔、警察に話しました」

　想像が当たった、と村野は思った。八年前、この弟から事情聴取した刑事の責任は重い。焦る気持ちは分かるが、後々のことを考えて、もっと慎重にやって欲しいものだ……。

「その件とは無関係です」

「はあ？」頭のてっぺんから抜けるような声。かなり混乱しているのは明らかだった。

「実は、お兄さんが通り魔事件の被害に遭われまして、ご家族にご連絡しようとお電話しました」

「通り魔？」弟の声が裏返った。「そんな話は……」

「ニュースになってます。ご覧になってませんか？」

「見てません」

「今日の昼過ぎに、新宿で通り魔事件に巻きこまれたんです。意識不明の重態で、現在病院で治療を受けています」

「そうですか」

　抑揚のない短い返事の後で、重苦しい沈黙が降りる。妙な雰囲気を感じ取って、村野も黙りこんだ。ショックなのは分かるが、こういう時、人はたいてい慌てふためいて、やたらと質問をぶつけてくるものだ。

「ご連絡、ありがとうございました」ようやく出てきた次の言葉は、妙に静かだった。

「入院している病院の住所をお伝えします」

戸惑いながら、村野は興亜会総合病院の住所と電話番号を伝えた。さらに自分の身分をしっかり説明し、何か困ったことがあったらすぐに連絡して欲しい、と告げる。しかし、やはり妙だ。相手は復唱しようとしないし、メモを取っている気配もない。沖田から聞いてはいたが、村野は改めて相手の名前と年齢を確認した。栗岡智雄《としお》、四十四歳。

「ちょっとこのまま、お話を聴かせていただいていいでしょうか」

「何についてですか」智雄が冷たい声で言った。

「お兄さんのことについてです」

「何をお知りになりたいんですか？」

「東京でどんな暮らしをしていたか、普段どういう人とつき合いがあったか、そういうことです。こちらにはあまり知り合いがいないようなので――」

「そんなことは知りません」智雄がぴしゃりと言った。

「いや、ご兄弟なんですから……」

「もう何年も会ってないんです。何も知りません」

「とは言っても――」

「お話しすることは何もありません」

電話はいきなり切れてしまった。村野はスマートフォンを慎重にテーブルに置き、首を傾《かし》げた。犯罪はそれぞれパターンが違い、当然被害者家族の反応も千差万別なのだが、こういうのは珍しい。

「どうした」芦田が話しかけてきた。事件発生から数時間、既に疲れ切った様子で、額は脂で光っている。

「栗岡さんの家族に連絡が取れたんですけど、とりつく島もなかったんですよ」

「家族と縁が切れているとか？」

「可能性はありますね」

「実家はどんな感じなんだ？」

「長野の地元で和菓子屋をやってます。かなり大きな店みたいですね。今は、弟さんが経営しているようです」

「なるほどね」芦田が、村野の向かいに腰を下ろした。何だか膝や腰を痛めているようで、やけに慎重な座り方だった。「老舗の和菓子屋からすると、家族の中の厄介者というところかな」

「その可能性もありますね。八年前の強盗殺人事件の時も、かなりしつこく事情聴取されたようですし」

「そりゃあ、家族は警察に対していい印象はないだろうよ」うなずいて、芦田が額の汗をハンカチで拭う。

「全然話が聴けませんでした」

「でも、通告はしたんだろう？」

「一応、病院の連絡先は教えました」ただし、向こうがメモしていた気配はない。

「今のところ、これ以上できることはないですね」

「しょうがないんじゃないか」芦田が立ち上がる。「何か起きたら対応する、何もなかったら放置。いつもと同じやり方だよ」

「ですね」村野はうなずいた。しかし妙に引っかかっている。

「何か気になるか？」

芦田は、村野の様子がいつもと違うことにすぐに気づいたようだった。芦田も、こうやって人の顔色を窺ってばかりいるから疲れてしまうのだ。もっとも、支援課の人間全員がそうなのだが。ここで仕事をしていると、いつの間にか、常に相手の様子を観察するようになってしまう。被害者や被害者家族の気持ちは揺れ動いており、一瞬先に何を言い出すか、何をやるかが分からない。きちんと様子を見て、先行きを予想するのも大事なのだ。

「栗岡さんは、家族の中でそんなに厄介者だったんですかね」

「そういうの、よくあるじゃないか。真面目な兄弟の中で一人だけおかしくなって、警察のお世話になるパターン。そういう人間に対して、田舎の家族は冷たいぞ。一族の恥晒《はじさら》し、ぐらいに考えていてもおかしくない」

「でも、栗岡さんには逮捕歴はないんですよ」

「そういうことがなくても、変わり者と見なされているかもしれない。家を出たまま何十年も帰らずに、亡くなった時にも連絡先が分からない——無縁仏っていうのは、そうやって生まれるんだよ」

「侘《わび》しい話ですね」

「東京に呑みこまれてしまう人もいるからな」芦田がうなずく。「それよりお前、特捜の捜査会議に出てくれよ」

「出た方がいいですか?」敵陣に乗りこむようなものだ。

「被害者が多いから、捜査の進展具合も確認しておきたいんだ。それによって、こっちの対応も考えないといけないから」

「通り魔ですから、対応は……難しいですね」

これは一種の「事故」なのだ。誰か特定の人間が狙われたわけではなく、ただ歩いているだけで犠牲になる——そういう意味では、最もタチの悪い犯罪と言っていい。

「状況がどう動くか分からないから、捜査の動きも摑んでおきたいんだ。頼むぞ」

「分かりました」あまりやりたい仕事ではないが……支援課は、追跡捜査係、失踪人捜査課と並んで、「警視庁の三大嫌われ部署」と呼ばれている。他の部署と衝突することが多いからで、捜査会議に顔を出しても、歓迎されないのは分かっている。とはいっても、芦田の言う通りで、捜査の流れを知っておく必要はある。

「とにかく、隅の方で大人しくして――ああ、はいはい」

芦田のスマートフォンが鳴っている。病院に詰めている誰かからだろう。うんざりした様子で、芦田がスマートフォンを置いたテーブルに向かった。

さて、捜査会議が始まるまでは、取り敢えずやることがない。昼飯を抜いてしまったのでエネルギーが切れかけているから、何か軽く腹に入れておこうと、村野は会議室を抜け出した。署内は何となくざわついた雰囲気……重大事件を抱えた署に特有の緊迫した空気が流れている。捜査を担当する刑事課だけでなく、地域課の制服警官や他の課の刑事も駆り出されて、署全体が一種の興奮状態に陥るのだ。

新宿東署は、新宿通りから少し裏に入った場所にある。新宿通りに出れば何かあるだろうと、村野はそちらに向かって歩き出した。すぐにコンビニエンスストアを見つける。サンドウィッチを一つ、それにブラックの缶コーヒーを買い、人通りのない脇道で、立ったまま遅い昼食――早い夕飯かもしれない――をそそくさと食べる。食べ終え、店の外にあるゴミ箱に空き缶と袋を捨てたところで、スマートフォンが鳴った。五分席を外しただけで追いまくられるのかよ、と溜息《ためいき》をついたが、かけてきたのは愛だった。

「どんな感じ？」

「今のところ、大きなトラブルはない」

「被害者四人で……一人、亡くなってるんでしょう？」

「ああ。そこが一番心配だけど、ご家族は比較的落ち着いている様子だ。しばらくつき添うけど、あまり心配ないと思う。そっちは松木《まつき》が担当してるから」

「松木なら安心ね」

松木優里《ゆり》は村野と愛の大学時代からの友人で、支援課に一番長く——まさに発足当時からいる。いわば支援課の生き字引きで、分厚いマニュアルのベースを作ったのも彼女だ。当然、現場での経験もたっぷり積んでいる。

「ただ、一人だけ家族と仲が悪い人がいるんだ」

「誰？」

「栗岡将也さん。家族は長野にいて、東京で一人暮らしなんだけど、実家とは疎遠なようなんだ」

「じゃあ、今後誰が面倒をみるかも分からないのね」

「勤務先の社長がいい人で、動いてくれてるけど、家族じゃないからなあ」この社長にも会っておかねば、と思った。家族以外で面倒を見る人がいたら、支援課としても関係をキープしておきたい。これは明日の朝一番の仕事にしよう、と村野は決めた。

「支援センターは、すぐには出る必要はないみたいね」

「ああ」

「ニュースで新しいことを知るのは嫌だから、何かあったらすぐに教えてね」愛が念押しした。

「分かってる。うちと支援センターはシームレスな関係だ」

犯罪、事故などが発生した場合、最初に被害者や被害者家族の面倒をみるのは所轄の初期支援員だ。事態が複雑になりそうな場合は、村野たち本部の支援課が応援で出動する。さらに、被害者支援センターが後を引き継いで、長期的なケアを担当するのがおおまかな流れだ。

「君は昼飯、食べたのか？」昼食を飛ばしてしまったので、それが少し心配だった。

「結局、コンビニでご飯」愛が寂しそうに言った。「あなたは？」

「今、ようやくコンビニでサンドウィッチを買って食べた」

「コンビニがなかったら、私たち、死んでるわね」

「確かに」

「一人ご飯も、いい加減飽きたわね」

「昼はしょうがないいんじゃないかな」下半身の自由を失ってから、愛は両親との同居を再開した。一日のうち二食は家族と食べるわけだから、一人暮らしの村野とは事情が違う。「嫌なら弁当を作ってもらえばいいじゃないか」

「親にそういう迷惑をかけるのは申し訳ないわ」

「そうなのか？」

「うちの両親だって、もう七十よ。足が動かない娘の面倒を、いつまでも見られないでしょう。また部屋、借りようかな」

彼女にとって、金銭的には何の問題もないはずだ。支援センターの給料は微々たるものだが、以前社長を勤めていた会社の大株主ということもあり、今でも定期的に金は入ってくる。純粋に収入という点からいえば、村野よりはるかに上だろう。愛が立ち上げたＩＴ系の制作会社は、かなりの優良企業なのだ。

「ご両親、体でも悪いのか？」愛の両親とは村野も顔見知りだ。ただし事故で全てが崩れてしまい、別れる選択をしたので、その後向こうが村野のことをどう考えているかは分からない。

「七十になると、完全に健康体の人なんかいないでしょう。いつかは私も一人になるんだから、その時のために予行演習をしておいた方がいいかなって思うのよね、最近」

「逆にご両親の介護が必要になるかもしれないし」

「それはお金で解決するけどね」愛があっさり言った。「少なくとも、自分のことは自分で何とかできるようにしないと」

村野には何も言えなかった。こうなってしまったのは全て自分の責任である。あの事故で、自分が死を覚悟して犠牲になれば、愛は無傷――少なくとも車椅子生活になるようなことはなかっただろう。しかし、コンマ何秒かで下した決断を今になって評価するのは無意味だ。

「そこまで自分を追いこまなくてもいいと思うけど」

「自分の問題だから」

「そのうち話を聞くよ」

「自分の問題だから」愛が繰り返した。「あなたを悩ませることじゃないわ」

確かにその通り……今は二人で仕事をすることも多いが、あくまで仕事だけの関係である。昔のように情が通じているわけではない。しかし依然として二人だけで食事をする機会は少なくない。というより、支援課のスタッフ以外で、村野が一緒に食事を摂るのは愛だけだ。この関係が何なのか、村野は自分でも理解できないのだった。

捜査会議に参加した村野は、大きな会議室の片隅に目立たないように座った。できれば、自分がいることを他の刑事たちに知られたくない。そこまで卑屈になる必要はない——支援課は支援課の決まりに従って仕事をしているのだ——が、変な因縁をつけられるよりは、目だたないようにしておく方がいい。

白昼の新宿で発生した通り魔事件——しかし、手がかりは意外なほど少なかった。目撃者はいたし、防犯カメラが犯行の瞬間を捉えていたのだが、犯人にたどり着く材料はまったくない。犯行はわずか一分ほどの間に行われたようで、その場に居合わせた人からしたら、まるで突風が通り抜けるようなものだっただろう。

犯人は、明治通りと抜弁天通りの交差点から、抜弁天通りに十メートルほど入ったところで最初の被害者に切りかかっている。この男性被害者は首を切られ、出血多量で死亡。犯人は抜弁天通りを走りながら、次々に通行人に襲いかかり、結局四人に手をかけた。凶器は発見されていないが、刃渡りが比較的長い刃物ではないかと想定されている。ナイフのように小さな刃物だと、走り抜けながら相手に相応の傷を与えることは難しい。武士が刀を持って、追い越しざまに一撃、というイメージを村野は勝手に想像した。しかし目撃者の証言でも、どんな凶器だったかはっきりしない。

押収した防犯カメラの映像が披露された。そのうち、最もはっきり犯人が映っていたのが、最後の被害者——栗岡が切られた場面である。

映像は、大股で歩いている栗岡の姿を捉える場面から始まっていた。栗岡の様子はまったく普通――あそこで何をしていたのか、どこへ行こうとしていたのかは分からないが、特に焦ったり急いだりしている様子ではなかった。

そこへいきなり、走って近づいて来る男――体つきから見て男なのは間違いないし、若そうな感じはするが、顔はマスクとサングラスで完全に隠れている。黒い長袖のTシャツに、下も黒のジーンズ、そして黒いスニーカーという黒ずくめの格好。動きやすさを優先したようにも、匿名性を高めるためのようにも見える。

栗岡の左側――車道ではなくビルに近い方――から近づいて来た犯人は、いきなり右腕を振るった。スピードが速いせいで、凶器が何だったか、はっきりとは分からない。しかし柳刃包丁か何かではないかと村野は想像した。それなりに重みがあって刃が長い、そして比較的手に入れやすい刃物というと、まず柳刃包丁が浮かぶ。

頭を一撃された栗岡は、いきなり前に倒れこんだ。刃物で切られると同時に、犯人の体がぶつかったようで、その勢いで転んだようだ。上手く受け身を取れず、額から思い切り歩道に突っこんでしまった形。そうか、このショックで硬膜下血腫が引き起こされたわけだ……映像を見ていた刑事たちの間から「うわ……」と声にならない声が上がる。ひどい事態には慣れている刑事たちにとっても、ショッキングな場面なのだ。

「映像は、以上だ」特捜本部の指揮を取るために所轄に入った捜査一課の管理官、武《たけ》本《もと》が厳しい口調で言った。「見ての通り、この映像で分かるのは、犯人が右利きらしいということだけだ。それと、ＳＳＢＣ（捜査支援分析センター）の簡易分析によると、栗岡さんとの比較から、犯人の身長は百七十センチから百七十五センチの間と見られる」

体型は普通……太ってもいないし痩《や》せてもいない。動きが素早く、足が速いことは分かったが、それ以上は不明だ。

「他の防犯カメラの分析はＳＳＢＣが引き続き行《おこな》っているが、こちらは明日も現場での目撃者の聞き込みを続行する」

聞き込みの範囲と割り振りが指示され、捜査会議はお開きになった。武本がちらりとこちらを見たのが気になったが、村野は余計なことはしないようにしよう、と決めた。何も言わなければ、特捜本部との軋轢《あつれき》は生じない――向こうがいちゃもんをつけてくることもないはずだ。

会議室を出ようとして、村野は奇妙な気配に気づいた。部屋の隅で刑事たちが数人固まって、何かこそこそと話している。もちろん、捜査会議が終わってから個別に打ち合わせをすることは珍しくない。ただし今回違和感を覚えたのは、輪を作っている刑事たちのうち何人かが、こちらをちらりと見たことだ。まるで、捜査会議に紛れこんだ村野がバイ菌であるかのように……こういう視線には慣れているが、今回はまた違う感じがする。この違和感は何だろう。

　単なる邪魔者扱いだけではない感じがする。

4

　翌朝、村野は、昨日電話で話した自動車修理工場の社長、三橋を再度電話で摑まえた。

「ああ、昨日の警察の人ね」三橋は今朝も気楽な調子だった。

「栗岡さんには会われましたか？」

「いや、あんたの言う通り、面会謝絶だった。ＩＣＵに入ってるからしょうがないよな。病院側の対応が悪いって、女房は怒ってたけどな」

「そんなに悪かったんですか？」

「いやいや、女房は沸点が低いんだ。何かあると、すぐに爆発する」

　それは大変で……と言おうとして、村野は言葉を呑みこんだ。気楽な雑談は、この状況には合わない。

「栗岡さんのことについてちょっと伺いたいので、そちらへ行ってもいいですか？

電話ではなく、直接お会いしてお話ししたいんです」

「俺は構わないよ」三橋は鷹揚《おうよう》だった。

「何時ぐらいがいいですか？」

「何時でもいいよ。今日はそんなに仕事は混んでないから。栗岡がいないと、今後は大変になりそうだけどな」

「一人マイナスは大きいですよね」三橋の修理工場がどれぐらいの規模かは分からないが、一人いなくなれば、その分他の人に皺寄《しわよ》せが行くのは間違いない。「とにかく、今から伺います。十時には行けると思います」

「それならちょうどお茶の時間だ」

「仕事のお邪魔はしないようにします」

「あんたね、そんな丁寧にやる必要はないんだよ。警察の仕事は厳しいものでしょう？」

「私は刑事ではないですから」

やけに親切な三橋は、工場への行き方を詳しく教えてくれた。住所さえ分かっていれば、今はスマートフォンが連れていってくれるのだが……三橋の親切に対して、丁寧に礼を言った。

さて、これから栗岡の周辺捜査だと気合いを入れて立ち上がったところで、支援課に入って来た意外な人物に出くわした。三浦亮子。数ヶ月前、立川で起きた事件の時に顔見知りになったのだが、その時彼女は立川中央署《たちかわちゅうおう》の刑事課長だった。その後異動で、本部の刑事総務課——刑事部の筆頭部署だ——理事官に栄転したことは村野も知っている。その彼女が、支援課に何の用事だろう。

「あら、村野君」亮子も村野に気づいて、気軽に声をかけてきた。

「ご無沙汰してます」村野は素直に頭を下げた。

「お出かけ？」

「新宿の通り魔事件で」

「相変わらず忙しいわね」

「うちが忙しいということは、それだけ悲しんでいる人が多いということです。残念です」

「そうね」亮子が真顔でうなずいた。チェーンで胸元に垂らした眼鏡が揺れる。

「今日は何かあったんですか？」

「ちょっとね」亮子が笑みを浮かべる。特に裏があるようには見えなかった。「課長にお話が」

「何か抗議じゃないんですか」

「どうして刑事総務課が、支援課に抗議するの？」亮子がきょとんとした表情を浮かべた。「刑事部全体の意思として――とか？」

「まさか」亮子が声をあげて笑う。「桑田課長とは同郷なのよ」

「そうなんですか？」

「神奈川《かながわ》。それで、神奈川会のことで相談があって」

「ああ」それはよくある話だ。警視庁には、日本全国から人が集まっている。その数、四万人超……これだけ大きな組織だと、当然同郷の人間同士の横のつながりもできるわけで、「●●会」のような非公式の組織がいくつも存在しているのだ。「神奈川会」は、もしかしたら「東京会」に次ぐ第二の勢力かもしれない。

「今年、私と桑田さんが幹事なのよ」

「課長と理事官が？　そういうのは下っ端の仕事じゃないんですか」

「管理職の方が暇だと思われてるんでしょう」亮子がニヤリと笑う。「桑田課長は忙しいかもしれないけど」

「いや」うちの課長が忙しいわけがない、と言おうとして村野は言葉を呑んだ。実際今日は平常運転だった……彼の感覚では「手は全て打った」だろう。これから何か起きる可能性もあるのだが、先読みはできない人なのだ。

「じゃあ、頑張って。あなたに『頑張って』は余計かもしれないけど。いつも頑張りすぎるものね」

「そんなこともないですけどね」

「ちょっとぐらい手を抜くことも覚えた方がいいと思うけど」

「俺が手を抜いたら、それで苦しむ人がいるんです」


かなり大きな自動車修理工場だった。京成電鉄町屋駅から歩いて五分ほどで、一階が広い工場、二階が事務所、あるいは住居になっている。村野は十時ちょうどに着いたのだが、三橋が「お茶の時間」と言っていた割に、工場の中では社員たちが忙しく立ち働いている。鉄を打つ音、バーナーが吹き出す音など、様々な音が耳を刺激する。いかにも工場という感じで、慣れてしまえば何ということもないのだろうが、村野にはきつい。しかしほどなく、全ての音がぴたりと止《や》んだ。その直後、六十歳ぐらいのがっしりした体格の男が外へ出て来て煙草《たばこ》に火を点《つ》ける。村野に気づくと、右目だけをくっと大きく開けてみせた。村野はすかさず一礼した。

「三橋さんですか」

「ああ、あんたが村野さんね」三橋がうなずき、村野が近づいて行く数秒の間に素早く煙草を吸って、ペンキ缶を切った吸い殻入れに放りこんだ。

「お時間いただきまして、すみません」

「ちょっと上で話そうか。この暑さだ、外で話してたら干上がっちまう」

確かに……今日も最高気温は軽く三十度を超えている。ギシギシ言う階段を、三橋の後に付いて上がりながら、村野は早くも額に汗が滲《にじ》むのを感じた。

予想通り、二階は事務所になっていた。無人……休憩スペースもあるようだが、下で作業している人たちは、わざわざ上がって行く手間を省きたいのだろう。工場の中も冷房は効いているはずだ。

その休憩スペースに通され、傷だらけのソファに腰を下ろす。相当年季が入っていて、クッションはへたっている。近くにあった冷蔵庫を開けた三橋が、ミネラルウォーターの小さなペットボトルを渡してくれた。

「すみません」普段、仕事で人を訪ねる時にはお茶もコーヒーも遠慮しているのだが、今日は体からかなり水分が失われてしまった。今回は遠慮なしにもらうことにする。キャップを捻《ひね》り取って一口飲むと、急に体が生き返った感じになった。

「従業員、何人ぐらいいるんですか」

「今は、俺を入れて五人。昔は十人ぐらいいたんだけどね」

「大きな工場だったんですね。二階も広い」

「この奥に、何部屋かあるんだ。アパートみたいなものだね。昔はそこに若い従業員が住む決まりになっていた。一種の寮で、親父《おやじ》の代の頃は、高卒で新しく入った社員は、ここに住みながら一人前になるまで鍛えられたんだけどな」

「今は？」

「今は一人もいない。時代かねえ。共同生活なんて流行《はや》らないんだろう。空き部屋になってもったいないね。あんた、どうですか？　安くしておくよ」

「いや……」村野はつい苦笑した。たまに異常に話好きな人がいるのだが、こういう人に限って、なかなか肝心の話題に入らなかったりする。

「栗岡、大丈夫かな」村野の懸念をよそに、三橋の方でいきなり本題に入った。

「朝の段階では、まだ意識不明でした」

「助かるんだろうね？」まるで村野が治療に当たっている医者であるかのように、念押ししてくる。

「今の段階では、何とも言えません」

「そうかあ……」三橋が腕組みをした。「栗岡はうちにとって貴重な戦力なんだ。しかしあいつも、とんだ災難だよな。ただ歩いてるだけであんな目に遭うなんて、恐ろしい限りよ」

「栗岡さんは、昨日は何をしていたんでしょう？」

「分からんな。休みの日に何をやってるかまで、一々聞かないから」三橋もミネラルウォーターに口をつけた。

「火曜が休みなんですか？」

「いや、工場全体の休みは日曜なんだけど、ローテーションで平日に一日休みをつけてる。今は週休二日が当たり前だからね」

「栗岡さんは、何年前から働いているんですか？」八年前には、別の自動車修理工場にいたことは分かっている。

「七年になるかな。人が辞めたんで、求人を出したら真っ先に応募してきた。ずっと自動車修理の仕事をしてきたというんで、すぐに採用を決めたよ。実際、腕は確かだ。うちで一番ベテランで、一番頼りになる人間だよ」

「今日お伺いしたのは、栗岡さんの実家についてのことなんです」

「実家……長野市だったな」

「それはご存じなんですね」

「ああ」三橋がうなずく。「でもあいつは、田舎のことはほとんど話そうとしなかった。東京の職場には全国各地からいろいろな人が集まってくるから、何かあると自然に出身地の話になるんだけど……あんたもそうだろう？」

「ええ」

「でもあいつは、いくら話を振っても『まあ』とか言って誤魔化すだけなんだよな。一度、『昔はやんちゃだった』と言ってたけどね」

「悪い時代の話はしたくない、ということでしょうか」

「だとしたら、相当悪かったのかな」三橋が水を一口飲んだ。「普通、『やんちゃ』なんていうのは自慢話みたいなものじゃないか。人を傷つけたりしなければな……それを言えば、俺だって昔はやんちゃだった」

三橋がニヤリと笑い、煙草に火を点けた。年季の入った吸い方……それこそ、高校生の頃に喫煙を見つかり、停学処分を受けたのが彼の「やんちゃ」だったかもしれない。

「栗岡さんの実家は、地元の結構大きい和菓子店のようです。長野県内でいくつも店を展開しているような」

「それじゃあ、いいところのお坊ちゃんだったんじゃないの？」

「そうかもしれませんが、実家との関係はあまりよくないようです」

「そうなの？」三橋が身を乗り出す。こういう話――ゴシップは大好きなようだ。

「昨日、弟さんと電話で話したんですけど、何年も会っていないし、何も知らないと言われました」

「なるほどねえ」三橋がうなずく。「あれかな、江戸時代から続く老舗の和菓子屋の倅《せがれ》なのに、何か間違いをやらかして家を出ざるを得なかったとかさ。それで東京で手に職をつけて、田舎とは縁を切った――そういう話、よくあるだろう」

「そうですね。ただ、本当にそうかどうかは分かりません。栗岡さんは事件の被害者ですから、ご家族とつないであげないといけないんですが、拒否されてしまったので……いったい何があったのかと思いまして」

三橋が、村野の名刺を取り上げた。

「支援課って……あんた、刑事さんじゃないの？」

「違います。直接捜査はしません。被害者をサポートするのが仕事です」

「警察はそんなこともするんだねえ」感心したように言って、三橋がうなずく。「こういう部署があることも知らなかったよ」

宣伝不足だ、と村野は苦笑した。警察は被害者支援に積極的に取り組んでいるし、被害者支援センターという組織もあるから、犯罪被害に遭って困っている人はぜひ問い合わせを――というPRを専門に行う係が支援課にはあるのだが、普段の努力はあまり功を奏していないようだ。普通の人は、自分が犯罪に巻きこまれるなどとは考えてもいないはずだから、仕方がないだろうが。人間は、自分が関心ないものは目にも耳にも入らない。

「ご家族に連絡して動いてもらうのも、支援課の仕事です。栗岡さん、独身なんですよね」

「ああ」

「内縁関係の人とか、いませんか？　あるいは恋人とか」

「いや」三橋が首を捻る。「そういう話は聞いたことないな。あいつが住んでるのは狭いワンルームマンションだから、二人で暮らすには向いてないと思うけど」

「家に行ったことはあるんですか？」

「ないけど、物件を紹介したのは俺なんだ。かといって、俺が不動産屋をやってるわけじゃないけどね。一応、顔が広いってだけで」言って、三橋が声を上げて笑う。

「誰か、栗岡さんと特に親しかった人はいませんか？」

「だったら、増尾《ますお》かな。栗岡と一番年齢が近い。たまに二人で呑みに行くこともあったみたいだから、何か知ってるかもしれないよ」

「会わせていただけますか？」村野は腕時計に視線を落とした。「もう、休憩時間は終わりかもしれませんけど」

「こういう話だったら、いくらでも協力するよ。警察の仕事が大変なのは、よく知ってるし」

「失礼ですが、ずいぶん協力的ですね」

「ああ」三橋が嬉《うれ》しそうな表情を浮かべる。「十五年ぐらい前かな。おかしな車が修理に出されたことがあってね。バンパーとボンネット——車の前の方が結構壊れてて、その修理だったたんだけど、血がついてたんだ」

「交通事故——ひき逃げですか？」

「その通り」三橋が、太い人差し指をピンと立てる。「血といっても、ごく少量だったんだ。でも、いかにも拭き取ったのが残っていた感じでね。それでピンときて、すぐに地元の警察に話をしたんだ」

「それで、ひき逃げ車両だと判明した」

「おかげでこれをもらったよ」三橋が親指を上に向けた。見ると、デスクの上の壁に、立派な額に入った感謝状が飾ってある。所轄の交通課にすれば、まさに天からの贈り物だっただろう。「その時の警察の人の働きぶりを見て、俺は感心したね。いろいろ批判もあるだろうけど、やっぱり正義のために仕事をしている人はいい顔をしている。あんたもだよ」

まさか。だいたい村野は、自分が正義のために仕事をしているかどうかすら分からない。間違いなく被害者のためではあるのだが。

増尾という男は、三橋と違って控えめな、言葉少ないタイプだった。とはいえ、必要なことは答えてくれた——村野にとってはマイナスの情報だったが。

「じゃあ、基本的に栗岡さんは、友だちや知り合いがいなかったんですか」人間関係がここであっさり切れてしまう。

「聞いたことないですね」

「彼女も？」

「そっちの方は、まったくないはずです。まあ、事情は分からないでもないけど……」ボソボソと消え入りそうな声で言って、増尾が周囲を見回した。三橋も事務所を出て仕事に戻っており、この事務所には村野たち二人以外には誰もいないようだったが、妙に用心している。

「何か事情があるんですか？」村野も声を潜めた。

「内密の話ですよ。ここだけの話にしてもらえますか？」

「もちろんです」

「栗岡さん、無実の罪を着せられそうになったんですよ」

「八年前ですね」

村野が指摘すると、増尾は急に緊張が抜けたような表情になってうなずいた。

「そうか、警察の人は、当然知ってる話ですよね」

「そういう情報があることは把握しています。でも、立件されたわけではないですから、彼は犯罪者ではない」

「でも、周りから見れば、警察に疑われたというだけで犯罪者なんですよね。前の職場でいろいろ噂《うわさ》になって、結局辞めざるを得なくなったそうです」

「それは、風評被害ですね」

「三十代も後半になって、そんな事情で仕事を辞めなくちゃいけないとなったらきついですよね」自分を納得させるように増尾がうなずく。「それでだいぶ人間不信になっちゃって、しばらく仕事もしないでぶらぶらしてたそうです」

「分かります」

「でも、結局金がなくなって、仕事を始めざるを得なくて。できる仕事は自動車修理ですから、ここを見つけて勤め始めたそうです。前は、三鷹《みたか》の方の工場にいたそうです」

「ずいぶん遠い」

「それだけ離れないと、まずいと思ったんでしょう」

「なるほど……栗岡さん、田舎の話はしてませんでしたか？」

「ああ、聞いたことはあるけど、悪口だけですよ」

「実家と上手くいってなかったようですね」

「ええ」増尾がうなずく。「理由は分かりませんけど、高校を卒業して、ほとんど家出するみたいに東京へ出てきたそうです。でも、自分でバイトして稼ぎながら専門学校を出て、修理工場で働くようになったんですから、偉いですよね」

「田舎とは切れていた？」

「だと思います。昔のことは話したくもないって感じでしたから」

「休みの日とか、何をしてたんですか？」

「どうかなあ。寝てたんじゃないかな。無趣味な人だから」

「こういうところで働いていたんだから、車好きじゃないんですか？」

「そりゃあ車は好きだったけど、休みの日に必ず箱根《はこね》に走りに行ってたわけじゃないですよ」増尾が溜息をついた。「今は、車も軽ですからね。軽じゃ、走りの楽しみって言ってもたかが知れてる」

「じゃあ、本当に無趣味だったんですかね。休みの日に映画に行ったりとか、そういうこともなかったんですか」だったらいったい、あの現場で何をしていたのだろう。

「ないと思いますよ。酒は好きだったけど、工場の人と呑みに行くこともなくて、基本的には家で一人呑みですからね」

「あなたは、数少ない例外だ」

「一応、年齢も近いですから。他の連中、皆若いんですよ」

「じゃあ、話も合わないですね」

「そうなんですよ……すみません、よく分からなくて」本当に申し訳なさそうに言って、増尾が頭を下げる。

「栗岡さんが何で東新宿にいたのか、心当たりはないですか？　知り合いがいたとか、行く場所があったとか」

「いや、全然分からないです」

「そうですか」村野は膝を叩《たた》いた。「申し訳ありません、お仕事の邪魔をして」

「いえ、とんでもないです」

「しかし、普通につき合っていた人もいなかったんですかね」

「そんな感じだと思います」

「家族とも縁が切れていて――」

「あ、でも、そう言えば」立ち上がりかけた増尾がまたソファに腰をおろした。

「何か思い出しました？」

「弟さんとは、たまに電話で話をすると言ってましたよ」

「間違いないですか？」本当なら、栗岡の弟から聞いた話とは違う。

「いや、ちょっと聞いただけなので、本当かどうかは分かりませんけど」

「そうですか……いや、助かりました。ありがとうございます」

絶縁していたわけではないのだろうか。だったら家族を栗岡に引き合わせてやりたい。そこまでちゃんとやるのが自分の仕事なのだ、と村野は気を引き締めた。

5

沖田は追跡捜査係の資料庫に籠り、昔の資料をひっくり返していた。資料庫とは言っても、ファイルキャビネットで一角を区切っただけの場所である。沖田はあまり資料を読みこむのが好きではないので、この一角に入るのは、サボって居眠りする時だけだった。追跡捜査係は捜査一課の大部屋の一角にあるので、どうしても騒がしい雰囲気から逃れられない。半個室のこのスペースなら、多少静かなのだ。

とはいえ、今回は本来の仕事のためにここにいる。この静けさは、資料を精査するためにも必要だった。

警察の捜査資料も、今はほとんどがデジタル化されている。調書や報告書はパソコンで作成され、各捜査セクションの共用サーバーに保管されている他、紙で出力されて全員が閲覧可能なファイルに綴《と》じこまれる。西川に言わせると、この紙の部分が無駄なようだが、沖田はやはり紙の方に馴染《なじ》みがある。デジタル化されていない昔の資料――以前は当然手書きだった――を読むと、そこで苦労していた先輩たちの顔まで浮かんでくるようだった。

とはいえ、八年前の事件だと、資料は当然デジタル化されている。綺麗《きれい》なフォントでプリントアウトされた報告書を読んでも、どうにもピンとこなかった。

事件はかなり凶暴なものだったと言っていい。一人で惣菜店を切り盛りしている老女の自宅へ深夜押し入って、有無を言わさず襲って金を奪う――しかも非常に静かで、痕跡を残していない。慣れた人間の犯行、という見方が主流だった。

当時は、現場近くに防犯カメラはあまり設置されておらず、そこから犯人を追うのは難しかった。ただし、真っ先に容疑者として浮かんだ人間がいた。鍵をこじ開けて家に侵入する手口が、ある窃盗犯のそれと酷似していたのである。現場の様子から犯人は複数と見られていたが、肝心のその窃盗犯――しばらく服役していたが、当時は出所していた――の行方はようとして知れなかった。長年侵入盗を繰り返してきた人間で、警察にとってはある種の「お得意様」だったのだが。

栗岡が容疑者として浮上したのも、この窃盗犯・富谷《とみや》雄二《ゆうじ》の捜査を通じてだった。富谷の交友関係を追っていくうちに、栗岡の名前が出てきたのである。当時、栗岡は三鷹の自動車修理工場に勤めていたのだが、自宅近くの呑み屋で一緒にいるところを何度も目撃されていた。呑み友だちという感じだったのだが、どうしてそういう関係ができたのかまでは分からなかった。

栗岡の周辺捜査は徹底的に行われたが、犯行当日にアリバイがあることがすぐに分かった。その日と翌日、休暇を取って旅行に出かけていたのである。実際、新幹線のチケットを購入したことは、JR側の記録でも裏が取れた。ただし、行き先の仙台《せんだい》でどこかに泊まった記録がないし、本人の供述も曖昧だった。「飛び込みでホテルに泊まったが、酔っ払っていたので名前は覚えていない」。通用しない言い訳で、新幹線のチケット購入はアリバイ作りのための材料ではないかと疑った刑事たちもいたが、その日彼が実際に仙台にいたのか、東京にいたのかは、結局確認できなかった。実際、特捜本部は栗岡を何度か呼んで話を聴いたのだが、栗岡は頑として犯行を否認し続けた。そして、中途半端ながら存在するアリバイ……特捜本部は、栗岡を落とし切れなかった。

そして、主犯ではと疑われた常習の窃盗犯も、所在不明のままである。大きな犯行を終えて、海外へ逃亡でもしたのだろうか？　しかし出国の記録はない。

午前中かけて当時の資料を読み直したのだが、ピンとくる材料はなかった。資料の行間を読むのが得意な西川なら、何か見つけていたかもしれないが……今はあいつに頼るわけにはいかない。だいたい、追跡捜査係のスタッフは、最初から組んで仕事をすることはまずないのだ。それぞれが古い事件の手がかりを探して勝手に動き回り、何かが引っかかったら全員で一気に動き出す、というのが毎度のパターンである。

「沖田さん、電話です」林麻衣《はやしまい》が資料庫に顔を出した。所轄の刑事課から引き上げられてきた若手だが、沖田は早くも「使える」と評価を下していた。何より熱心なのがいい。気に食わないのは、自分とさほど身長が変わらないことだろうか。

「おう。誰だ？」

「東江東《ひがしこうとう》署の特捜からです」

「ああ……」気が進まない。追跡捜査係は、捜査一課が扱う殺人や強盗など凶悪事件のうち、未解決のままになっているものを再捜査するのが仕事である。当時担当していた刑事たちは、自分のヘマを暴かれるような気になるので、いい顔はしない。特に今回は八年前の事件なので、所轄には未《いま》だに特捜本部が置かれ、数人の刑事が専従で捜査に当たっている。

電話に出て、沖田は少しだけほっとした。知り合い――後輩の金野《こんの》だった。沖田が強行犯係にいた頃、所轄から上がってきた男で、気が合って頻繁に呑みに行った。その後は現場で靴底をすり減らすのではなく、昇進を目指し、今は警部、東江東署刑事組織犯罪対策課の係長になっている。途中からとはいえ、八年前の強盗殺人事件の捜査を指揮する立場になったわけだ。

「お疲れ様です。昨日の件、沖田さん、現場にいたんですって?」

「早耳だな」

「そういう話は、すぐに入ってきますよ。で、どうなんですか? 栗岡に関しては……」

「どうもこうもない」沖田は吐き捨てた。「まだ監視を始めたばかりだからな」

「目の前で襲われるのは、さすがに沖田さんでもショックだったんじゃないですか?」

「いや、直接その場面は見てないんだ。少し距離を置いて尾行してたからな」

「あんなところで何してたんですかね」

「さあな。昨日は奴は休みで、午前十時頃までは家にいた。それから出かけて……」

京成電鉄町屋駅に近い小さなマンションを出て、近くの喫茶店で一時間ほど時間を潰した。休日のブランチと洒落《しゃれ》こんでいたようだ。その後、駅前の銀行に寄ってから、京成本線、地下鉄を乗り継いで東新宿へ。東新宿駅付近は再開発が進む地域だが、特に遊興施設などがあるわけではない。誰かを訪ねて行くのではないかと想像していたのだが、栗岡は襲われてしまったわけだ。

その流れを報告してから、沖田は首を傾げた。

「昔の調査でも、奴の知り合いは出てこなかったと聞いてる」

「ですね。都会の孤独ってやつですよ」

「何だ、その昭和の表現は」沖田は鼻を鳴らした。

「まあまあ……しかし、参りましたね。いつになったら意識が戻るかも分からないんでしょう？」

「そうなんだよ。奴を調べるには、取り敢えずは周辺捜査をするしかねえんだ」

「周辺捜査ねえ」金野が疑念を表明した。「俺も昔の調査結果をひっくり返してみたんですけど、やっぱり孤独な人間像しか浮かび上がってこないんですよ」

「警察との関わり——捜査線上に上がったのは、あの時一回だけか」

「そうだと思います。逮捕歴もないですしね。とにかく、特に知り合いもいないで、ただ静かに暮らしている人間はたくさんいるでしょう。栗岡の場合、普通に働いてたわけだし、まあ、普通の人間ですよ」

沖田は一人うなずいた。栗岡は、自動車修理工としては腕がよかった、という評判は聞いている。何でも自動化されている時代でも、やはり「腕」の違いはあるのだろう。特に古い車の修理を得意としていたようで、クラシックなスポーツカーに乗るマニアが、わざわざ栗岡を指名して修理やメインテナンスを頼んでいたこともあったそうだ。

「奴の家族関係、どこまで摑んでたんだ？」

「捜査はあまり進めていなかったようです」

「実家は長野か……向こうとは疎遠になってたんだろうな」

「ですね。ただ、この件は取り敢えず棚上げです。沖田さんも無理しないで下さいよ」

「そっちも動かない、か」

「本人に話を聞きようがないんだから、どうしようもないでしょう。交友関係を考えると、周辺捜査も難しそうだし」

金野が電話の向こうで肩をすくめる様子が容易に想像できた。それが彼の癖——本音はともかく、すぐに諦めて投げるふりをする。最初はその癖に苛ついたが、実際には全く諦めずにしつこく食いついていくタイプだと分かった。「口だけ」というのが普通で、その逆というのは珍しい。

電話を切り、沖田も取り敢えず栗岡の線は一時放置しようと決めた。意識が戻るのを待っているだけでは仕事にならない。あとは、もう一本の線だ。栗岡と関係があったとされる、常習窃盗犯の富谷の行方である。

沖田は手帳を取り出し、書き出してあった富谷のデータを確認した。

一九六八年生まれ、富山《とやま》県出身。高校卒業後に富山市役所に就職したものの、二十歳の時に初めて逮捕された。この時は何も盗まずに逃げたという事情もあって、逮捕容疑は窃盗未遂、裁判でも執行猶予判決を受けた。しかし当然市役所は辞めざるを得なくなり、家も出て上京した。その後は職を転々としていたようだが、二十五歳、三十二歳、四十歳で計三回逮捕され、その都度実刑判決を受けている。最後に出所したのは九年前——四十四歳の時で、その後三鷹で栗岡と一緒の場面を見られた後で、所在不明になっている。当時の特捜本部も、かなり熱を入れて探したようだが、結局行方は摑めなかった。

既に死んでいるのでは、と沖田は想像していた。これだけ何度も、定期的と言っていい頻度で逮捕された人間が、急に犯行――富谷の感覚では「仕事」かもしれない――から足を洗うとは考えられない。富谷はとにかく手先が器用な男で、独特のピッキング技術で素早く鍵を開錠することができた。逮捕後、本人にやらせてみたことがあるそうだが、他の常習窃盗犯とはレベルが違っていたという。素早い犯行のために、わざわざ自分で特殊な用具まで作るほどだった。その創意工夫を他の仕事に活《い》かせよ、と沖田は呆れたが……スピードは速いが、力に頼る側面もあり、鍵穴周辺に特徴的な傷跡を残してしまうのが、富谷の弱点だった。一度その手口が分かってしまうと、他の現場でも「またあいつか」と疑われる。

こういう手口は、一種の「指紋」なのだ。警察は摑んでいても、犯人は自分で分かっていないことも多い。

八年前の犯行直後にも居場所は確認できなかったのだが、もしも富谷が見つかれば手がかりになるのではないか……沖田はそこから手をつけることにした。

まず、入手していた富谷の実家の番号に電話をかける。誰が出てくるか分からなかったが、電話で応対したのは中年の女性だった。名乗ると戸惑いの声で応答されたが、すぐに「主人に代わります」と言って電話を切り替えられた。

「……もしもし」相手は露骨に警戒していた。

「東京の、警視庁捜査一課の沖田と申します」

「また弟の件ですか」うんざりした口調を隠そうともしない。

「お兄さんですか？　お名前は？」

「貴之《たかゆき》です」

沖田は名前の漢字を確認して手帳に書き取った。貴之は電話の向こうで黙りこんでいたが、苛立ちははっきりと伝わってくる。富谷がこれまで、家族にどれだけ迷惑をかけてきたか、簡単に想像できた。

「最近、弟さんから連絡はありませんか」

「まさか」吐き捨てるように貴之が言った。「この電話番号も忘れてるんじゃないですか」

「番号、変わったんですか？」

「変わってませんけど……電話なんかしてきたことないから」

「疎遠なんですね」

「いや、断絶です」貴之がきつい言葉で修正した。「何十年も会ってません」

「富谷さんが富山を出てから、ということですか」

「その間、何度警察から電話があったか」貴之が溜息をついた。「うちの家族は、地元でいつも肩身の狭い思いをしてきたんですよ。そのせいか、親父もお袋も六十になる前に亡くなったし」

「残念でした」

「それで——弟がまた何かやったんですか？　やったんですよね？　だから警察の人が電話してきた」貴之がせかせかした口調で訊ねた。悪い話ならさっさと聞いてしまいたい、とでも言うようだった。

「いや、そういうわけじゃないんです」沖田は静かに否定した。「弟さんが何かやったと言っているわけじゃありません。ただ、ちょっと話を聴きたいだけなんです」

「話、ねえ」

「八年前から居場所が分からないんです。今はどこにいるのか、まったく分からない」

「こちらに聴かれても分かりませんよ。とにかく、向こうからもまったく連絡がないし、どこにいるかも知らない。今、顔を見ても分からないかもしれません」

「誰か、連絡先を知っていそうな人を知りませんか？」

「全然知りませんね」

「高校時代までの友だち——」

「あの男に友だちがいるとは思えませんね。いたとしても、警察から話を聴かれたら迷惑でしょう。もう、いいですか？　お話しすることは何もないです」

　電話は一方的に切られた。さすがにカチンときたが、この状態では、何度話してもいい情報は得られないだろう。それに、家族の苦しみも十分理解できた。家族には何度当たっても無駄だ、とその時点で諦める。

　行旅死亡人――行き倒れで、身元が分からないまま自治体が遺体を火葬する――は、毎年全国で数百人にもなるはずだ。富谷がその一人になってしまっていても、不思議ではない。富谷は基本的に常習窃盗犯で、人の金を盗むことで生計を立てていた。長期間真面目に働いたことは一度もなく、手に職もない。しかし何度も逮捕されて実刑判決を受けた後、とうとう改心した可能性もある。しかし出所してもそう簡単に仕事が見つかるわけもなく、かといって以前のように盗みをするわけにもいかず、行き詰まってどこか遠い街で行き倒れ、ということは考えられないでもない。

　寂しい末路を辿《たど》る犯罪者は、いくらでもいる。

　忘れてしまうのは簡単だが、まだ捨て切れない。「手口」が、どうしても頭から離れないのだ。その時ふと、沖田はある人間の存在に思い至った。相手はどうせ暇なはずだから、ちょっと話を聞いてみてもいい。こちらが昼食代を持つことになっても、その分の元は取れるはずだ――あの男の話術は、いつでも沖田を楽しませてくれた。

「まったく、お前はいつも急なんだよ」

「すみません」沖田は反射的に頭を下げた。相手は既に警察を退職した人間だが、何度も世話になった大先輩であることに変わりはない。

「まあ、いいか。たまにはゆったりランチぐらい食べないとな」

「忙しいんですか？」

「冗談言っちゃいけねえよ」目の前の相手、高岩《たかいわ》がニヤリと笑う。「毎日暇で、新聞と本ばかり読んでる。そのせいで腹も空かないから、昼なんていつも茶漬け一杯だよ」

それがいきなり、イタリアンでランチのコース……夜に比べれば量は少な目なのだろうが、それでも前菜とパスタ、メーンとしっかり揃っている。沖田はそもそもイタリアンを食べることなどほとんどないので妙に緊張してしまったが、高岩は平然としていた。この店の常連なのかもしれない。

沖田はさっさと用件に入りたかったのだが、高岩は「メーンが終わるまで、野暮な話はしないもんだぜ」とストップをかけた。大先輩に「待った」をかけられたら、勝手に話すわけにはいかない。

前菜は、さまざまな料理の盛り合わせ。どれも上品な味だったが、ここにビールがあればもっと美味いはずだ。これなら夜に会った方がよかったかもしれない。炭酸入りの水をお供に食べるイタリアンは、何とも味気なかった。

それでも、この店がかなりのレベルだということは、食にこだわりがない沖田にもすぐに分かった。ジェノベーゼのパスタも、メーンの小さなステーキも、しつこくないのにしっかりした味つけだった。量が少ないのは、女性向けを狙っているからかもしれない。実際店内を見回すと、自分たち以外の客は女性ばかりだった。白金《しろかね》の高級住宅地にある店だから、さもありなんという感じだったが。

「俺、デザートはパスします」

「何で」高岩が不思議そうな表情を浮かべた。

「甘いものは苦手なんですよ」

「そうかい？　俺は食わせてもらうけど」

「どうぞ」

しっかり食べた上にデザートまで……しかし高岩は、まったく太っていない。退職して数年、既に六十代後半――七十歳が近いのだが、顔色もいいし、見た目は完全に健康体だ。濃紺のポロシャツに色の抜けたジーンズという若々しい格好のせいで、遠目では四十代に見えるかもしれない。

高岩のパンナコッタと沖田のコーヒーが運ばれてきたところで、沖田はようやく切り出した。

「富谷という常習窃盗犯を覚えてますか」

「ああ。ノビの富谷だな」高岩が人差し指を鉤《かぎ》型に曲げて、くいくいと動かして見せた。ノビ――警察の隠語で、民家などへ忍びこむ窃盗を専門にする犯罪者のことである。「腕は確かな男だったね。窃盗担当の刑事が、鍵のメーカーに勤めるように勧めたこともあるんだぜ」

「それは危険じゃないですか？」

「ホワイトハッカーのようなイメージだったかもしれないけど、わざわざ最新技術を学ばせて、腕を磨かせるようなもんだな」高岩がうなずき、パンナコッタを大きくスプーンで抉《えぐ》り取《と》って口に運んだ。満足そうな笑みを浮かべてうなずく。

高岩は現役時代、「手口の高岩」と呼ばれていた。若い頃から窃盗犯捜査を専門にしていたが、手口分析に興味を持ち、個人的にも勉強してきた。そのうち窃盗犯だけでなく、放火犯などの手口にも研究範囲を広げ、その知識の豊富さから、四十代に入ると刑事総務課に異動させられた。現場で歩き回る捜査をしているだけではもったいないから、手口研究を進めて各課の捜査にフィードバックすべし――という特命を受けたのである。本人もこの命令を嬉々《きき》として受け入れ、警察官人生後半の二十年は、ほとんどデスクに座ったままで過ごした。そして彼の経験と研究が、様々な捜査で役に立ったのは間違いない。現場の刑事たちが、手口について悩むと、まず相談にいく存在になったのだ。残念なのは、彼には「まとめる」能力がなかったことである。IT系にも弱かった。それ故、自分の研究結果を総合的に網羅した資料を作れなかった。もしもデータベース化していたら、現役の刑事たちは相当助かっていたに違いない。

「八年前に、江東区で起きた強盗殺人事件がありまして」

「覚えてるよ。俺が辞める直前だったんじゃないか？」急に真剣な表情になって高岩がうなずいた。「あれに、富谷が関係していたのか？」

「鍵をこじ開けて被害者宅に侵入していたんですけど、手口が富谷のそれと似ているんです」

「ははあ」高岩が顎を撫《な》でた。「常習窃盗犯が強盗に変身したってわけか？」

「手口を見れば、そういうふうにも思えるんですよね」

「その説は、俺は買わねえな」高岩があっさり否定した。

「そうですか？」沖田は、すがりついていた線が急に細く頼りなくなったように感じた。

「お前さんも分かってるんじゃないか？　窃盗犯——特に侵入盗が専門の奴は、基本的に臆病なんだよ。用心深いと言ってもいいけどな。家に忍びこんだものの、気づかれて何も盗《と》らずに逃げた、というパターンは相当多いんだぜ。俺の感覚では、半分は失敗してる」

「未遂ですか」

「未遂っていうのは、奴らにとっては失敗なんだよ。金が欲しくて盗みに入ってるわけで、金を盗めなければ百パーセントの失敗なんだ。何も、鍵をこじ開ける手口を競い合ってるわけじゃないからな」

沖田は一瞬、ずらりと並んだドアの前で、号砲一発、プロの泥棒たちが鍵をこじ開けにかかる様を想像した。バラエティ番組の企画としては面白い——いや、さすがにこれは反社会的過ぎるか。

「とにかく奴らは、気づかれないことを最優先にしている。だから、苦労して忍びこんでも、家の住人に気づかれそうになったらさっさと逃げるわけさ。そんな人間が、強盗をすると思うか？　窃盗犯と強盗のメンタリティは、百八十度違うんだよ。だいたい、常習窃盗犯はいるけど、常習強盗はいないだろう？　強盗の方がリスクがはるかに大きいんだ」

「それは分かりますけどね」人の自由を奪う、傷つける、さらには殺すとなったら、単に金を盗むのとは天と地ほどの違いがある。やる方にとっても、この大きなリスクの差は無視できない。

「富谷じゃないな。それは断言できる」高岩が自信たっぷりにうなずいた。「まあ、俺は単なるOBだから、何とも言えないけど。俺の言葉を頼りに動かれても困るよ」

「参考にはなります」

「もう一つ、参考になりそうな話をしようか」高岩が人差し指をピンと立てた。「窃盗犯のノウハウは、受け継がれることがあるんだ」

「弟子、みたいなものですか？」

「ああ」高岩が再度うなずく。「ただ、窃盗犯の学校なんてのはないからな。そういうのはだいたい、刑務所の中で伝えられるんだ」

「暇潰し、ですね」

「そうそう。刑務所の中では、意外に時間があるからな。それに会話までは、看守もなかなか止められない。一度でも侵入盗をやった人間は、手口の話を聞くとすぐにピンとくるみたいなんだ。それで、成功した手口、上手くいかなかった手口が、他の人間にも伝わっていく」

「なるほど……」沖田は、その想定はまったくしていなかった。当時の特捜本部も同じだろう。富谷の手口は捜査三課の中でも特に有名であり、この男の名前がすぐに挙がったのは間違いない。いや、実際捜査三課の方で気を遣って、特捜本部に情報提供してきたと聞いている。警察ならではの横のつながりとも言えるのだが、結果的にはそれが捜査を誤った方向へ導いてしまったのかもしれない。

「誰か、そういう弟子がいるんじゃないかな」

「割り出せますかね」

「捜査三課に聞いてみな。都内で同じ手口の事件が発生していれば、必ず摑んでいるはずだ」

「分かりました。富谷はどうなったと思います？」

「どこかで野垂れ死にしたんじゃないかな」高岩がパンナコッタを完食してスプーンを舐《な》めた。「とにかく、富谷の弟子を探すことだな」

「できますかね」

「まず、三課に聞いてみろよ。同じような事件があったら、必ず把握している」

「分かりました」

「ここのランチ、いくらだった？」高岩が唐突に聞いた。

「四千五百円」

「それだけの値打ちがある話ならいいんだけどなあ」

6

沖田は本部へ戻り、捜査三課で話を聴くことにした。沖田は所轄から本部へ上がって以来、基本的にはずっと捜査一課にいるので、盗犯担当の捜査三課には、知り合いと言えるほどの人はいなかった。結局、正面からぶつかっていくしかないわけか……

手口分析などを専門に行う第二係の係長に電話をかけ、そのまま話を聴きに行く。

第二係の高岡《たかおか》係長は、巨漢だった。追跡捜査係の鳩山係長も体は大きいのだが、彼の場合は、どちらかというと「太っている」。高岡は身長が軽く百八十センチを超え、しかも筋骨隆々なのである。盗犯捜査の三課に置いておくより、機動隊で部下に檄《げき》を飛ばしている方が似合いそうだ。

「追跡捜査係が出てくると、怖いね」

「いやいや、いつも控えめにやってますよ」

「俺が聞いてる話と違うな」

「無責任な噂話じゃないんですか」

高岡がニヤリと笑った。元々の顔が凶暴なので、嫌な感じしかしない。悪人がとんでもない計画を思いついた、という感じだった。

「ま、座って」

促されるまま、沖田は空いた席に腰を下ろした。無性に煙草が吸いたかったが、ここでは無理……入庁した頃は、まだどこでも煙草が吸えたのだが、とふいに懐かしくなった。

高岡が自分のパソコンに視線を落とす。「ええと、D1の手口ね」とぶつぶつ言いながらマウスを動かした。

「それ、手口分類の名前ですか？」

「ああ。その代表選手が富谷だ」

「富谷って、そんなに重要人物なんですか？」

「手口という意味では、画期的な男だったからな。縦型の鍵穴だったら必ず開けちまうんだから」

「ああ」その件は沖田も知っている。鍵穴には一般的に縦と横の二つのタイプがあるのだが、ピッキングしやすいのは圧倒的に縦のタイプだ。昔はこの鍵穴が多かったというが、ピッキングされやすいという話が広まってからは、横型が主流になったはずだ。

「噂では、縦型の鍵穴だったら、十秒以内で絶対に開けられる、という話だ」

「ある意味プロですね」

「プロ、ねえ」高岡がニヤリと笑う。「まあ、プロであるのは間違いないけど、その割にはよく捕まる」

「手口を指紋代わりに残していきますからね」

「鍵を開ける技術は大したもんだけど、その他がなってないんだよ。気も弱いし……で、このD1の手口を使っている人間が他にいないかどうか、だな？」

「そうなんです」

「いるよ」高岡があっさり認めた。

「犯人は――」

「いや、待て待て。警視庁管内じゃないんだ」

「ああ……他県警の情報も収集してるんですね？」

「そりゃそうだよ。捜査三課にとっては、手口が全てだから。それはどこの県警でも変わらないし、警察庁を通じて情報を共有するのも基本なんだ。捜査の基礎と言ってもいいね。ここ何年か――三年ぐらいかな？　全国各地で、同じ手口を使った犯行が何件か発生している」

「犯人は捕まっていない？」

「ああ」高岡が太い人差し指で頰を掻いた。「静岡《しずおか》、福島《ふくしま》、山形《やまがた》……現場が東日本っていうだけが共通点だな。いや、大阪《おおさか》で一件だけあったか」

「富谷自身がやったんじゃないんですか」

「どうかな。奴はずっと、行方不明なんだよ」

「それは知ってます」

「俺は、どこかでのたれ死んでると思う」

「……ですね」

「だいたい富谷は、基本的に東京でしか事件を起こしていない」

「確かに」沖田はうなずいた。

「窃盗犯にもいろいろなタイプがいるんだ。各地を渡り歩いて足跡を残さないようにするタイプと、馴染んだ同じ場所で犯行を繰り返すタイプと。富谷は明らかに後者だな」

「その方が、捕まる危険性が高いと思いますけどね」

「東京はでかい街なんだよ」高岡が鼻を鳴らした。「田舎を転々とするより目立たない、そういう考えの人間がいてもおかしくないだろう」

「なるほど……」

「とにかく、奴には弟子がいると思うよ。はっきりしたことは分からないけど、富谷の手口を引き継いだ人間がいるはずだ」

「それは、類似の窃盗事件の犯人を捕まえてみないと分かりませんよね」

「そこが問題なんだけどな。警視庁管内の話だったら、何とでもなる。でも、他県警の事件には口も手も出せないからなあ」

「何か手はないですかね」

「あんた、八年前の事件を追ってるんだろう？」

「ええ」

「D1の手口を使って被害者宅に忍びこんだ人間がいる——そいつが強盗事件の犯人

だと思ってるわけだ」

「今のところ、唯一の手がかりと言っていいと思います」

「ちょっと考えてみるよ」

「何か手があるんですか？」

「その手を考えるんだ——それと、同じD1の手口を使った窃盗事件のデータ、持って行けよ。何か参考になるかもしれない」

「ありがとうございます」

「お前の方でも分析してみな。俺たちはこういう捜査に慣れきってるけど、素人が見た方が、新しい情報が見つかるかもしれない」

「やってみます」

「メールしておく。じっくり見てくれ」

じっくり見る——沖田が一番苦手とする作業である。こういうのが得意なのは、やはり西川だ。何度も資料を読み直しているうちに、行間から隠れた事実が浮かび上がってくると言うのだが……沖田には、そういう経験は一度もなかった。まあ、西川が特殊能力の持ち主なのだろう。
高岡が送ってくれた窃盗犯のデータは五件あった。静岡、福島、山形、宮城と、確かに東日本に偏っている。そして一件だけ、大阪での犯行があった。

手口を精査してみると、やはり同一犯の犯行としか思えない。縦型の鍵穴ばかりを狙って、民家に忍びこんでいるのだ。どれも古い家で、警備会社と契約しているところは一ヶ所もなかった。指紋としての手口――やはり富谷が使っているのと同じ道具を使用していたようで、鍵穴の周りには必ず特徴的な傷跡が残っていた。

「何か手伝いましょうか？」声をかけてきたのは、これも新しく追跡捜査係に加わった牛尾《うしお》拓也《たくや》だった。捜査一課の特殊班から横滑り異動してきた男で、中堅というにはまだ若い。妙に礼儀正しく、時に堅苦しく感じられるのだが、基本的な仕事の技術は身についている。

「いや、お前の手を借りるほどの話じゃねえよ」沖田は首を横に振った。一時間ほどパソコンの画面を見ていただけなのに、もう肩が鉄板のように硬くなっている。

「ずっと集中してたじゃないですか」

「まあな。手口の分析をしてたんだ」

「八年前の事件の関係ですか？」

どうして知ってる？ いや……雑談の中で、今自分が取り組んでいる事件について話したことがあった、と思い出した。

「ああ。容疑者へつながる材料を探してるんだけど……手口の継承さ」

「継承？」

行き詰まっていた沖田は、結局事情を話してしまった。次第に牛尾の目が輝き出す。

「面白そうな話じゃないですか」

「まあ、容疑者につながるかどうかは分からないんだけどな……見てみるか？」

「はい」

沖田は、高岡から送られてきたデータを牛尾のメールアドレスに転送した。牛尾が自席でパソコンに向かい、早々と画面に集中し始める。その姿を見ながら、沖田は、牛尾が何か手がかりを摑む可能性はどれぐらいあるだろう、と考えた。追跡捜査係では、長く沖田と西川がツートップでやってきた。理論派の西川と勘の沖田。同期とはいえ、気が合うとは言えない二人である。しかし仕事の時は、二人の性格の違いが上手く嚙《か》み合《あ》って捜査が進むことも多かった。新しく追跡捜査係に加わった牛尾や麻衣は、どんな個性を発揮してくれるだろう。このところずっと開店休業状態——追跡捜査係として、古い事件を挙げていないので、二人がフル回転で捜査しているところは、まだ見たことがないのだ。やはり、普段の淡々とした毎日の中では、刑事の素養は見抜けないものだ。厳しい事件の現場でこそ、本当はどんな刑事なのかが分かる。

そこで沖田は、話ができる人間が一人いるのを思い出した。大阪府警の捜査三課生え抜きの刑事で、これまで何度か合同で捜査をしたことがある三輪《みわ》。このところご無沙汰だが、話せば動いてくれるかもしれない。

電話すると、すぐに通じた。外回りをしているのではなく自席にいる――おっと、そういえばこの男は、一年ほど前に警部に昇進し、捜査三課の係長になっていたのだった。係長が毎日現場で動き回ることはない。自席にどんと座って指示を飛ばすことこそ仕事である。

「沖田さん。どうも、えらいご無沙汰してしまって……そう言えば、昇進祝い、どうもおおきに」

「いやいや」言われて沖田も思い出した。三輪が警部に昇任した時、西川と連名で馬鹿高いウイスキーを送ったのだった。酒好きの三輪には、いかにも相応《ふさわ》しいプレゼントに思われたから。彼なら、飾っておかずにすぐ呑んでしまうだろう。

「何か面倒臭い用事ですな」三輪が鋭く言った。

「まさに、あんたが担当している事件のことなんだ」

「三課の事件にまで手を出すようになったんですか？」

「そういうわけじゃない。ある手口の事件を追いかけてるんだ。こっちで起きた強盗殺人事件の関連でね」沖田は簡単に事情を説明した。三輪は呑みこみが早い男で、すぐに事情を察してくれた。

「で、こっちの事件というのは？」

沖田はパソコンの画面を睨みながら言った。

「三年前、大阪の堺《さかい》で起きた多額窃盗事件だ。地元の資産家の家に夜中に侵入した奴が、現金一千万円近くを盗んでいった」

「ああ……」途端に三輪が嫌そうな声を上げた。「覚えてるっていうか、俺、その現場に行きましたわ」

「いつも不思議なんだけど、自宅に多額の金を置いている人って、何を考えてるのかね。危ないことぐらい、分かりそうなものだけど」

「それは、人それぞれ事情があるんやないですか」三輪がさらりと言った。「この被害者の場合は、自分で商売をやってますからね。緊急用として、常にそれぐらいの額の金は手元に置いてある、いう話でしたわ」

「なるほど」

「で、手口はD1ですな。警察庁から話が回ってきましてね」

「その手口なんだけど、全国では何件も起きている。同一犯と断定はできないのかな」

「そこまではねえ……渡りの窃盗犯でしょう？　こういう人間の尻尾は捕まえにくいんですわ。警察は、県境を越えると急に情報が途切れますさかい」

それは昔からよく言われていることだ。県警同士の縄張り意識もあって、似たような事件の情報が隣県の県警に流れないこともよくある。時には、追跡している犯人が隣県に逃げこんだだけで逮捕できない、というケースもあるぐらいだ。警察庁もそれを気にして、広域事件に関しては県警同士の協力を密にするように何度も通達を出しているのだが、なかなか上手くいかない。そういう警察の事情を分かっている「渡り」の犯罪者もいるということだろう。

「容疑者は浮かんでいない？」

「そうなんですよ。力不足で申し訳ないですねえ」三輪が、少し皮肉を滲ませて言った。「大阪府内で同じような事件が起きていればともかく、あれ一件ですから。ヒットエンドランみたいなものやないですかね」

「まあ、そんな感じなんだろうな」

「しかし、犯人を捕まえないと真相は絶対分からんですな」

「何だよ、捕まらないのかよ」

「いやいや……」電話の向こうで三輪が溜息をついた。「窃盗事件で三年いうたら、ほぼお宮入りやないですか」

「何だよ、三課っていうのは、そんなに諦めが早いのか？」

「そりゃあ、一課とは違います。扱ってる事件の数も全然違いますさかい」

「それに、人の命がかかってるわけでもないからな」

「被害を苦にして自殺した人もいますよ」

「そうか」沖田は咳払いして話を誤魔化した。自分でも意識しているのだが、捜査一課の刑事は、自分たちこそ警察の中でのエリート、そして代表だと思いこんでいる節がある。捜査三課なんて、所詮泥棒を追いかけてるだけじゃないか——しかし三輪の言うように、財産を奪われて絶望し、自ら命を絶つ人もいるだろう。

　反省しながら、沖田は話を先へ進めた。

「D1の手口は、元々このやり方を開発した富谷という常習犯から、他の人間に伝わった可能性がある」

「刑務所人脈ですね」さすが、三輪は理解が早い。

「富谷は何回も逮捕されているけど、侵入に失敗したことは一度もないそうだ。古い縦型の鍵を使っているドアに関しては、今でも有効な手口なんだろうな。そういうノウハウを知りたがる人間は少なくないと思う。ましてや、刑務所の中は暇だ」

「そりゃそうですな」三輪が同意した。「意外に多くの人間が知ってるかもしれませんよ。富谷って、何回も服役してるんでしょう？」

「ああ。人生の半分は刑務所の中だ」沖田は話を膨らませて言った。「弟子が何人もいるかもしれないな」

「だから、沖田さんが目をつけてる事件の犯人だって、同一人物とは限らんわけです」

「まあ、そうなんだが」指摘されて、沖田は思わず不機嫌な声を出してしまった。

「この件、俺にとっては重大事件になったんだ」

沖田は、追っていた栗岡が通り魔に襲われた話をした。三輪が呆れたように「あらら」と声を上げる。

「沖田さん、こういうこと多くないですか？」

「こういうことって？」

「目の前で、何かとんでもない事件が起きることが。持ってますなあ」

「こういうのは、持ってるって言わねえんだよ」沖田は吐き捨てた。「事件なんか、ない方がいいんだから」

「そうなったら、警察官は税金泥棒、言われまっせ」

「抑止力だよ」

「まあ、言い方ですな……とにかく、ちょっと調べ直してみますわ。この件、今は所轄に任せっきりになってますけど、少しネジを巻いてみますよ」

「さすが、府警本部の係長になると違うな」

「何言うてはりますか」豪快に笑って、三輪が電話を切った。

さて、どうなるか……三輪は盗犯捜査のベテランで、腕も確かなのだが、この件は自分で動いて捜査するわけではない。部下に任せることになるだろう。現場でどれほど優秀な刑事でも、指揮する立場になると途端に駄目になってしまうこともある。三輪は、指揮官としてはどういうタイプなのか――まあ、頼んだのだから、任せるしかない。この件に関しては、自分には待つことしかできないのだ。

電話を終えると、牛尾が「あの」と遠慮がちに声をかけてきた。

「何だ」

「この、仙台の事件なんですけど……俺、宮城《みやぎ》県警に知り合いがいるんです」

「ああ？」沖田は思わず目を剝《む》いた。警察官は基本的に、都道府県単位でしか仕事をしない。ただし、他の県に出張って仕事をしたり、昇任して警察大学校で学んでいる時に、他県警の人間と関係ができることもある。「相手は何者だ？」

「捜査三課の刑事です。俺と同じでヒラですけど」

「何で知ってるんだ？」

「高校の同級生なんですよ。向こうは高校を卒業してすぐ宮城県警に入って……俺は東京へ出てきたんですけど」

「すごい偶然だな」

「いや、そうでもないですよ。田舎だと、公務員は一番大きな就職先ですから。俺の高校時代の友だちも、警察官に市役所や県庁の職員、学校の先生ばかりです」

「宮城だったら、地元の大きい企業もありそうだけど」

「でも、どこの親も公務員にしたがるんですよねえ」かすかに顔を歪めながら牛尾が言った。「家を継がせるためなんですけど……俺はさっさと逃げ出しましたけどね」

「お前、長男じゃないのか」

「次男です」

「まあ、それはお前の選択だから俺には何とも言えないけど……その、捜査三課のお友だちとは話できるか？」

「大丈夫だと思います。今は年賀状のつき合いだけですけどね」

「じゃあ、電話してみてくれ。使えるものは何でも使うんだ」

「勉強になります」

「馬鹿野郎……下らないこと、言ってるんじゃねえよ」

沖田は席を立ち、煙草を吸いに行った。警察官は、他の業種に比べてまだ喫煙者が多いという話だが、年々煙草は吸いにくくなっている。所轄など、庁舎内では全面禁煙になっているのが普通だ。沖田も最近は、喫煙所で慌てて二本吸い、それからしばらく我慢するというパターンになっている。こういう吸い方は体にいいのか悪いのか……そろそろ禁煙しなくてはいけない、とずっと思ってはいるのだが。

席へ戻ると、牛尾はちょうどスマートフォンをデスクに置いたところだった。軽く笑顔を浮かべると「話せました」と報告する。

「よし」沖田は少しだけ気分が晴れるのを感じた。「どんな感じだった？　向こうの捜査も行き詰まってるのか？」

「いや、それがですね……」牛尾の表情が暗くなる。「仙台の事件、発生が七年ちょっと前なんですよ」

「しまった、時効か」見逃していた。窃盗の時効は七年である。

「そうなんですよ。ちょうど時効が成立したばかりで、捜査は打ち切りになりました」

「参ったなあ……」沖田は後頭部を撫でた。

「でも、犯人は絞りこみつつあったそうです」

「マジか」

沖田は腰を下ろした。牛尾が手帳を広げて説明を始める。

「十一年前に、宮城県で窃盗事件を起こして逮捕された、牟田《むた》という男なんですが、県警はこいつに目をつけていました」

「逮捕はしてないんだな？」

「ええ。もともと宮城出身で、過去に何度も窃盗の疑いで取り調べを受けたことがあるんですけど、逮捕されたのは十一年前の一件だけなんです。初犯だったんですけど、裁判官の心証もよくなかったようで、懲役二年の実刑判決を食らっています」

「初犯だと、執行猶予になることも多いんだけどな」

「被害金額も大きかったんです。三百万円超」牛尾がうなずく。「それで、新潟《にいがた》刑務所で服役して、出所後はまた宮城に戻っていたみたいです。一応危険人物ということで、県警はマークしていました」

「それで、七年前の事件でも容疑者扱いか」沖田は顎を撫でた。「——待てよ、新潟刑務所だって？」

「はい。つまり——」

「富谷も新潟刑務所に服役していた。奴の最後の刑務所暮らしだな。ここで二人に接点ができた可能性がある」

「それは……あくまで可能性の話ですよね」牛尾が遠慮がちに反論した。「時期は合っているにしても、刑務所の中で特定の服役者同士に接点があったかどうかなんて、分からないじゃないですか」

「いや、調べられないこともない。刑務所の中っていうのは、濃密な空間なんだ。同じ人間と毎日ずっと顔を合わせているから、人間関係も見えやすい。もしも、当時新潟刑務所に服役していて、今は出所している人間が見つかれば——そういう人間に話を聞けば、何かが分かるかもしれない。よし、お前、よくやったぞ」

「いや、俺は別に……」牛尾が照れて下を向いた。「たまたま知り合いがいただけですから」

「それが一番大事なんだ。お前、いわゆる『持ってる』奴なんだよ。そういうのは、真似《まね》しようとしても真似できない」

「たまたまですよ」

「謙遜しなくていい。いいか、ちょっとでも手柄になりそうなことがあったら、思い切ってアピールしておけよ。表彰は何回受けても損はないし、お前の将来に絶対役に立つ」

「はあ……まあ、ありがとうございます」

「礼を言うのはこっちだよ」

直接富谷の行方につながる手がかりが出たわけではない。しかし、こういう小さな情報の積み重ねが、いつかは事件を解決に導くはずだ。

とはいえ、どうやって新潟刑務所の特定の時期の受刑者を割り出すか……刑務所は法務省の管轄であり、普段、警察とは縁がないのだ。いわば事件の入り口と出口。役所の管轄も違うと、いくら事件捜査とはいっても簡単に情報は流してもらえないはずだ。

一瞬、岩倉剛《いわくらごう》の名前が頭に浮かぶ。現在立川中央署の刑事課に勤務する岩倉は、異常な記憶力の持ち主として知られている。特に事件に関する記憶力は不気味なほどで、犯人の名前を挙げただけで、事件の詳細までペラペラと諳《そらん》じ始めるのだ。本人は「捜査は趣味だから」と言い切っているそうだが、まあ、自分たちとは頭の構造が違うということだろう。そんな岩倉なら、特定の事件の犯人がいつどこの刑務所に服役したかまで摑んでいるのではないか——いや、さすがにそれは無理か。岩倉の事件に関する記憶は、主に殺人事件が対象で、他の事件に関してはよほど特異なものでなければ覚えていないだろう。今回の富谷の場合、手口は特殊で「D1」としてわざわざ分類されているほどなのだが、犯行自体には驚くような内容はない。超多額窃盗だったりすれば、岩倉も覚えているだろうが。

電話しても無駄か……そもそも岩倉とは気が合わないのだ。一時は二人とも捜査一課の強行犯係にいて、同じような仕事をしていたのだが、沖田と違って理屈っぽい性格なので、もしも一緒に捜査することになっても合わないだろうな、と当時から思っていたのだ。むしろ西川の方が気が合うかもしれない。そう言えばしばらく前に、二人で共同して捜査を担当していたことがあったはずだ。だったら西川経由で聞いてもらうか。

馬鹿馬鹿しい。電話するだけじゃないか。

沖田は立川中央署の刑事課に電話を入れた。岩倉は在席しており、普通に電話に出た。

「ご無沙汰してます。追跡捜査係の沖田です」

「ああ、どうした？」

「もしも知ってたら、教えてもらえるとありがたいんですが」沖田は下手に出た。

「何だよ、お前がそんなに丁寧に言うと気持ち悪いぞ」

その言い方に少しむっとしたが、沖田は何とか怒りを抑えた。

「窃盗事件の関連なんですよ。常習窃盗犯を探しているんですが、最後に出所してから行方が分からないんです。そいつを探すために、その刑務所に特定の時期に服役していた人間を見つけたいと思って」

「いや、お前……」岩倉が絶句した。

「ガンさんなら、そういうことも覚えてるんじゃないかと思ったんですけど」

「馬鹿言うな」岩倉が吐き捨てた。「俺が何でもかんでも覚えてるって思うなよ。そもそも三課の事件は、俺の興味の範疇《はんちゅう》にないんだから」

「いや、しかしですね……」

「無理だ」岩倉があっさり言った。「俺の記憶容量にも限界があるんだよ」

「富谷という男なんですが」

「記憶にないな」岩倉があっさり言った。

「いや、そう簡単に言わないで――」

「無理だって」岩倉が拒否する。「それに、お前の要求は、どんな人間の限界も超えてるよ。特定の時期に、特定の刑務所にどんな服役者がいたかなんて把握している刑事はいない。自分が担当した事件の犯人なら別だろうけど」

「何とかなりませんか」

「無理だって」岩倉が繰り返した。「そういうことなら、何とか法務省とのルートを探すんだな。警察庁に知り合いはいないのか？」

「残念ながら」

「じゃあ、そういうルートを開拓するなり、誰かに紹介してもらうなりして、リストを手に入れるんだな。正面からいきなり頼んでも、相当難しいと思うぞ」

「それは分かってます」

「裏から手を回した方が早い。とにかく、この件では俺は役に立たない」

岩倉はあっさり電話を切ってしまった。クソ、時間の無駄だったか……岩倉の記憶力も大したことはないと思ったが、考えてみれば彼の言う通りである。沖田だって、自分が刑務所に送りこんだ犯人以外の犯罪者がどこの刑務所に入っているか、把握しているわけではない。しかもこれは、警視庁だけの話に限らないのだ。収監される刑務所は、収容分類級によって決まる。東京で事件を起こして逮捕されたからと言って、地元の府中刑務所で刑期を送るわけではないのだ。

しかし、一つヒントはあった。裏から手を回す——警察庁と法務省は人事交流もあるから、警察庁の中で、誰か動いてくれる人がいるかもしれない。ただ自分がそれを知らないだけなのだ。考えろ……本当は、誰かキャリアの人間と絡みがなかったか？ない。もちろん、キャリア官僚も捜査の現場にはいる。警視庁の場合、各課の課長はキャリアが多いのだ。ただし捜査一課長は、慣習的に必ずノンキャリアの叩《たた》き上《あ》げの刑事が務める。警視庁に入って以来、所轄と捜査一課でしか仕事をしてこなかった沖田は、キャリアの管理職の下についたことはなかった。まあ、大抵の刑事がそうだろうが。

もう一本煙草だな。立ち上がったところで、係長の鳩山が戻って来る。肝炎の治療中で、毎日のように「減量、減量」と言っている割に成果がまったく出ていない鳩山は、最近歩くのも難儀そうだ。今日も、巨体を揺するような歩き方である。ふと思いついて訊ねてみた。

「係長、警察庁に知り合いはいませんか」

「何だい、藪《やぶ》から棒に」鳩山が目を見開く。

「法務省から情報を引き出せないかと思いましてね。法務省と警察庁なら、人事交流もあるでしょう？　そういう線を狙って頼めば、話が早いかな、と思って」

「正面から行けばいいじゃないか」

「面倒な話なんですよ。データはあるかもしれないけど、出してもらえるかどうかは分からない」

「そうか。いや、俺は知り合いはいないな。縁がない世界だから」

「そこを何とか――」

「無理、無理」鳩山が顔の前で手を振った。「他の線を探してくれよ」

この役立たずが、と沖田は腹の中で罵った。役立たずなのは自分も同じかもしれないが。

第二部　家族と過去

1

どうせ出張は許されない。栗岡の家族に会いに行くのは、支援課の仕事の範疇を外れていると判断されるだろう、と村野は予想していた。それでも念《ねん》の為《ため》、課長の桑田に相談することにした。

最初は予想通り、あっさり却下された。こうなったら、ルール違反にはなるが、休暇を取って長野に行ってみるか……警察手帳は常に持ち歩いているから、警察官としての仕事はできないでもない。ただし、バレたら面倒なことになる——自席でもやもやと三十分以上悩んでいると、急に課長室のドアが開き、桑田に呼ばれた。

課長席の前で「休め」の姿勢を取り、指示を待つ。何だか落ち着かない……桑田というのはあまり整理整頓ができない男で、この狭い課長室の中も、何となく雑然としていた。汚いわけではないが、まったく片づいていない。たぶん、頭の中も整理できていないのではないだろうか。

「長野へ行ってくれ」

「いいんですか？」

「ああ」

「さっきはＮＧ――」

「事情は変わるんだよ。栗岡の実家、まだ話すのを拒否してるんだろう？」

「ええ。何度か電話しましたが、まともな話になりません」

「都内の勤務先とは通じてるんだよな」

「そちらは大丈夫です。ただし、勤務先の工場からご家族に連絡しても、まともな話にならないそうです。社長さんも、ご家族に対しては相当怒ってますね」

「一応家族には通告したから、こっちへ来るかどうかは向こうの判断だ。うちでは強要はできない」

「ええ」

「ただ、このままだと、向こうも嫌な思いを抱えたままできついだろうな。お前、一回行ってちゃんと話してこい。それで、支援課としては義務を果たしたことにしよう」

「分かりました」急に指示が変わったのはどうしてだろう？　そう言えば、先ほどまで誰かと電話で話していたのがガラス越しに見えたのだが、何か指示を受けたのだろうか？　いや、被害者支援については完全に支援課に任されており、総務部のさらに上層部――参事官や部長が口出ししてくることはない。あるいは捜査一課の方で、何か事情が変わってこちらを頼りにしてきたのか？

どうでもいい。とにかく許可が出たのだから、桑田の気が変わらないうちに行くだけだ。

「今から行けるか？」

「大丈夫だと思いますが……」既に午後四時。長野までは北陸新幹線で一時間半程度なのだが、これから出かけても、今日どれだけ仕事ができるだろう。

「遅くなったら泊まりでもいい」

「経費削減じゃないんですか」

「お前が一泊するぐらいなら、大したことはないよ。さあ、さっさと行け。時間を無駄にするなよ」

急に状況が変化したことは気になったが、桑田の気が変わらないうちに出かけるのが得策だ。

支援課ではあまり出張はないのだが、村野は過去の経験から、ロッカーに一泊の出張をこなせるだけの用意はしている。その出張道具一式が入った小さなバッグを抱えて、東京駅へ急ぐ。五時半前に出る「かがやき」のチケットを手に入れて、準備完了。帰りの便は……長野発東京行きの最終は十時過ぎである。これで東京へは十一時半ぐらいに戻れるが、そう上手くいくだろうか。せっかく行くのだから、何の成果もなしに帰って来る気はなかった。それこそ一泊して粘ってもいい。

車中で弁当を食べて行こうかと思ったが、さすがに夕飯には早過ぎる。向こうで何とかしようと決めて、村野はスマートフォンのタイマーを目覚まし代わりにセットして目を閉じた。しかしあれこれ考えてしまってまったく眠れず、結局一時間以上をもやもやと過ごしただけだった。

長野駅前に降り立った時には、すっかり暗くなっていた。駅舎も駅前も小綺麗……新幹線が開通したのは長野オリンピック開催がきっかけで、駅周辺も整備されたのだろう。あれはもう四半世紀も前なのだが、まだ整然とした雰囲気は残っている。

店は善光寺の近くにある。その善光寺は、駅からは少し遠い……長野電鉄に乗れば「善光寺下」という駅があって店のすぐ近くまで行けるのだろうが、本数が少ない。バスも使えそうだが、適当な便を見つけるのも面倒だったので、結局自腹でタクシーに乗る。

しかし、既に時間切れだった。栗岡の実家が経営する和菓子店「東進堂《とうしんどう》」の営業時間が午後七時までということは分かっている。参道沿いの店は、だいたいそれぐらいの時刻には閉店するのだろう。表の店が閉店しても、同じ場所にある会社にはまだ人がいるのではないかと考えたので、取り敢えずそこを目指す。

タクシーの運転手に、東進堂の本店と告げると、すぐに分かってくれた。やはり、地元では有名な大店《おおだな》らしい。それを訊ねると、運転手が愛想良く答えた。

「美味い店ですよ。お土産で人気です」

「結構大きなチェーン店ですよね」

「市内に何ヶ所もお店がありますからねえ」

「社長は地元の名士、みたいな感じですか」

「そうですね……社長は確か、商工会議所の広報部長ですよ」

運転手の説明によると、創業は江戸時代、善光寺参りの人向けの土産物店だったというが、今の社長の代になって事業を拡大し、ヒット商品も出て、一気に会社として大きくなったのだという。

苦労もしたのだろうが、その分プライドも高いはずだ。不良化した兄の影に悩まされながら、必死に会社を大きくしてきたわけだから、今さら警察にあれこれ言われるのはたまらないだろう。自分が同じ立場だったら、放っておいて欲しいと願うはずだ。ここで築いた小さな王国を守るために、余計なことには煩わされたくない——。

運転手は「大門《だいもん》」という交差点を渡ったところで車を停《と》めた。

「ここからは歩いた方が早いですよ」

「そうですね」村野は事前に地図で確認していた。「もう本店の営業は終わっていると思いますが……確か、七時までですよ」

「それも承知しています。どうも」

領収書をもらい、タクシーを降りる。東京は今日も日中の最高気温が三十度を超えていたが、長野はさすがに数度低い……夏物の上着を着ていてちょうどいい陽気だった。村野は真夏でも必ず上着を羽織るようにしているのだが、結果的にそれが正解だった。

昼間なら、この辺は参拝客で賑わうだろう。しかし今は歩く人もいないし、車の通りも少ない。街も暗く、どこか薄気味悪い感じがしていた。

ゆるく続く石畳の坂道を歩いていくと、目指す「東進堂」の本店はすぐに見つかった。江戸時代の創業というから、どれほどどっしりした古い建物かと思ったら、昔風にしつらえられてはいるものの、まだ新しいようだった。何かのタイミングで建て替えたのだろうか……古い本店を建て替えるのは結構勇気がいるはずだが、当主の智雄は、相当の気概を持って会社経営に取り組んできたようだ。

既に閉店している店の前に立つ。いかにも古くから受け継がれてきたような看板。和菓子を売っているだけではなく、店内でも食べられるようだった。参拝の途中でちょっと休憩するにも便利な店なのだろう。

スマートフォンを取り出し、会社の方の番号を呼び出してかける。予想通り、少し疲れた女性の声で返事があった。

「東進堂でございます」

「社長は——栗岡智雄さんはいらっしゃいますか？」

「今日はもう引き上げていますけど」

「ご自宅ですか？」家の住所は既に調べてある。東進堂からは少し離れた、吉田《よしだ》という町にあるらしい。

「いえ、商工会の会合がありまして」

「場所を教えていただけますか？」

「すみません、どちら様ですか」そこで初めて、女性社員が疑わし気な声を上げた。

「警察です」

「警察……」

「前にも何度か電話しました、警視庁の村野と言います。実は今、店の前にいるんです」

「ああ……」

「そちらにご挨拶に行きます。場所はどこなんですか？」

「裏手に回っていただかないと……隣のお店の横から入れます」

指示通りに細い脇道を歩き、東進堂の裏に出る。店の奥に平家の建物がつながっていて、そこが会社になっているようだった。昼間、店が開いている時にはそこから入れるのだろうが。

先ほど電話で話した女性がいるだけだった。村野はバッジを示し、名刺を差し出して改めて挨拶した。女性は五十歳ぐらい、何となくどっしりとした雰囲気のある人だった。

「わざわざ東京からですか」名刺をとっくり眺めながら訊ねる。

「どうしてもお話ししないといけないんです」村野は訴えた。「ご家族のことですから」

「ああ」女性の顔が曇る。「それは難しいかもしれません」

「電話で話して、難しいことは分かっていますけど、どういうことなんですか」

「社長は、お兄さんにはずいぶん悩まされましたからね」

「よくご存じですね」

「私は先代の頃からここにいますので。どうしても家族の話も耳に入ってきます」

「そんなに大変だったんですか？」

「それは——私が言うことではないと思います」女性が急に顔を強張らせた。いくら知っていても、社長の家の話をペラペラ喋るのは気が進まないのだろう。

「失礼しました。それで、社長はどちらに？」

「今日は、権堂町《ごんどうちょう》の『伊勢源《いせげん》』という店にいます」壁の時計にちらりと視線を向けた。「八時ぐらいまでだと思いますよ」

ということは、もうそんなに時間はない。

「権堂町というのは、どの辺ですか？」

「ここから歩いて行けます。長野で一番の繁華街で、アーケードになっていますから、すぐに分かりますよ」

店の場所を教えてもらい、すぐに会社を辞する。酔っ払って出てきたところを摑まえて、まともに話ができるとも思えなかったが、取り敢えずやってみるしかない。

権堂町は、コンパクトなアーケード街だった。車が平気ですれ違いできそうなほど広いアーケード街もあるが、ここは比較的狭く、その分親しみやすい感じがする。空を遮断するアーケードは大きく上に向かって湾曲しており、そのせいか狭苦しい感じはしない。チェーン店もあるが地元の店もあり、ちょうど一次会が終わる時間帯のせいもあって、通りは人で溢《あふ》れていた。

「伊勢源」はすぐに見つかった。いかにも老舗っぽい木造の建物で、地元の人たちが公式な宴会で使いそうな店だ。八時まであと五分と確認して、向かいにあるカフェの前に立つ。道幅が狭いので、誰かが出て来れば見逃すことはない。

スマートフォンを取り出し、「東進堂」のホームページを確認する。ネット通販などがメーンのコンテンツなのだが、「会社概要」のページもあり、そこに栗岡智雄の顔写真も載っていた。いかにも写真館などでちゃんと撮影したような、少し斜めの角度から写った笑顔の写真。四十四歳、結構なハンサムなのだが、どこか老成した渋さも感じられる。和服姿で写っているせいかもしれないし、それこそ和菓子店という商売をPRするためのイメージ作戦かもしれない。

その顔をしっかり頭に叩きこんでから、その場で軽く屈伸運動を始めた。長距離移動でずっと同じ姿勢でいたせいか、左膝の調子が思わしくない。かなり効果のある膝のマッサージを最近覚えたのだが、あれは座らないとできないので、今はどうしようもない。取り敢えず屈伸、困ったら屈伸。事故に遭ってから、これで何とか痛みを誤魔化してきた。

最初は軽く、その後で三回ほど深く屈伸してから、爪先を地面につけて足首を回す。アスリートの準備のようなものだが、実際は気休めでしかない。それでもやらないよりはまし、ということだ。

八時十分、店から数人の中年の男がぞろぞろと出て来た。一様に明るい表情。どんな話をしたかは分からないが、会合は充実していたようだ。その中に、智雄がいる。ホームページの写真と同じ、爽やかなハンサムさ。そのまま他のメンバーと連れ立って二次会へ行くのではないかと思ったが、智雄は早々に挨拶を交わすと、人の塊から離れて一人歩き始めた。どうするつもりか……彼の家は、この辺からは少し離れている。アーケード街の最寄り駅である権堂から自宅近くの桐原《きりはら》までは長野電鉄で行けるのだが、本数が少ないので、酒が入った状態で電車で帰るのはきついだろう。タクシーを拾うのでは、と村野は想像した。

智雄は駅の方へ向かって歩き始めたが、途中、一軒のラーメン屋の前で立ち止まった。村野も気づいていたのだが、この辺はラーメン屋がやたらと目立つ。長野といえば蕎麦《そば》のイメージが強いが、呑んだ後はやはりラーメンということか。

結局智雄はその店に入った。まだ夕飯を食べていない村野も、ここで飯を済ませてしまおうかと思ったが、何となく今は、智雄に自分の存在を知られたくなかった。美味そうな気配を発するラーメン屋の前で我慢するにはなかなかの精神力が必要だったが、一度決めたので、とにかく彼が出て来るのを待つ。

ラーメン屋なので、そんなに時間がかかるわけもなく、待ち時間は二十分ほどだった。顔をてからせながら店から出てきた智雄は、やけに満足そうだった。そんなに美味いラーメン屋なのだろうか。

村野は一気に智雄に近づき、「栗岡さん」と声をかけた。智雄がびくりと身を震わせて、顔を上げる。額に汗が滲んでいるが、これは暑さのせいではなく、熱いラーメ

ンを食べたからだろう
「警視庁の村野です。電話でお話ししました」

「ああ」惚《ほう》けたような声で言って、智雄がうなずく。しかし一瞬後には一気に表情を引き締め、厳しい目つきで村野を睨んだ。

「話を聞いていただけなかったので、ここまで来てしまいました」恩着せがましい言い方だと思いながら、村野はさらに智雄に一歩近づいた。「お兄さんは、今でも意識不明です」

「だから、何ですか」苛ついた口調で智雄が言った。「私には関係ない」

「お兄さんのことで苦労されたのは分かりますが、危ない状態なんですよ。ご家族の力が必要です」

「私には関係ない」智雄が繰り返した。酒の影響はまったく感じられない。酒が呑めないのかもしれないが、素面《しらふ》の状態でここまで頑なだと、話が通じる可能性は極めて低い。

「もしもこのまま亡くなったらどうするんですか」

「私に何をしろと？　葬式でも出せというんですか」

「それが家族というものじゃないですか」

「あんたらは、厄介ごとを押しつけようとしているだけだ！」智雄が声を張り上げる。「だいたい――」

　智雄がふいに口を閉ざす。その視線がゆっくりと泳いだ。何かを見ている――村野もそちらに視線を向けた。女性が一人、不安そうな目でこちらを見ている。

「失礼」智雄が短く言い残して、足早にその女性の方へ向かう。女性は依然として心配そうな表情を浮かべたまま、智雄を出迎えた。宴会帰りの夫を、妻が迎えに来たのだろうか……二人は連れ立って歩き始めたが、智雄の肩はまだ怒りで盛り上がっている。

　この状況でさらに追いすがっても、まともに話はできまい。作戦失敗――しかしまだ一回戦で負けただけだ、と村野は自分を納得させようとした。ワールドシリーズは全七戦、初戦に負けたからと言って、この世の終わりが来るわけではない。

しかし、短期決戦では、初戦で敗れたチームが優勝できる確率はぐっと下がる。

　翌朝、村野は六時半に駅前のホテルを出た。昨夜、桑田と話すのは苦痛だったな、と嫌な気分になる。一泊してさらに説得したい――桑田は「そうか」と言うだけで出張の延長をあっさり認めてくれたが、言外には何となく嫌そうな気配を漂わせていた。基本的にこの課長は、面倒なことはしたがらない。できるだけ仕事の量を抑えて、残業代を少なくすることが管理職の重大な仕事だと心がけているようだった。昨日は「お前が一泊するぐらいなら大したことはない」と言っていたが、あれは本音ではないのだろう。

　しかしこっちは、もう現地にいる。いるからにはやるしかないのだ、と自分に言い聞かせた。

　タクシーを拾い、智雄の自宅へ向かう。長野駅付近は、地方の大都市として賑わいを見せているのだが、少し離れると急に静かな、鄙《ひな》びた住宅街になる。智雄の自宅は長野電鉄の桐原駅から歩いて五分ほどの、そういう住宅街の中にあった。周りは、古い一戸建てばかり。その中で智雄の自宅は、比較的新しい二階建てだった。それほど豪華な感じではない。親の代からの家を建て直しただけで、あまり金をかけなかったのかもしれない。ただし、屋根つきガレージにはシルバーのベンツEクラスが停まっていた。家は普通だが、車には金をかけるタイプなのだろうか。

　ここでしばし待ち――朝早かったので当然朝食は抜きで、村野は嫌な空腹を感じていた。普段、村野は必ず朝食を摂る。自宅ではなく外食だが、今日は急いでいたので抜いてしまい、体に力が入らない。長野らしく、おやきを朝飯代わりにしてもよかったのだが、探している時間もなかった。

　店のオープンが午前九時だということは確認してある。ここから店までは、車なら十分ぐらいだろう。家を出るのは八時半ぐらいではないか。そう考えると、朝食を摂る時間は十分にあったのだが、万が一逃したら話をするチャンスはなくなる。

ちょうど通勤・通学の時間帯なので、人通りは多い。この辺のサラリーマンは誰でも車移動ではないかとも思っていたのだが、駅がすぐ近くにあるので、長野駅近くに会社があれば電車移動かもしれない。駆けて行く小学生に「おはようございます」と声をかけられ、村野は思わず動転して、まともに挨拶を返せなかった。こうやって朝の住宅街に突っ立っている自分は怪しい存在に見えかねないのだが、田舎の子どもは、誰かを見れば挨拶するようにしつけられているものだ。

三十分も立っていると、さすがに居心地が悪くなってきた。外へ出て来るのを待つのではなく、インタフォンを鳴らした方がいいのでは、と考え始める。万が一智雄が機嫌を直していれば、ドアを開けて話してくれるかもしれない。ただし、本当にそうなるかどうか……分の悪い賭けだ。

八時、ドアが開くと同時に、声が聞こえてきた。ノーネクタイでスーツ姿の智雄が出てくる。玄関の中に向かって一言二言話すと、昨夜見た女性――やはり妻のようだ――が見送りに出て来た。声をかけていいかどうか迷い、村野はしばし黙って彼の様子を観察した。先に妻が村野に気づき、智雄のスーツの袖を引く。智雄が村野に厳しい視線を向けてきたが、すぐに意を決したようにうなずいた。そのまま村野の方に歩み寄って来ると「お話、伺います」と唐突に言った。

「いいんですか？　これから出勤ですよね」

「車の中で構いませんか？　店に行くまで」

「もちろん、結構です」

短い時間でどれだけ話ができるか……自信があるわけではなかったが、取り敢えず何とかとっかかりは摑めた。村野は促されるまま、ベンツの助手席に腰を落ち着けた。玄関のドアは開いたままで、妻が心配そうにこちらを見ているのが分かった。智雄は「問題ない」とでも言いたげにうなずきかけ、すぐに車を発進させた。幹線道路には出ず、車が辛《かろ》うじてすれ違いできるぐらいの細い道でゆっくりと走らせる。

「通勤は車なんですか」村野は無難な話から入った。

「そうですね……あの、昨夜女房に散々怒られまして」智雄が唐突に打ち明けた。

「先ほど見送っていた人――昨夜迎えに来た人ですね？」

「ええ。今回の件については何も言ってなかったんですけど、昨夜、私の様子がおかしいのはすぐに分かったんでしょうね。それで問い詰められて……」

「私と話すように説得された」

「そういうことです。女房には頭が上がらないんですよ」

自虐的なのか正直なのか、智雄が打ち明けた。今のところ話は上手く転がっている、と村野は安心した。取り敢えず雑談でもいい。ゆっくり話に入って、最後に納得させればいいのだから。

「あまり話したくないかもしれませんが、どうしてそんなにお兄さんのことを嫌うんですか」

「あの人は……勝手なんですよ」

「家を継がなかったことが、ですか」

「そうです」智雄がすぐに認めた。「本来、長男なんだから、家を継ぐべきだったんです。それなのに、好き勝手なことばかりして」

「必ず家を継ぐ――家業を残していくことだけが大事だとは思いませんが」

「うちには古い従業員もいるし、昔からのお馴染みさんや取引先もいる。ビジネス的な観点からも、簡単に商売を畳むことはできないんですよ。ちゃんと続けていくことが、何より大事なんです」

「老舗だと、色々と背負うものがあるんですね」

「東京の大きな会社とは比べることもできないけど、やっぱり責任がありますから。まあ、実際にやってみれば、それなりに面白いこともありますけどね」

「経営者として？」

「ええ。ただ――仕事が上手くいっても、兄貴を許したわけじゃないんで。あの人は、高校を卒業すると、さっさと家を出たんです。親父は地元の大学へ行って、この店の後継の修業をして欲しかったんですけど、車が好きでね」

「ああ」村野は納得してうなずいた。それが自動車修理工という仕事につながってくるわけか。

「車いじりをしたくて、高校も工業高校を選んだぐらいですから。それで、家出するみたいに東京へ行って、自分でバイトで稼ぎながら専門学校を出て……親父も、何度も戻って来るように説得したんですけど、全然言うことを聞かなかった。結局私が店を継ぐしかなかったんです」

「あなたはそのために、何か諦めたんですか？」

「まあ、やりたいことはありましたよ。でも、家を継ぐためには、全部諦めないといけなかった」

「何をやりたかったんですか？　差し支えなければ――」

「音楽です」智雄が打ち明けた。「結構本気でバンド活動をやってたんですけどね……実際、高校時代のバンド仲間はプロデビューしました。そんなに売れてないけど、自分だけが取り残されてしまった感じがして、昔は悔しかったですよ。まあ、今でも趣味でバンドはやってますけどね」

村野は感想を述べるのを遠慮した。こうやって、元々の夢を小さく再生産しながら生きている人はたくさんいるだろう。それをあれこれ言う資格は自分にはないと思う。

「結局、お兄さんが勝手に家を出て、それから……ということですか？」

「能天気な兄貴なんですよ。子どもの頃から、自分だけよければいいっていう考えで。金の無心をしてこなかっただけ、よかったかもしれません」

「修理工としては、腕は良かったようです。名指しで修理をお願いしてくる人もいたみたいですよ」

「だけどねえ……結局、昔ながらの地味な仕事をやるのが嫌だっただけなんですよ。要するに、逃げたんです」智雄の言い方はあくまで批判的だった。

「断絶していたんですか？」

「いや、そういうわけでは……」智雄が言葉を濁した。

「電話ぐらいしてたんじゃないですか」

「私からすることはありませんでした。でも、向こうから勝手にかかってくる。だいたい酔っ払った時で、馬鹿話をするだけでしたけどね」

「例の事件の時は――」

智雄が急にブレーキを踏みこんだ。怒り故の行動かと思ったが、実際には目の前の信号のない交差点に、自転車が猛スピードで突っこんできたのだった。ゆっくりとベンツを再スタートさせると、交差点を左折してすぐに駐車場に車を乗り入れた。エンジンは止めたが、車を降りようとはしない。まだ話すつもりがあるのだな、と村野は判断した。

「いきなり警察から電話がかかってきて、驚きましたよ。アリバイ……ですか？　事件当日の動きを聴かれたんです。でも、そんなことを聴かれても分かりませんよ。一緒に住んでいるわけじゃないし、普段頻繁に話をするわけでもないし。でもその後も、刑事さんが何回も訪ねてきました」

「それだけ、手がかりがなくて追いこまれていたんです」説明しながら、言い訳めいているな、と村野は反省した。

「そうかもしれませんけど、いくら聴かれても分からないことは分からない」

「その当時、お兄さんとは話しました？」

「一度だけ……やっぱり向こうから電話がかかってきて、『参った』なんて呑気《のんき》に言ってましたけどね。それで逆にこっちは本気で怒って怒鳴りつけて、それからしばらく電話はかかってきませんでした」

「最近も？」

「いや」智雄が短く否定した。

「電話で話したんですか？」増尾が言っていた通りだ。

「会ってはいないですけど、まあ、たまには」軽い嘘《うそ》をついていたことをとうとう明かした。

「最近はいつ話しましたか？」

「三ケ月ぐらい前ですかね。あ、でも、本当に、そんなに頻繁に話しているわけじゃないです」

「その時は、どんな話を？」

「それが……」智雄が言《い》い淀《よど》んだ。「ちょっと変な感じだったんです」

「どんな風にですか？」村野はさらに突っこんだ。

「誰かに追われてるみたいだ、なんて言い出して。これは本格的にヤバいかな、って心配になりました」

「ヤバいというのは……」村野は薬物を想像した。そういう幻想効果が出てくる薬物もあるのだ。

「昔から話を膨らませるというか、虚言癖があるというか、子どもの頃からそういう感じだったんで、いつも話半分で聞いていたんです。だからあの時もそんな話だろうと……何か、まずいですかね」

「いえ」短く否定しながら、村野は小さな引っかかりを感じた。沖田が栗岡をマークし始めたのはいつだろう。尾行を気づかれていたとしたら刑事失格だし……。「本当に冗談だと思いましたか？」

「そうですね」

「最初の話に戻りますが、私は捜査を担当する立場ではありません。犯罪被害者やそのご家族をフォローするのが仕事です。今回、お兄さんは通り魔という卑劣な犯罪の被害を受けました。私たちとしては、今後物心両面でフォローしていく必要がありますが、ご家族にも状況を把握しておいていただきたいんです。実際にどうするかはそちらでお決めになることですが、何も知らなかった、という状況だけは避けたいんです」

「それは分かりますが……」智雄はまだ渋っていた。

「今は入院中で、病院がしっかり治療をしています。勤務先の方が、身の回りの細々したこともやってくれています。ただし身内ではないですから、そういう世話がいつまで続くかは分かりません。できれば、病院、それに勤務先の人と連絡を取って、今後のことを話してくれませんか？」

「それは……気が進まないですね」

「でも、世話を焼いてくれる人がいるんですから、礼儀としては——違いますか？」

村野は智雄の理性に訴えた。

「そう言われると、何もしていない自分が悪人に思えるんですが」智雄が皮肉っぽく言った。

「勤務先と連絡を取っていただくこと、私たちからの電話には出ていただくこと、それだけは約束してもらえませんか？　私たちからは、そんなに頻繁に連絡することはないですけどね」

「まあ……しょうがないですね」智雄がうなずく。「何かあったら……そうですね、葬式はこっちで面倒を見ます」

そうなる可能性がないとは言えない。それがこの事件の重苦しい部分だ。

2

昼前に東京へ戻ると、村野はすぐに桑田に連絡を入れた。一応、家族と最低限の関係を作れたことを報告すると、一言「ご苦労」。実際には、あまりご苦労とは思っていない感じだった。まあ、こういうのは毎度のことだ……村野はそのまま、病院へ向かうことにした。家族から連絡があるかもしれない、と伝えておく必要があるし、栗岡の容態も確認しておきたい。こういうことは、電話ではなく会って話す必要がある。

一度挨拶した事務長の玉木《たまき》が応対してくれた。人の良さそうな初老の男で、村野が家族のことを報告すると、安心したような表情でうなずく。

「実はもう、電話がありましたよ」

「そうですか」別に不思議ではない。智雄と別れてから既に数時間経っているのだ。

「どんな様子でしたか?」

「電話してきたのは弟さんでしたけど、恐縮しきってましたよ。一度、こちらへ見舞いに来るという話でした」

さらに気持ちが前向きになったわけか。これは村野としても安心できる要素だ。

「それはよかったです」

「家族がいるのに見舞いにも来ないというのは、ちょっと寂しいですからね。まあ、いろいろ事情があるんでしょうが」

「ちょっとした行き違いがあったまま、何十年も経ってしまったようです」

「そういう話、よくありますね」

「そうですね。ところで、栗岡さんの容態はどうですか?」

「まだ意識は戻りませんけど、そんなに悲観的な状況ではないようですよ。詳しいことは主治医に聞いていただく必要がありますけど、意識が戻る可能性は十分あるようです」

「それはよかった」予後は分からないが、何とか命は取り留めるだろう。ただし、硬膜下血腫の場合は後遺症が残ることもあるので、長いリハビリになる可能性もある。

そうなったら、家族の協力が絶対に必要だ。自分は少なくともその道筋をつけられたのではないか、と村野は内心ほっとしていた。

「それより、警察の方、何とかなりませんか」事務長が眉をひそめる。

「と言いますと？」予想もしていない話を持ち出され、村野は座り直した。

「かなりしつこく聞いてくる刑事さんがいましてね。そんなに頻繁に確認されても、状況がすぐに変わるわけもない」

「沖田という刑事ではないですか？」栗岡を狙っていたのは沖田だ。

「いえ」

「名前、分かりますか」

「ちょっと待って下さい」玉木がスマートフォンを取り出した。「ええとね、二人組です。市橋《いちはし》さんと高岡《たかおか》さん。凸凹コンビですよ」

「そんなに身長が違うんですか？」

「市橋さんは、百九十センチぐらいあるんじゃないかな。高岡さんは私よりも小さいぐらいです」

「事務長は、身長はどれぐらいなんですか？」

「百六十八センチ」

となると、百六十五センチぐらいか……市橋と高岡という名前に心当たりはなかったが、どこの刑事だろう。思いつくのは、捜査一課か新宿東署の特捜本部詰めの刑事だ。一刻も早く被害者に事情聴取したいと思って、足繁《あししげ》く病院に足を運ぶ——いや、それはおかしい。被害者を担当する刑事は当然いるのだが、こういう状態では四六時中張りついているわけにはいかないし、そもそも被害者の証言がそれほど重大なわけではあるまい。他にも証言してくれる被害者が二人はいるのだし、現場の目撃者に対する事情聴取も進んでいるはずだ。栗岡への事情聴取が最優先、というわけではない。そもそも、「意識が戻ったらすぐに知らせて欲しい」と電話で念押ししておけばいいだけだ。病院としても、特に隠すような話ではないだろう。

「相当しつこいんですか？」

「応対した人間は、辟易《へきえき》していましたよ」

「それはご迷惑をおかけして……名刺か何かありますか？　どこの人間か分かれば、私の方で言っておきます」

「そういうのもおたくの仕事なんですか？」

「必要ならばやります」

「ちょっと待って下さい」

玉木が席を外した。その間にスマートフォンをチェック——着信もメッセージもない。時に追い立てられるようで鬱陶しく感じるスマートフォンだが、連絡がないならないで、自分一人が取り残されたような気分になる。

玉木はすぐに戻って来て、名刺を二枚、村野に渡した。市橋は捜査一課、高岡は新宿東署の刑事である。ということは、想像した通り、二人とも特捜に入っているに違いない。メモ代わりに、村野は二枚の名刺をスマートフォンで撮影した。

「何らかの形で指導しておきます」

「そちらも仕事なのは分かりますけど、こちらの仕事に差し障るようなことは……」

玉木が言い淀んだ。「お互い、仕事は尊重しないといけませんよね？」

「仰《おつしや》る通りです」同意して、村野は二人の名前をスマートフォンのメモアプリに書きこんだ。病院側がどれぐらい迷惑を蒙《こうむ》っているかは分からないが、ここは下手に出ておこう。彼らを苛立たせることはない。

栗岡の顔を拝んでおきたいと思ったが、まだＩＣＵにいて面会謝絶だというので諦める。本当は実際に顔を見て、智雄に様子を伝えたいと思っていたのだが……仕方ない。あまりしつこくすると、今度は自分が病院に迷惑をかけてしまう。

事務室を出ると、いきなりトラブルに出会《でくわ》した。沖田。事務員を摑まえて、詰め寄っている。声がでかいので、どうしても会話が聞こえてくる。

「だから、医者に会わせてくれって言ってるんだ。別に、栗岡に事情聴取するとは言ってないでしょう」

「ですから、先ほども申し上げた通りに、先生は今診察中ですので……予《あらかじ》め予定を確認していただければ」

「何も、そんなに時間がかかる話じゃない。十分——五分でいいんですよ。こっちは見通しを聞きたいだけなんだから。そういうことは、医者じゃないと分からないでしょう」

「いえ、ですから——」

「沖田さん」村野は思わず声をかけた。ダッシュで駆け寄って二人を分けたかったが、昨日からの疲れで左膝に鈍い痛みがずっと居座っており、走り出せない。

「何だ、村野、また余計なお節介か」沖田が馬鹿にしたように言った。

「いや、お節介じゃなくてですね」一メートルの距離まで近づいて、村野は一息ついた。「何でそこまで焦るんですか？　栗岡さんは逃げませんよ」

「こっちは、仕事を棚上げしてるんだ。時間がないんだよ」

「沖田さん……イエローですよ」

「イエロー何枚でレッドカードだ？　まだ大丈夫だろう」

「そういう問題じゃないんです」村野は溜息をついた。まったく、この人は……。

「焦る気持ちは分かりますけど、沖田さんの仕事はそれほど急がないでしょう」

「お前、うちの仕事を馬鹿にするのか？」沖田が瞬時に真っ赤になった。

「そういうつもりじゃないですよ。どんな仕事も大事です。ただ、物事には優先順位があるじゃないですか」

「追跡捜査係の仕事は優先順位が低いって言いたいのか」

これではまるで子どもの喧嘩だ。村野は内心呆れてしまったが、とにかくここで沖田を押し戻さないと、病院に迷惑をかける一方である。実際、沖田に詰め寄られていた若い職員は、どうしていいかまったく分からない様子で、二人の顔を交互に見ている。

「とにかく、ここで騒いでいるとまずいです。場所を変えましょう」

「お前と遣《や》り合《あ》う気はないよ。どうせ絶対に譲らないんだから」

吐き捨て、沖田はさっさと去って行った。捨《す》て台詞《ぜりふ》としてはイマイチだな、と村野は皮肉に思ったが、胸の中にはじゃりじゃりとした気持ちが残った。


村野は新宿東署の特捜本部に赴いた。芦田もここへ呼び出している。管理職でもない自分が一人で行っても話を聞いてもらえない可能性が高いが、係長の芦田が一緒なら、向こうも耳を傾けるだろうという計算があった。

「お前な、こういう嫌な話の時だけ俺を使うなよ」会うなり、芦田が愚痴を零す。

「やっぱり、係長のような重石《おもし》がないと、仕事はできませんよ」

「持ち上げても、嫌なものは嫌なんだよ。だいたいお前、わざとらしいぞ」

芦田はなおも文句を言ったが、村野はスルーした。芦田は普段から愚痴の多い人間なのだが、仕事はちゃんとやってくれる。

特捜本部では、管理官の武本と話すことになった。普通は係長が常駐で捜査の指揮を執るのだが、今回は事件が起きたばかりなので、複数の係を統括する管理官がまだ特捜本部で直接指揮しているのだ。

武本は最初から喧嘩腰だった。「支援課に捜査のやり方を教えてもらう必要はない」と言ったきり、書類に視線を落としてしまう。

「いや、しかし病院も迷惑がっているわけですし」芦田が遠慮がちに続けた。

「病院には迷惑をかけないように、ちゃんとやっている」

「治療に差し障る、と話を聞いています。医者も忙しいんですよ」芦田も引かなかった。

「話は聞いた」武本が顔を上げる。表情は険しかった。「これで、あんたらも仕事はしたことになるだろう」

「いや、しかしですね……」

「おしまい、おしまい」武本が手を振った。「こっちは忙しいんだ。捜査の邪魔はしないでくれよ」

「管理官、一つ聞いていいですか？」村野は割って入った。

「ああ？」

「どうしてそんなに焦るんですか？　栗岡さんの証言がそんなに大事なんですか」

「被害者の証言はいつでも大事だ」

「重要な証言になるとお考えですか？　栗岡さんは後ろから襲われたんですよ？　犯人の顔を見ているとも思えません」

「そんなことは、聞いてみないと分からない。できるだけ早い段階で――関係者の記憶が薄れないタイミングで証言を集めるのは、捜査の基本だろうが。お前、捜査一課の仕事のやり方をもう忘れたか？」

「捜査一課が傍若無人だったことはよく覚えています。そうならないように気をつけようと、いつも思っています」

「ふざけるな！」武本が突然声を張り上げる。「お前は、人の仕事に首を突っこみ過ぎなんだよ。この前、捜査会議にも顔を出してたな？　あの時は黙認したけど、今後は出入り禁止だ」

「そんなことができないことぐらい、管理官は分かっていらっしゃると思いますが」

武本がかりかりしている分、村野は逆に冷静になっていた。「経験的に、通り魔事件では被害者の精神的ケアは普通の事件よりも大変なんですよ。しかも今回は、被害者が四人います。支援課としては重大事件と見ています」

「それは捜査一課も同じだ。意見が一致してよかったな」吐き捨てるように武本が言った。

「しかしですね――」

「とにかく」芦田が慌てて割って入った。「お願いしました。よろしくご検討願えますか」

「分かってるよ。これで話は終わりだ」

もうまともな会話にはならないだろう。仕方なく二人は切り上げることにした。

「お前、昼飯ぐらい奢れよ」署を出るなり、芦田が言った。「いつもお前の尻拭いばかりで、俺は胃潰瘍一直線だぞ」

「だったらおかゆか何かにしますか？」

「冗談じゃない。あんなもの、飯のうちに入らないよ。俺が知ってる店が近くにあるから行こう」

確かに腹が減った。朝イチで長野を出て病院へ回り、さらに特捜本部で神経のすり減るやりとりをして……昼飯の時間まではまだ少し間があるが、この辺で栄養補給しておいてもいい。

芦田は、新宿通り沿いにある中華料理屋に村野を誘った。看板に「三宿《みしゆく》」と入っているから、そちらが本店なのだろう。チェーン店かよ、と少しがっかりしたが、入ってみると店内には美味そうな雰囲気が充満している。

「ここは、何がお勧めなんですか？」

「何でも美味いけど、一番は麵だな」

確かに店名にも「香港《ホンコン》麵」と入っている。敢えて香港の麵と名乗るからには、普通の中華の麵とは違うのだろうか。牛バラや海鮮を具にした様々な麵があって、それぞれに日本麵と香港麵を選べるようだ。そしてつゆありとつゆなしがある。

「今日もクソ暑いから、つゆなし麵がいいんじゃないか。つゆなしでも熱いけど、汗をかくほどじゃない」

「じゃあ、そうしますか」中華の店に特有だが、やたらとメニューが多いので、隅から隅まで精査していると時間がかかってしょうがない。ここは芦田のお勧めに従っておこう。

「全部入りにしろよ。それでも千円だ」

「了解です」

二人ともつゆなしの全部入りで、香港麵にする。まだ店内が空《す》いていたせいか、料理はあっという間に出てきた。これで千円はかなり豪華じゃないか、と村野は芦田を少しだけ見直した。チャーシュー、牛バラ、ワンタンに青菜も載って、栄養バランスも良さそうだ。

香港麵はそうめんのように細いが硬く、口に入れるとゴワゴワする。普段食べ慣れているラーメンの滑らかな麵とは食感が全然違うが、これが香港麵というものなのだろう。芦田は少し食べ進めた後で、「途中でラー油を入れるといいんだ」と言って、毒々しいオレンジ色に染まったポットの蓋を開けた。

「店の回し者みたいな言い方ですね」

「いやいや……実は俺、新婚旅行が香港だったんだよ。嫁がブランド品を買い漁《あさ》って大変だったけど、そこで香港麵の美味さを知ってね。ただ、日本では香港麵を食べさせる店があまりないんだ」

「じゃあ、ここは貴重な店なんですね」

「そういうことだ……これ、試しに入れてみろよ」芦田は、ラー油のポットを村野の方に押しやった。言われるまま、スプーン一杯分のラー油を加える。茶色に赤が混じり始めた麵をよくかき混ぜて一口……辛いが、一気に汗が噴き出すほどではない。品のいい辛さで、ちょうどいい味変になった。

「お前、今回ずいぶん被害者にこだわってるけど、何かあるのか」

「いや……追跡捜査係が追いかけていた人間なんで、ちょっと気になってるんですよ」

「容疑者が被害者、か？」芦田が小声で言った。「今までも、そういう事件、あったな」

「どれも嫌な事件でしたけどね」思い出すだけでも暗澹たる思いになる。そういう特殊な事件の場合、解決しても、支援課としては「負け」の感覚になるのだ。「でも今回は、まだはっきりした容疑があったわけじゃないですから」

「しかし、俺らが知らない事実がありそうだな。特捜の連中が、こんなに焦って事情聴取しようとするのは、いかにもおかしい。何かありそうじゃないか」

「課長は、波風立てたくないでしょうけどね」

「桑田さんはなあ……」芦田の顔が歪む。「俺もどっちかっていうと平和主義者だけど、あの人に任せておくと、肝心なことが埋もれてしまいそうな気がする」

「でも、手柄になりそうだと分かると、こっちの尻を叩きますからね。ペースが摑めなくて困りますよ」

「今考えると、本橋《もとはし》さんはいい課長だったよなあ」芦田が感慨深げに言った。「多少暴走癖があったけど、支援課の仕事のベースを作ってくれた」

本橋怜治《れいじ》は、支援課の課長から栄転して、今は所轄の署長を勤めている。その人事を聞いた時、彼のキャリアに泥を塗らなくてよかったと村野は胸を撫で下ろしたものだ。

「本橋さんの時代には、芦田さんが板挟みになることもしょっちゅうだったじゃないですか」

「誰のせいだと思ってるんだ」芦田が一瞬、村野を睨む。

「すみません……反省はしてるんですが」

「そうは見えないな」芦田がニヤリと笑って、さらに麺にラー油を加えた。凶暴な見た目になったが、実際にはどの程度の辛さなのだろう。「まあ、本橋さん的なやり方も、永遠には続かないだろうけど」

「これからは、桑田さんカラーがどんどん出てくるという意味ですか？」

「まあ……その辺はいろいろあるんだ」

「何かあるんですか？」芦田の思わせぶりな言い方が気にかかる。

「いや、何でもない。時間が経てば状況も変わる、という意味だ」

納得できない言い方だったが、これ以上攻めるのはやめることにした。猛烈にプッシュすれば何か話してくれるかもしれないが、芦田に圧力をかけるのは申し訳ない。人を凹《へこ》ませるのは好きではないのだ。

結局、昼飯は割り勘になった。実際に芦田に迷惑をかけているのだからこちらが持つ、と言ったのだが、芦田は「迷惑かけられ料も給料のうちだから」と固辞した。本当にそうなら、彼の給料の中で手当部分は相当大きくなっているはずだ。

支援課に戻ると、また刑事総務課の三浦亮子がいた。県人会の相談だろうか。県人会を異常に大事にする人がいるのは知っているが、あまりにも頻繁過ぎないだろうか。それとも今回は、何か特別な会合になるとか？　神奈川県人会は、五回か十回ごとに拡大した年次総会を開催するような決まりがあるのかもしれない。

意味があるとは思えないが、警察官は意外にこういう無駄が好きなのだ。

亮子が村野に向かってさっとうなずきかける。村野は礼を返したが、亮子が逃げるようにそそくさと部屋を出て行ったのが気になった。課長と話していたのは間違いないのだが、その態度が気にかかる。とはいえ、桑田は気楽に話ができる相手でもない。本橋なら……とつい後ろを振り返る気分になった。俺も、ここで長くなり過ぎたのだろうか。「新しいやり方についていけない」と感じるのは、いかにもベテランらしい疲労感だ。

そろそろ新しい道を行くタイミングが来たのかもしれない。ここでの仕事は、自分のように「被害者」でもある人間がやるべきだと思ってはいるが、仕事の方で自分を見放すタイミングが来ているのかもしれない。

まだ四十になったばかりだし、これから新しい仕事を始めるのに遅過ぎるということはあるまい。支援課での仕事は、自分の魂をすり減らされるようなものなのだ。実際、ここ一年ほど、相当へばってきた感じがしている。

だからといって、支援課での仕事が天職だという意識に変わりはないのだが。

3

「また、ややこしい事件に巻きこまれましたね」大友鉄《おおともてつ》が同情したように言った。この男が言うと、心の底から同情してもらっている気分になる。しかし本音かどうかは分からない。大友は学生時代に結構本格的に芝居をやっていて、その演技力を今でも捜査に生かしている。どれだけ本当のように思えても、演技かもしれないのだ。

いや、こんな状態で演技をする必要はないはずだが。単に先輩後輩同士で呑んでいて、先輩である沖田が愚痴を零しているだけだ。場所は新橋のガード下のバー。この店が、どこかの課の「島」でないことは分かっていたので、安心して呑める。警視庁の場合、各課ごとに贔屓《ひいき》にしている店があるのだ。課員揃って宴会しているところへたまたま紛れこんでしまうと、どういうわけか白い目で見られる。お前らが経営しているわけじゃないだろうが、と反発したくなるのだが、内輪の呑み会に闖入《ちんにゅう》してしまったような感覚を抱くのも事実である。

追跡捜査係でも、このすぐ近く、日比谷《ひびや》のガード下にそういう行きつけの店がある。そう言えば、仕事で東京へ出てきた三輪を、そこでもてなしたこともあった。

今日の店を指定してきたのは大友だった。あまり酒を呑むイメージはないのだが、すぐに店の名前が出てきたことを考えると、行きつけなのだろう。本格的なバーだが料理もそこそこしっかりしたものを出す、という便利な店だった。

「何だかねえ。俺もついてないとは思うよ。こんなこと、滅多にないんだぜ？　追っている相手が目の前で、さ」沖田は両手をパチン、と合わせた。

「それ、本当に偶然ですかね」

「ああ？」

「沖田さんが狙っていた相手だから、誰かが消そうとしたとか」

「何で」

「共犯ですよ」大友が声を潜《ひそ》めた。「沖田さんに捕まると、犯行全体が明るみに出る。だから始末したとか」

「何言ってるんだ。そんなことしたら、むしろ危険じゃないか。お前も、刑事総務課に行っている間に勘が鈍ったか？」

沖田がからかうと、途端に大友が渋い表情を浮かべる。大友は、一人息子がまだ幼い頃に、交通事故で妻を亡くした。一人で子育てするために、勤務時間がきっちり決まっている刑事総務課に異動したのだが、その能力を買われて、時々難しい事件の捜査に駆り出されることがあった。追跡捜査係とも共同で仕事をしたことがある。ただしそれはあくまで特別で、基本的には書類仕事に追われて過ごしていたのだ。息子が高校に入学するタイミングで捜査一課に復帰したものの、まだ勘が戻っていないのかもしれない。大友本人は抜群の推理力や勘で謎を解き明かすようなタイプではなく──そもそも事件には「謎」などない──容疑者を落とす能力に異常に長《た》けている。「大友の前に座っただけで、容疑者はすぐに完全自供する」と言われているぐらいなのだ。これも一種の特殊能力だろうが、まだ本領発揮、完全復活とはいかないのかもしれない。

「否定はできませんけどね。まだリハビリ中ですよ」

「お前、一課に戻ってどれぐらいだっけ」

「まる二年──もうすぐ三年ですね」

「じゃあ、息子さんはもう大学生？」

「来年受験です」

「東京に戻って来るのか？」確か、大友の実家がある長野に新設された高校に入学したはずだ。大友の両親のところに下宿している、と聞いたことがある。

「まだ決めかねてますよ。これから絞りこみみたいです」

「そうか、受験の本番は秋口からか……でも、また息子と一緒に暮らすようになったら、家事で大変なんじゃないか？」

「まさか」大友が真顔で否定して、ハイボールを軽く啜《すす》った。「大学生にもなって親と一緒というのも……一人暮らしさせますよ。そもそも東京へ戻って来るかどうかも分からないんですから。本人は、北海道でもいいかな、なんて言ってるんです。長野で暮らして、冬の寒さにも慣れたみたいで」

「長野と北海道じゃ、寒さのレベルが三段階ぐらい違うだろう」

「住めばどこでも慣れるんじゃないですか。独立心がついたのはいいことだと思いますよ」

「お前の息子、何だか優しそうな感じの子だったよな。そんなに逞《たくま》しくなったのか？」

「うちは、親父が厳しいんですよ」大友が苦笑した。「元々学校の先生ですから、しつけがね……最初は文句ばかり言ってたけど、もう慣れたようです」

「いい親父さんじゃねえか」

「ま、気は合うみたいですね」

大友が爽やかに笑った。このイケメンが、と沖田は胸の中で毒づいた。若い頃は相当モテただろう——いや、今もか。しかし本人は女性関係については鈍く、しかも亡くなった妻に今でも思いを馳《は》せているようだ。そういう純なところがまた、女性を惹《ひ》きつけるのかもしれない。

「ところでさ」

「何か注文ですか」大友がすかさず訊ねた──警戒した口調で。

「お、勘は鈍ってないじゃねえか」沖田はニヤリと笑った。

「沖田さんから呑みの誘いがある時って、だいたい何か用事があるでしょう」

「もちろん、ここは俺の奢りだ。代わりにちょっと知恵を貸してくれよ」

「僕でできることだったら……何ですか？」

沖田は事情を説明した。とは言っても、事が事だけに、細部は曖昧に誤魔化すしかない。「刑務所」という肝心のキーワードはぼかさざるを得なかったが、大友はさすがに敏感に悟ってくれた。

「なるほど。裏手回しでデータが欲しいわけですか」

「そうなんだよ。お前、刑事総務課にいたから顔が広いだろう？　誰か、こういうことで手を貸してくれる人がいないかと思ってさ」

「ああ──まあ、そうですね」大友が微妙な反応を見せた。

「いるのか？」

「いるけど、ＯＢなんですよ」

「じゃあ、無理かな」沖田は頭の後ろで両手を組んだ。

「いや、どうですかね」大友は自信なげだった。元々大きなことを言うタイプではないのだが……。「しばらく話してないけど、ちょっと電話してみてもいいですよ」

「頼めるか？」

「本人はこっちの世界とまったく関係なくなっているので、誰か知り合いを探してもらう感じになると思いますけど」

「それでもとっかかりにはなるさ」沖田はうなずいた。「さすが、俺の期待通りだ。テツは顔が広いな」

「いやいや……」大友が苦笑しながら店を出て行く。外は酔っ払いの渦、しかもガード下だからうるさくて話ができないかもしれないが。

沖田は、カウンターの奥にいるバーテンと世間話をして時間を潰した。こういう店のバーテンは、どんなに無口な人間でも、いつかは雑談の達人になる。会話が転がるのは面白かったが、大友の帰りが遅い……まさか、約束を反故《ほご》にして帰ってしまったんじゃないだろうな？　あるいは、急な事件で呼び出されたとか？　沖田は長年愛用しているヴァルカンの腕時計を睨みながら待った。この時計はアラーム機能がついているので、十分後にでも設定しておけばよかった……ようやく大友が戻って来る。

「すみません、遅くなりまして」

「いや、いいよ。厄介な話だったのか？」

「少しね」大友が人差し指と親指を近づけ、薄い間隔を作った。「実は、向こうは政治家なんですよ」

「ああ？」

「政治家というか、広島のある街で市長をやってます」

「誰だ？」沖田は頭の中で知っているキャリア官僚の名前をひっくり返した。すぐにピンとくる。「もしかしたら、後山《あとやま》さんか？」

「そうです」大友がうなずく。

なるほど……大友が刑事総務課にいた頃、特別な事件で捜査に引っ張り出して来る時に指示を飛ばしていたキャリアの刑事部参事官がいたという話を、沖田も聞いた事がある。

「そうか、今、市長なのか」

「義理のお父さんの跡を継いで選挙に出たんです。今、二期目ですよ」

「もっと上を狙ってるんじゃねえか？　それこそ国政とか」

「そういうわけでもないようです。市長になったのは奥さんのためでもあるみたいですよ。奥さんの地元に戻った、みたいな感じです」

お前の周りには、妻思いの人間ばかりが集まっているのか、という台詞が浮かんだが、辛うじて口にせずに済んだ。大友に対してこういう話題はないと思う。

「それで、どうだった？」

「電話を二、三本かけてくれるそうです。この件、僕が窓口になった方がいいですよね」

「お前の方が、向こうも話しやすいだろう。だけど、いいのか？　忙しくないのか」

「それが、捜査一課に戻ってから、ずっと暇なままなんですよ。総務課にいた時の方が、よほど忙しかった」

「まあ、ボヤくなよ」沖田は大友の肩を叩いた。「人生、いろいろだって」

「それは分かってますけど、何だかボケそうですよ」

「暇だったら恋をしろ、恋を」

「何ですか、それ」

二人は同時に声を上げて笑った。先に真顔に戻ったのは大友だった。

「でも、人生っていろいろ変わりますよね」

「そうか？」

「一生同じ仕事をしていくと思ってたんですよ、昔は。でも途中で大きく変わって、そして古巣に戻ってきて」

「そういうの、きついかい？」

「いや、今になれば面白いと思います。十年前は、こんな余裕はなかった」

「確かに人生、いろいろだな」沖田も同意してうなずいた。自分もいろいろなことを経験してきた。しかし、仕事の「質」という点では、昔も今もほとんど変わらないと思う。新しい事件を扱うか、古い事件を追うかの違いだけだ。そこに悪事があって、どこかに犯人が隠れている——どんな事件でも、その基本構図は変わらない。

ふと気になり、口に出してみた。大友はやはり話しやすい相手で、仕事のことでなくても何かと相談ができる。これは仕事なのかそうでないのか、微妙なラインの話だったが。

「支援課の村野、知ってるだろう？」

「ええ」

「あいつ、最近かなりカリカリしてるんだよな。前からそういうところはあったけど、このところひどい。まるでこっちを敵みたいに見やがるんだ」

「沖田さん、また無茶したんじゃないですか？　いつも突っこみ過ぎるから」

「そんなことはねえよ」

「でも今、西川さんがずっと出張中でしょう？　ブレーキ役がいないから、沖田さんのやり方が、村野の目にはやり過ぎに見えるんじゃないですか」

「いや、冷静に考えれば、絶対にそんなことはない。確かに今回の件は、俺にとってもショックだったよ。追いかけてきた相手が目の前で襲われて、今も意識不明だし……だからと言って、ＩＣＵに無理矢理押し入ってまで相手に話を聞いたわけじゃない。今日だって、ただ医者に容態を確認しようとしただけだったんだぜ」

「うーん……何でしょうね。確かに支援課の仕事はストレスが溜まるのは間違いないんでしょうけど」

「人間ってのは、器みたいなものだと思うんだ。その器の大きさは、人によって当然違う。同じ量のストレスを入れていっても、すぐに溢れちまう人とずっと余裕のある人に分かれるだろう？　村野の器は大きいかもしれないけど、いつかは溢れるんだよ」

「そういう時期が来たのかもしれませんね。彼は、被害者の気持ちが自分でも分かるから、どうしても感情移入して、無理して仕事してしまう。感情移入し過ぎなんですよ」

「だな」沖田はうなずいた。「一回、あの仕事から外してやってもいいと思うんだ。確かに膝は悪いかもしれないけど、捜査一課でもそんなに歩き回らなくて済む仕事もあるし、他の部署で呑気に書類仕事をしてリハビリしてもいい」

「ただ、彼はそうはしないでしょうね。異動を打診されても断りそうだ」

「俺もそんな予感がしてるんだ」沖田はハイボールのグラスを指先ですっと撫でた。

「潰れないといいんだけどな」

「心配ではありますね」

「お前、ちょっと酒にでも誘ってやれよ。お前になら、あいつも本音を話すんじゃないか？」

「変な気遣いは無用かと思いますよ」大友は乗ってこなかった。「彼は、沖田さんが考えているよりずっと強いでしょう。でも、まあ……そうですね。何かの機会に話してみてもいい」

「な、俺が相手だと反発しそうだけど、お前になら本音を打ち明けるよ」

「沖田さん、ずいぶん気を遣ってるんですね。村野みたいなタイプとは合わないのかと思ってた」

「俺が合わないのは支援課の仕事だよ。奴らのやってることは、捜査妨害になりうるんだ。でも俺は、別に村野を嫌ってるわけじゃない。むしろ買ってる。奴が捜査一課にいた時の仕事ぶりも知ってるしな。できれば、一課に戻ってきて欲しいよ」

「ただ、村野は支援課の仕事に強い思い入れがありますからね」

「あれが警察の仕事かどうか、俺には分からないね。弁護士だって支援センターだって、被害者が頼れるところはいくらでもあるだろう」沖田は肩をすくめた。

「沖田さんの考えも分かりますけど、今は警察全体がそういう方向へ動いているんですから。捜査ばかりしてればいいってわけじゃない」

「まあな」理性では納得できても、気持ちが反発する。「分かってるけど、なあ……現場にいると、どうしてもぶつかる事が多いだろう？」

「僕は一度もないですけどね」

「お前は、敵がいないタイプだからだよ。そんな奴、珍しいんだぜ」

大友は無言で肩をすくめるだけだった。自分の感覚が警察官としては普通だと思っている沖田の信念は、かすかに揺らいだ。


栗岡への事情聴取は叶《かな》わないし、病院へ行くだけでまた村野と衝突しそうなので、沖田はそちらを諦め、栗岡の周辺捜査に手を伸ばすことにした。

やはり知りたいのは、八年前のことだ。栗岡は当時、三鷹にある自動車修理工場で働いていたが、あの事件をきっかけに自ら辞めている。確かに、警察が周囲を嗅ぎ回り始めたら噂も立つし、居心地が悪くなって、職場にはいられなくなるだろう。

修理工場の社長、北見《きたみ》はまだ若い――たぶん三十代で、長身のがっしりした男だった。沖田はアポなしで訪ねて行ったのだが、仕事の手を休めて応対してくれた。

工場の一角で話を聴くことにしたのだが、どうしても中に停まっている車が気になってしまう。一台が古い――空冷時代のポルシェ911。もう一台が直線基調のロータス・ヨーロッパだった。沖田はぎりぎりスーパーカー世代で、古い車のことは何となく分かるぐらいだが、好きな人にとってはたまらない二台だろう。

　折り畳み椅子に腰を下ろすなり、沖田はそのことをまず訊ねた。

「ああ」北見が照れ臭そうな笑みを浮かべた。「基本、うちはエンスー向けの店ですからね」

「エンスージアスト？」

「そうそう」北見がうなずく。

「こういう、古いスポーツカー専門なんですか？」

「そうなんですよ。儲《もう》からなくて困ります」

「こういうのが好きな人は、いくらでも金をかけるものじゃないんですか？」

「とはいえ、そもそもお客さんの数がそんなに多いわけじゃないですからね。いつまで続けていけるか」

「色々大変なんですね」

「まあ、好きでやってることですから」北見が顎を撫でる。

「栗岡さんも、やっぱりこういう古いスポーツカーが専門なんですか」

「好きではありましたね。腕もよかった」

「仕事ぶりには問題なかったんですか？」

「ええ、まったく」

「こういう質問には答えにくいかもしれませんけど……給料はよかったんですか？」

「どうですかね」苦笑しながら北見が首を捻る。「うちぐらいの規模の工場としては、普通じゃないですかね」

「当時、住んでいたのはこの近くですか？」

「ええ。歩いて十分ぐらいかな」

「自分で車は持っていたんですか？　車好きなら、やっぱりいい車に乗りたいんじゃないですか」

「貯金してました」北見が汚れた指先をいじった。黒ずんでいる爪は、いくら洗っても綺麗にならないのだろう。「目標はダッジ・バイパーでね」

「それは……」沖田の記憶にはない車だった。

「アメ車です。アメ車ってのはリセールバリューが低くて、一年乗っただけで下取り価格が一気に下がるんですけど、バイパーはちょっと特殊なんですよ。八リットル級のV10エンジンっていうだけで、とんでもなさは分かるでしょう？　日本に入ってきた台数も少ない希少車でした」

「その分、高い？」

「いや、そこまでじゃないですけどね。今だったら最低で六百万……いって一千万ぐらいかな。程度にかなり差があるんです。アメ車は、コンディションも一定しないですしね。乱暴に乗り回す人も多いので、どうしてもガタがきてしまう。商売柄、中古車の良し悪しもすぐ分かります。値段のこともあるし、いい個体が見つからないので、簡単には手に入りませんでしたね」

「かなり熱心に探し回らないといけないいんですか」

「車は実際に試乗してみないと、買っていいかどうかは分からないですからね。出物を見つけると、休みの日に見に行ってましたよ。それこそ全国どこでもね」

「それじゃあ、金も溜まりませんね」

「しかも結局、うちを辞めるまで、いい個体に出会わなかった」

「そこなんですが」

沖田は、傍の丸テーブルに灰皿があるのを見つけ、シャツのポケットから煙草とライターを取り出した。北見に示して見せると、彼もうなずいて、つなぎのポケットから煙草を取り出す。二人で、しばらく無言で煙草をふかした。沖田は、シャツが汗で背中に貼りつくのを感じた。工場の中にはエアコンが入っているのだが、この休憩スペースにまでは冷風が回ってこないようだ。

「辞める時の話です。辞表を出したんですよね」

「ああ、まあ……あの、それって親父の頃の話なんですよ」

「先代？」

「先代というか、まだ生きてますけどね」北見が苦笑した。「ただ、腰をやっちゃって、五年前に仕事は引退しました。やっぱり長年、膝や腰を酷使してたから、いつかは時限爆弾みたいに爆発するんですよ」

「じゃあ、今は悠々自適ですか」だったら直接話が聴けるだろう。ここまでの流れからすると、北見の父親に話を聴いた方が、当時の事情がよく分かりそうだ。

「いや、入院中です」

「腰ですか？」

「もっと悪いですよ。一週間前に心筋梗塞で倒れたんです。手当が早かったんで助かりましたけど、この機会に悪いところを全部診てもらおうっていう話になって、しばらく入院ですよ」

「面会謝絶ですか？」

「そういうわけじゃないですが」北見が嫌そうな表情を浮かべる。「親父に話を聴こうとしてます？」

「できれば」

「それは勘弁して下さい。今は、無理させたくないんですよ」

村野によって病院から叩き出された嫌な記憶が蘇る。我ながら弱気に引いてしまったものだと思うが、このところ病院とはどうにも相性が悪い。

「分かりました。覚えている範囲で教えてもらいたいんですが、栗岡さんは、何で辞めたんですか」

「それは、警察の方がよくご存じでしょう」北見の機嫌は戻らなかった。

「強盗殺人の疑いをかけられたから？」

「まあ、そういうことです」

「こちらでも気にされたのでは？」

「まさか」北見が即座に否定した。「そもそもそんなこと、あり得ないですから」

「どうしてそう言い切れるんですか」

「そんな乱暴な人じゃないですよ。泥棒……ましてや人を殺すなんて、絶対にない。当時、俺も親父も警察からずいぶん話を聴かれたんですけど、当然全否定ですよ。警察って、最初から疑って決めてかかるんですね。だいたい、栗岡さんにはアリバイがあったじゃないですか」

「そうですね」曖昧な、証明が難しいアリバイだが。

「でも栗岡さんは、迷惑をかけて申し訳ないからって……辞表を書いたんです」

「実際、迷惑だったんじゃないですか」

「迷惑でしたけど、それは栗岡さんのせいじゃない。警察のせいですよ」

「必要があると判断すれば、警察は調べるんです」沖田は思わず反論した。

「何の必要があったのか、分かりませんけどね」北見が鼻を鳴らした。

最初は普通に話ができていたのだが、北見はすっかり頑なになってしまった。話しているうちに、昔の不快な記憶が蘇ってきたのだろう。

「本人と、事件のことは話しましたか？」

「俺は話してないですね。親父は話しましたけど」

「二つ、お願いしていいですか」

「何ですか」北見は一歩引いた。警察からの「お願い」を明らかに警戒している。

「お父さんが話せるようになったら連絡を下さい。どうしても話を聴いてみたいんです。もう一つ、当時栗岡さんと親しかった人を紹介してもらえませんか？　栗岡さんぐらい熱心に仕事している人だったら、話が合うお客さんで、仲良くなった人もいるでしょう」

「うーん……それは顧客情報ですね。そういうのは出せません」

「知らないんですか」

「知ってるか知ってないかも含めて言えません」北見は引かなかった。

「ここ、今は何人いるんですか？」沖田は攻め方を変えた。

「俺も含めて三人、ですね」

「八年前は？」

「四人かな。俺と親父も入れて」

「従業員は、栗岡さんともう一人ですね？」

「ええ」沖田の狙いが読めたのか、北見の表情が暗くなる。

「もう一人の従業員の人、今もいるんですか？」

「いや、今は辞めてます。実家も修理工場なんで、そっちを継ぎました」

「どこですか？」

「杉並《すぎなみ》です」

「ほとんど、ここと隣みたいなものじゃないですか。ここへは修業で？」

「そいつの親父さんとうちの親父が、昔からの知り合いだったみたいですね。それで、自分のところで仕事を覚えるよりは、少し他人の工場で飯を食った方がいいだろうって、うちへ送りこまれてきたみたいです」

「名前と連絡先、教えて下さい」

「いや……まだ栗岡さんを疑っているんですか？」

「少しでも怪しいと思ったら、調べるのが警察なんです」

「だったら、栗岡さん本人に話を聴けばいいじゃないですか」

「栗岡さん、今意識不明なんです」

「え？」北見がはっと目を見開いた。

「ご存じないですか？　事件の被害で……通り魔事件です」

「それって、新宿で起きた事件ですか？」

「そうです」

「栗岡さんの名前なんか、出てませんでしたよ」

「亡くなった人の名前は出すけど、そうじゃない人の名前は出さないというルールでもあるんですかね」

「はあ……」北見はかなり混乱した様子だったが、栗岡が今度は被害者になったという事実が、彼の頑なな態度を変化させたようだ。結局、当時栗岡と同僚だった従業員の名前を教えてくれた。

　今日の俺はついてる、と沖田は満足して工場を辞した。絶好の手がかりを摑んだわけではないが、歩き始めてすぐにいい手がかりが得られることなど、ほとんどないのだ。今日はまずまず上手くいった。大事なのは、話が聴けそうな人のチェーンをつないでいくこと。そうやって話を聴き続けていけば、いつか必ず何かが飛びこんでくる。

4

吉祥寺《きちじょうじ》で井《い》の頭線《かしら》に乗り換え、富士見ヶ丘《ふじみおか》駅で降りて徒歩五分。目指す修理工場は、杉並西署のすぐ近くにあった。北見の工場よりも規模は大きく、中では数人の従業員が忙しく働いている。沖田は何となく年齢で見当をつけ、三十代半ばに見える男に声をかけた。というか、大声で呼びかけた。そうしないと、作業音にかき消されてしまう。

「風間《かざま》さん、いらっしゃいますか？」

「はい？」眼鏡をかけた男が耳に手を当てる。

「風間悠太《ゆうた》さん？」

「ああ、俺ですけど」

「ちょっといいですか」

沖田が道路の方に出ると、風間がついて来た。小太りで丸顔。頭にはタオルを巻いて、さらにつなぎの胸元にもタオルを入れている。汗で光る顔には、仕事を邪魔されて、いかにも迷惑だという表情が浮かんでいた。

「警視庁捜査一課の沖田です」沖田はバッジを示した。

「警察の人が、何の用ですか」風間がさっと緊張した表情に変わる。

「八年前ですけど、あなた、三鷹の北見さんの工場に勤めていましたよね」

「ええ」低い声で、嫌々ながらといった口調で答える。

「その頃、同僚で栗岡さんという人がいましたよね」

「ああ——ちょっと、座って話しませんか？」

「もちろん、いいですよ」

陽射《ひざ》しが脳天を直撃する歩道の上で話していると、集中力が削《そ》がれてしまう。風間は、工場の一角にある事務室に沖田を通してくれた。ごちゃごちゃと荷物が置いてあり、オイルの匂いが充満した落ち着かない部屋で、工場からは作業音も入ってくるが、互いの声が聞こえないほどではない。何より冷房が効いているのがありがたかった。

「コーラでもどうですか」風間が、部屋の片隅に、埋もれるように置かれている冷蔵庫の前でしゃがみこんだ。

「ああ……すみません」人を訪ねて、飲み物としてコーラを出された経験はない。そもそも、きつく甘い炭酸飲料を飲みたい気分でもなかった。「でも、勤務中はいただかないことにしてるので」

「そうですか……じゃあ、俺はちょっと失礼して」

風間が赤いコーラの缶を取り出し、タブを引き上げた。立ったままごくごく飲み、はあ、と息を漏らして近くの丸椅子に座る。物で溢れた部屋なので、沖田が座っている椅子が近く、ちょっと動くと膝がぶつかりそうだった。

「古い話で申し訳ないんですが、栗岡さんのことで伺いたいんです」

「栗岡さん、まだ疑われてるんですか？」

「これは捜査の一環です」沖田は話を誤魔化した。「当時、私の同僚がだいぶ厳しく話を聴いたみたいですね」

「俺も聴かれましたからね。何も関係ないのに」当時のことを思い出したのか、風間が一気に不機嫌な表情になった。

「人が殺された事件ですから。警察も必死になりますよ」

「何で栗岡さんが疑われたのか分からないけど……そういうの、捜査の秘密ってやつですか？」

「その通りです」

「なるほどね……まあ、しょうがないかな」

「しょうがない？」これまで周辺で聴いた情報とは違う感じだ。沖田は、現在栗岡が勤める工場でも話を聴いたが、先ほどと似た証言が得られただけだった。真面目で腕はいい。無口。以上。

「いや、別に疑ってるわけじゃないですけど、栗岡さん、いつも金に困ってたから」

「そんなに給料が低かったんですか」

「いや、そんなことないですよ。今のうちより全然よかった」

「栗岡さん、当時も独り身でしたよね？　家族のことでお金がかかるわけでもない――バイパーを買うために必死で貯金していて、懐が寂しかったんですか？」

「ああ、バイパーの話、聴きました？」風間がどこか皮肉っぽい口調で言った。「あれ、夢のまた夢ですよ。バイパーのいい個体が見つかる可能性なんて、ゼロに近いですから。そもそも、初期段階で結構不良がある車で、オーナーさんは苦労された人が多いみたいですよ。アメ車って、そんなものかもしれませんけど」

「そんなによく壊れるんじゃ、買う方も大変でしょう」

「今はどうか知りませんけど、普段の足が車のアメリカ人なんて、年に一回買い換えることもあるそうですから。乗り潰す、みたいな感覚じゃないですか？」

「栗岡さんの金欠は、バイパーとは関係ないんですね？」沖田は念押しした。

「本当かどうか分かりませんけど、事故ですよ。俺はそう聞いてます」

「栗岡さんが事故を起こしたんですか？」

「車同士の事故で、栗岡さんの方は全損で廃車、向こうの修理代も百万単位でかかったそうです」

「それは保険で――」

「任意の保険に入ってなかったんですよ。それで、消費者金融にまで手を出したんです。それをまだ返し終わってなかったんじゃないかな」

「ほう」沖田は思わず身を乗り出した。この話は、当時は出ていなかったはずである。あるいは、裏を取ってみて「何でもなかった」ということになったのかもしれないが。潰れた話は、捜査記録にも残されていないことが多い。この辺は当時の担当刑事に話を聴いてみないといけないな……こういうことをするから、追跡捜査係は嫌われるのだ。逆の立場だったら、自分だってむかついているだろう。未解決事件について聴かれるということは、かつてのミスを追及されるのと同じである。「どうして犯人が割り出せなかったのか」と聴かれて、機嫌よく自己分析できる刑事はいない。

まあ、この辺は東江東署の金野にでも確認してみよう。途中から捜査に参加したあいつをクッション役にすれば、それほど人を怒らせずに情報が手に入るかもしれない。

「借金、いくらぐらいだったんですか」

「詳しいことは知りませんけど、それこそ百万とかそれぐらいじゃないですか」

「その返済に困っていた？」

「消費者金融の金利はきつかったと思いますよ。栗岡さん、だいぶ節約していたみたいだけど、それでも厳しかったんだろうな」

「強盗をするぐらいに金に困っていた？」

「いや、それはどうですかね」風間が首を捻る。「警察に散々聴かれたんで、俺もちゃんとニュースを読んだんですけど、あの時盗られた金額って、二千万ぐらいでしょう？　それだけの金が手に入ったら、借金なんて一発返済じゃないですか」

あるいはバイパーの購入費に消えたか……風間の言葉は、沖田の脳を刺激した。彼が言う通り、被害額はほぼ二千万円。単独犯ではなく複数による犯行なのは間違いなさそうだが、仮に二人でやったとしても、一人頭の分け前は一千万円だ。借金を返した上に、もしかしたらバイパーを即金で購入できたかもしれない。

しかし実際には、栗岡の金回りがよくなったわけではないようだった。北見の工場は辞めざるを得ず、その後数ヶ所でバイトを経験した後、ようやく今の工場に腰を落ち着けた。金に余裕のある人間の行動とは思えない。

考えられる可能性は二つ。もっと多くの人間がかかわっていて、一人当たりの分け前が少なかったか、栗岡がそもそも犯行に関係していなかったかだ。

「たまに一緒に吞む時も、基本的に家吞みですからね。いつも安い焼酎で……あまりよくない酒だったな」当時のことを思い出したのか、風間が顔をしかめる。苦笑レベルで思い出せるようなことではないようだ。「いつも金がない話で、うちの工場で雇ってくれないかっていう話もしてました。あの頃は、うちの方が多少給料がよかったんですよね」

「実現しなかった？」

「あまり真面目には聴いてませんでした。そうこうしているうちにあの事件が起きて、警察にマークされるようになって」

「栗岡さん、そういうことをしそうな人でしたか？」

「まさか」風間が否定した。「そんな大胆なことは……ないと思いますよ」

「例えばですけど、お客さんで特に親しい人はいませんでしたか？　栗岡さんを指名して、修理やメインテナンスを頼んでくる人もいたんですよね？」

「いましたね」

「そういう人、紹介してもらえないですか？」友人とは言えないが、仕事の合間にいろいろな話をしていた可能性がある。

「いや、それはどうかな」風間が躊躇《ためら》った。「個人情報を教えるみたいなものでしょう？　俺はもう辞めちゃったし、言いたくないですね」

「これは捜査なんです」沖田は身を乗り出した。二人の膝が軽くぶつかる。「人が一人殺されてるんですよ？　被害者は、将来ある若い女子大生でした。その恨みはまだ晴らせていないんです。俺は、彼女のためにも、何とか犯人を逮捕したいんですよ」

「警察っていうのは怖いですねえ」風間が溜息をついた。「時効になるまで、ずっと追い続けるんですか」

「時効になるまで、じゃないです。殺人事件に時効はないんだから――つまり、永遠にです」

結局風間は、三鷹時代に栗岡が特に懇意にしていた顧客を教えてくれた。ただし住居は逗子《ずし》——八年前は西荻窪《にしおぎくぼ》に住んでいたのだが、その後仕事を引退して逗子に引っ越した。当時、何度か修理に出していた車は、フェラーリ・ディーノ。スーパーカーの中でも特に希少価値が高い一台で、今売り物が見つかったら、どれだけの値段がつくか分からないという。何の仕事をしていたかまで風間は知らなかったが、道楽者なのは間違いないだろう。

それにしても、何だか話を聴きにくそうな人だ。逗子に引っ越したということは、他にヨットの趣味でもあるのかもしれない。世の中には確かに金持ちがいて、沖田も仕事でそういう人と話したことはあるのだが、だいたい毎回不快な気分にさせられた。自分がごく普通の勤め人——給料の面では——だからかもしれない。

単なる嫉妬だ。

逗子に行くには県境を越えるので、上司への報告が必要だ。もっとも鳩山は、沖田たちが勝手に突っ走っても文句を言うタイプではない。それでも、一応一言断ってからいくかと思ったが、相手が電話に出ない。アポ無しで行って空振りするのは馬鹿らしいから、連絡が取れてからにしようと決めた。

今日は……そうだ、金野を訪ねてみよう。先日電話では話したが、直接顔を合わせて話すと、互いに意外なことを思い出したりするものだ。

東江東署は、交通の便が悪い。都営新宿線と東京メトロ東西《とうざい》線のちょうど中間地点にあり、最寄り駅である西大島《にしおおじま》からも南砂町《みなみすなまち》からも、歩いて十五分以上かかる。少し悩んだ末、沖田は中央《ちゅうおう》線乗り入れの東西線で乗り換えなしで行ける南砂町駅経由を選んだ。駅から少し歩いて明治通りを北上……暑さのせいで途中でうんざりしてきたが、何とか自分に活を入れ、十五分で歩き切った。

刑事組織犯罪対策課に顔を出すと、在席していた金野が、沖田の顔を見た瞬間に表情を変えて立ち上がる。

「ちょっと出ませんか」沖田の腕を掴んで部屋から連れ出そうとする。

「何だよ、いきなり」

「例の件でしょう？　ここで話はしない方がいいですよ。うちの連中、神経質になってるし」

「うちはそんなに嫌われてるのか？」そこまで露骨に言うか、とむっとした。

「いや、追跡捜査係だけじゃないんです」

「ああ？」

「とにかく出ましょう。現場、見ておきたくないですか」

「まあな」

どうも様子がおかしい。しかし金野は、何かあればきちんと説明する男だ。現場の感じを摑みながら、そちらで話を聴くのもいいだろう。

砂町銀座は、署から歩いてすぐだ。ちゃんと「砂町銀座入口」という名前の明治通りの交差点があり、そこから入って行ける。この事件を再捜査しようと決めた時に一度現場は見ていたのだが、妙に圧倒されたのを覚えている。狭い道路の両側に様々な商店が詰めこまれたように建ち並び、その雑多な雰囲気が独特の魅力にもなっていて沖田を惹きつける。都内では戸越銀座、十条銀座と並んで「三大銀座」と言われているようだが、気安さではここが一番かもしれない。とにかく昭和っぽい雰囲気が横溢《おういつ》しているのだ。商店街の入り口にある門にはちょうちんがぶら下がり、「砂町銀座」の看板がかかっている。平成になってからは一切が変わっていないような感じだった。

惣菜屋、魚屋、床屋と地元に密着した店が並ぶ。外から客を呼ぼうというより、あくまで地元の人のための店が多いようだ。

現場の惣菜店は普通に営業していた。夕飯の買い物に来ている人たちで店先は賑わっている。店頭に立って客をさばいているのは、中年の女性。

「あれが、被害者の娘さんですよ」金野が低い声で言った。

「浜中道子さんか……店、流行ってるみたいじゃないか」沖田が前に来た時は、休業日だった。

「大した精神力ですよ。それに、近所の人たちの援助もあったんです。浜中さんがこっちへ戻って来て、店を再開しようと決めた時に、近所の人たちが物心両面でサポートしたそうですからね。まあ、浜中さんにとっては、結婚するまで住んでいた街で知り合いも多いですし……って、沖田さんはこういう話、あまり興味ないですか？」

「いや、興味あるね。興味があり過ぎるから、あまり聴かないでおくよ。俺も、そういう話を聞くと、すぐに泣いちまう歳《とし》だ」

「沖田さんが？　まさか」金野がぼそりとつぶやく。

「いや、マジで。でもとにかく、ここに長居するとまずいな」道路の幅は五メートルもなく、向かいの店の前に立っていつまでも見ていると、向こうが不審に思うだろう。いずれきちんと挨拶するつもりだったが、それは犯人を逮捕した時にしたかった。

「話できる場所、あるか？」

「すぐ近くに喫茶店、ありますよ。沖田さんが好きそうな、昔ながらの、チェーンじゃない喫茶店」

「そういう喫茶店が嫌いな人、いるか？」

「ですね」

うなずき、金野が先に立って歩き出す。すぐに、肉屋の横の細い道に入った。砂町銀座通り自体も狭いのだが、脇道に入るとさらに細い道路になり、さながら毛細血管のようだ。そういう細い道路沿いには、店舗ではなく普通の民家が並んでいる。

金野が案内してくれた喫茶店は、確かに昔ながらの店だった。老夫婦二人で経営しているようで、こぢんまりして掃除は行き届いている。白と茶色を基調にした店内は居心地がよく、しかも煙草が吸える。七十をかなり過ぎているらしい老夫婦に代わって、誰かがここを継いでくれないだろうか、と沖田は真剣に願った。最近、この手の喫茶店を経営するのは流行らないらしいが……学生の頃から通っていた店が閉店してしまったのを、沖田は何度も見ていた。

席につくと、二人ともコーヒーを頼み、沖田は素早く煙草に火を点けた。

「俺がくると、そんなにまずいか」先ほどのやりとりを思い出し、つい金野を睨んでしまう。

「それは、いい気はしませんよ。俺みたいに途中から参加した人間はあまり感じないけど、最初からずっと専従の人間もいるんですよ？　そういう連中にすれば、沖田さんがいるだけでマイナス査定をつけられてる感じがするんです」

「そんなつもりはねえよ」沖田は鼻で笑った。「そっちが勝手に思いこんでるんだろう。俺には査定する権利なんかないし、とにかくきちんと捜査を仕上げたいだけなんだから」

「この辺で捜査するのは構いませんけど、しばらくうちには顔を出さないでもらえますか？」

「おいおい」沖田は両腕を大きく広げた。「そこまで嫌うか？　この前、焼肉奢ってやったじゃないか」

「俺はいいんですよ」金野が声を潜める。「この件、ちょっとおかしいんですよね。この件というか、新宿東署の特捜が」

「ああ？」沖田は目を見開いた。「通り魔の件か」

「ええ」

「そこの特捜の連中がどうしたんだ。お前らに迷惑かけたのか？」言いながら、沖田は頭が混乱してくるのを感じた。「だいたい、奴らがここで何してるんだ？」

「捜査してるんですよ」

「通り魔事件を？」

「いや、うちの事件を」

「ちょっと待て」沖田は思わず平手でテーブルを叩いた。「何で奴らが、八年前の事件に首を突っこむんだ？　俺がやるならともかく」

「こっちだって分かりませんよ。しかも、俺たちに隠してやってるみたいなんです。うちの刑事が、近所の人たちと話をして、初めて分かったんですけどね」

「うーん」沖田はまだほとんど吸っていない煙草を揉《も》み消《け》して、腕組みをした。「分からんなあ。間違いなく八年前の件で、なのか?」

「間違いないですね。そういう噂を聞いたんで、近所の人たちに確認してみたんです。まさに、あの事件について聞き込みをしているみたいですよ。どういうことなんですかね」

「ああ……」沖田の頭の中では、一つの仮説が完成しつつあった。そもそも自分の動きと同じではないか? 今回の通り魔事件の被害者だった栗岡のことを調べてみたら、八年前の事件の容疑者だと分かった——沖田とは逆のアプローチだが、気になるのは理解できる。しかし、仮に何か摑んだとしても、現在別の特捜を担当している刑事たちが、八年前の事件を再捜査するのは筋違いだ。

自分が見逃している何かがあるのか?

ピンとこない。

運ばれてきたコーヒーを一口飲み、アイスコーヒーにしなかったのを後悔した。今日も散々汗をかいて、体中の水分が抜けてしまった感じがしていたのに。グラスの水を一気に飲み干して、氷を口に含んでガリガリと嚙み砕く。そこに熱いコーヒーを流しこんで、何となくアイスコーヒーを飲んでいる気分になった。

「訳分からんな」

「人の庭を荒らすのは勘弁して欲しいですよ」金野がぶつぶつと文句を言った。「あれをやれって命令してくるなら分かりますけど、勝手に入って来て勝手に荒らし回るのは、ルール違反じゃないですか」

「でも、そういうことはよくあるだろうが」実際、自分たちもやっている。追跡捜査係は所轄や捜査一課の他の係に協力を求めず、勝手に現場に入って勝手に捜査していくのが普通だ。

「それは知ってますよ」金野が唇を歪めるようにして笑う。「幸い、俺は痛い目に遭ってませんけどね」

「よく言うよ。お前らが積み残したから、俺らの仕事が増えるんだぜ」

金野はなおも笑顔をキープしようとしていたようだが、表情は完全に引き攣っていた。まあ、後輩をいじめても仕方ないか……特捜の動きは気になったが、取り敢えず自分の疑問を確認することにした。

「八年前の事件で、栗岡の関係者、小宮一太《こみやいちた》という人に事情聴取したか？」

「ちょっと記憶にないですね」

「おいおい、調書ぐらいちゃんと読みこんでおけよ」

「すみませんね、特捜の面倒ばかり見てるわけじゃないので……その人がどうしたんですか？」

「前の工場で働いていた時の、栗岡のお得意さんだったそうだ。今は東京から逗子に引っ越したそうだけど、話を聴いてみたい。昔そっちの特捜で話を聴いてたなら、その内容を知りたいんだ」

実際には調書はないだろう、と沖田は予想していた。ある程度時間が経過した事件の関連資料は、追跡捜査係に回されるのが決まりになっている。沖田も八年前の強盗殺人事件の記録は一通り読んだのだが、小宮一太という名前に覚えはない。ただし、全ての資料が追跡捜査係に回ってくるわけではないし、刑事が聴いた話が完全に記録として残っているとも限らない。「ゴミ」だと判断された話は、正式な調書に残されることなく、刑事の手帳の中で腐っていくこともある。ただし、本当にゴミかどうかは分からないものだ。担当した刑事の能力が稚拙な場合もあるし、相手とどうしても相性が合わず、本音を引き出せないまま虚《むな》しく事情聴取が終わることも珍しくはない。

「……とにかく、ちょっとひっくり返してみますよ」

「悪いな」

「何か、急に動きが出てきて気味悪いですね」

「それは俺も同じだ。何か、俺たちが知らないことが裏にあるのかもしれないな」

「面倒なことにならないといいんですが」

その意見には全面的に賛成する。しかし、面倒なことの裏側に真実が隠れている場合もままあるのだ。

5

週明け、村野は支援課に出勤してすぐに、栗岡智雄からの電話を受けた。携帯の番号も教えておいたのだが、鳴ったのは支援課の固定電話だった。

「長野の栗岡です」申し訳なさそうな声だった。

「村野です。おはようございます」

「すみません、朝から……今、ちょっといいですか」

「もちろんです」

「あの、今日、東京へ出ようと思ってます」智雄が打ち明けた。

「病院ですか？」

「ええ。まだ面会できないでしょうか？」

「今日は確認していませんが、聞いておきますよ」

「兄には会えないかもしれませんけど、病院にはお礼を言っておこうと思いまして」

「その方がいいと思います。それにご家族に対してなら、病院側もちゃんと症状を話してくれるでしょう」警察に対してよりも、よほど真摯に。この件については、病院側は警察に対してあまりいい印象を持っていないはずだ。「そうだ、病院に行くなら、私もつき合います。引き合わせられる人もいるので」

「いいんですか？」

「それが支援課の仕事ですから。何時頃、来られます？」

「こっちで午前中の仕事を片づけて、昼前の新幹線に乗りますから……午後一時前に東京着です」

「病院の場所、分かりますか？」

「住所が分かっていますから大丈夫です」

「それでは、病院の前で午後一時半でどうでしょう」支援課で午前中に仕事があるのだが、それを終えてからさっさと昼飯を済ませれば間に合う。

「分かりました。お手数おかけします」

「いえ。これが仕事ですから」

電話を切ると、隣に座る松木優里が不思議そうな表情で訊《き》いてきた。

「何かいいこと、あった？」

「ああ……仕事は増えたけどね」村野は今の電話の内容を説明した。「ねじれた兄弟関係も、ようやく氷解したわけね」

「元々、決定的に喧嘩別れしたわけじゃないと思うんだ。兄貴が好き勝手にやってたせいで、弟が家の仕事を全部引き受けざるを得なかった——弟の側からするとたまらないだろうけど、よくある話だよ。それに弟さんは、仕事で成功しているわけだから……とにかく、午後は弟さんと病院で話をしてくる」

「了解。午前中の会議は？」

「それはもちろん、出るよ」

今回は被害者が四人いる重大事件ということで、支援センターとの打ち合わせが開かれることになっていた。普段打ち合わせをする時は、村野たちが支援センターへ行くことが多いのだが、「たまには」ということで今日は警視庁で会合が持たれることになっている。もっとも支援課は機密優先の捜査部門ではないので、来客に対しても過度に警戒するわけではない。外部の人間が捜査一課や二課を気軽に訪ねて行くのは、まず不可能なのだが。

会議は午前十時から始まった。芦田が司会し、それぞれの被害者の現状について説明していく。既に支援センターとは情報を共有しているのだが、こうやって顔を合わせて話している方が、より正確に情報は伝わるものだ。

「それでは、問題は栗岡さんだけと考えていいですね？」この話し合いでセンター側の代表である石上《いしがみ》が念押しした。都庁の様々な部署でキャリアを積んできた叩き上げの職員で、二年前からは支援センターで働いている。それまでとまったく毛色が違う仕事なので最初は戸惑っていたが、今ではすっかり慣れたようだった。管理職ではあるのだが、犯罪被害者からの相談の電話にも自分で応じたりする。

「今日の午後、長野からご家族が上京します。それで、何とかなるんじゃないかと思います」村野は報告した。

「うちから誰か出さなくていいですか？」石上が確認した。

「あまり大人数にならない方が……取り敢えず、支援センターのことは紹介しておきますので、後から連絡を取ってもらう形でいいと思います。センターからも電話があるかもしれない、ということも伝えておきますから」

本当は、この時点で既に被害者支援はセンターに引き渡しておくべきなのだ。警察――支援課が面倒を見るのは発生直後だけで、その後の長期的な支援はセンターの方で行うのが普通の流れである。

「こちらとしては、むしろ幸田百音《こうだもね》さんの方が心配です」優里が続けた。腕に軽傷を負った女性だ。

「まだ入院中と聞いていますが」石上がメモを取る手を止めて顔を上げた。「軽傷じやなかったんですか？」

「病院側が用心しているようです。精神的なダメージが大きいという判断です」

それはそうだろう……それに、いきなり切りつけられた怪我は、必ずしも「軽傷」ではない。長さ十五センチほどで、何度か形成外科の世話にならないといけないようだ。左の前腕部分なので、半袖になったら嫌でも目立つ。若い女性にとってこの傷跡は、精神的にも大きなダメージになるはずだ。

「幸田さんの退院予定は？」石上が訊ねる。

「今週前半には、と病院側は言っていますが、あくまで状況を見て決めるということです」優里が答える。

「退院前に、一度お会いしておいた方がいいですか？」石上が念入りに確認した。

「はい。でも、あくまで顔繋《つな》ぎという感じでお願いします。我々が会っても、動揺して話にならないことがあるので、十分注意して下さい」

「分かりました」

話はどんどん細部に入っていく。支援課と支援センターの打ち合わせはいつもこうだ。どんな小さな情報も共有して、次の場面に備える。あらゆる状況をシミュレートし、被害者の前では決して慌てた様子を見せないのが肝要なのだ。相手に合わせてあたふたしてしまうと、向こうはパニック状態に陥る。

打ち合わせは二時間近くに及び、芦田が「終了」を宣言した時には十二時近くになっていた。一時に出れば間に合うから、取り敢えず下の食堂で昼食を済ませておくか……一人でさっさと階下へ向かおうとしたが、優里に引き止められた。

「西原も食堂へ連れていってくれない？」

「どうして？　俺、今日は急ぐんだ」

「分かってるけど、あなたもご飯は食べるでしょう」

「それはそうだけど……」優里にしてはしつこい。

「西原、ここのご飯食べたことないんだって」

「食べていただくほどの味じゃないと思うけど……それに、案内なら君がすればいいじゃないか」

「私、このまま幸田さんのところへ向かうから、ご飯は外で食べるわ」

「あ、そう」

何か妙な感じがする……優里の顔を凝視すると、「話があるんだって」と唐突に打ち明けてきた。

「何だよ、それ」

「詳しいことは西原に聞いて」

可が可やらだが……憂里と言い合いをしている暇はない。村野は、支援課の片隅で梓と笑顔で喋っている愛のところへ足を運んだ。

「飯、行こうか」

「案内してくれる？」車椅子に乗った愛が、村野を見上げた。

「味は期待しないでくれよ。値段と量で勝負してる食堂だから」

「人のところの食堂で食べるのって、面白くない？」

「そうかもしれない、な」この辺だと、農水省の食堂のレベルが高い。何となくそれは当然という感じがするが。

愛と一緒に食堂へ入った。ランチで混み合う直前だったのでほっとしたが、はたと困る。ここの食堂はセルフサービスで、自分でお盆を持って料理を受け取らないといけない。まあ、愛に席をキープしてもらっておいて、二往復すれば何とかなるだろう。

「お勧めは？」券売機の前で愛が訊ねる。

「今の腹具合は？」

「普通かな」

「無難なのは、パスタか蕎麦だね」

「それが美味しいの？」

「いや、量がほどほどという意味で」

愛は一瞬考えこんだ後、バジルのパスタを頼んだ。値段は四百二十円で学食レベルだが、量は大盛りを売りにする店ぐらいある。しかし、これよりささやかなメニューは、ほぼないのだ。

「席をキープしておいてくれないか？　料理は俺が持っていくから」

「了解」特に遠慮することなく、愛が自分で車椅子を動かして窓際の席まで行った。

村野は少し迷ってカツサンドにした。この組み合わせなら、トレイに一緒に載せて同時に運べる。

実際、皿は二つ、辛うじてトレイに載った。しかし水やナイフ、フォークなどは載せられない。結局二往復か、と自分の段取りの悪さにうんざりする。

「これ、大盛りじゃないの？」パスタの皿を見て、愛が疑わしげに訊ねる。

「これが普通」

「やっぱり、体力使うから？」

「腹が減ると機嫌が悪くなる人間が多いからだよ」

「犬みたい」

「そんなに外れてもいない感想だ」

愛が声をあげて笑う。フォークを手に取ると、すかさずパスタを巻きつけ始めた。

一口食べると「まあ、味はこうなるわよね」と苦笑する。外食で彼女が一番好きなのはイタリアン。美味いと評判の店のパスタを散々食べているわけで、作り置きのこのパスタに対しては「こうなる」という感想しか出てこないだろう。

「これでも、だんだんよくなってきたんだけどな。俺がここで食べ始めた頃は、結構辛かった」

「そっちは？」愛がフォークで村野の皿を指した。彼女は時々行儀が悪くなる。

「カツサンド」

「そっちの方がよかったかな」

「こっちはこっちで、脂が強烈だよ」

「究極の選択ね」

大袈裟《おおげさ》に文句を言いながら、愛はそこそこ食べ進めた。つけ合わせのキャベツの千切りも全部平らげる。それでもパスタは三分の一ほど残ってしまった。

「これ、食べる？」村野の方に皿を押しやる。

「やめておく。カロリー的にはこいつで十分だよ」村野はカツサンドを食べ終えたところだった。

「あのね、支援センターの仕事、少し休もうかな、と思ってるの」

村野は口に含んだ水を吹き出しそうになった。愛は昔から妙に唐突なところがある。会社を立ち上げる時も、怪我したのをきっかけに支援センターでボランティアを始めた時も、会社を実質的に手放してセンターの専従職員になった時も、村野に事前の相談はまったくなかった。親友の優里には話しているのではないかと思って確認してみたのだが、彼女もそういう話はまったく聞いていなかった。

決める時は一人。そういう女性なのだ。

「もしかしたら、へばった?」自分の感覚をつい話してしまった。最近、とみにそう感じている。

「へばってるのは村野でしょう」

「まあね」村野は右手で顔を擦った。「認めたくはないけど……少なくとも支援課の連中には話したくない」

「ずっと意地張ってると、パンクするわよ」

「分かってる。君は? 休んでどうするつもりなんだ?」

「アメリカに行くの」

「アメリカ?」これまた唐突な話だ。彼女とアメリカに何の関係がある?

「実はね、新しい治療法の情報が入ってきたのよ。手術なんだけど、神経再生としてかなり革新的な方法らしいの。それを試してみないかって勧めてくれる人がいて」

「アメリカで手術? とんでもない金額がかかるんじゃないか?」

「心臓移植なんかだと、それこそ億単位みたいね。個人では賄いきれないぐらい……

でも、この手術はあくまで普通の手術だから。特別なロボットを使うんだけど、それで治療費が極端に跳ね上がるわけじゃないのよ」

「そうか……」村野にも、だんだん話が読めてきた。「歩けるようになるなら、もちろんその方がいいよな。危険なことはないのか？」

「死ぬようなことはないでしょう。最悪でも、今と状況は変わらないんだから」

「行くとして、期間はどれぐらい？」

「診察、手術、リハビリで二ヶ月——三ヶ月ぐらいかな。手術が上手くいっても、実際に歩けるようになるには、三ヶ月じゃ無理だと思うわ。足の筋肉も衰えてるから、日本に帰ってもリハビリを続けないと。ちなみに場所はロチェスター。メイヨー・クリニックっていう大きな病院の本部」

「ロチェスターって、ニューヨーク？　ミネソタ？」

「ミネソタ——そうか、アメリカって、同じ名前の街が結構あるのよね。ミネソタのロチェスターだけど、大リーグのチームはないの？」

「ない。一番近くでミネアポリスかな」

「さすが、エア大リーグファン」

村野は思わず苦笑してしまった。大リーグは大好きだが、現地で観戦したことは一度もない。いつか愛と一緒に……と考えていたこともあったが、それも昔の話だ。結果、テレビ観戦と文字情報で、生で観《み》たことのない大リーグに関する知識だけが増えていく。「エア」というのは言い得て妙だ。

「一人で行くのか？」

「母がついて来るって」

「お母さん……何歳だっけ」

「七十二。元英語教師だから、会話でも助けてもらえそうだし。って言うか、私としては親孝行のつもりなんだけどね。最近全然海外へ行ってないし、こんなことでも、長期滞在すればそれなりに楽しめるじゃない。向こうで車を運転して、あちこち行ってみるつもりみたい。父も、途中で参加するって」

「一種の家族旅行か……」

「私は動かないけど」

「やっぱり、車椅子だと不便なんだろう？」当たり前のことを聞いてしまって後悔する。彼女は、車を全て手で運転できるように改造して乗り回しており、移動から何から、できるだけ自分でやるようにしているのだが、それにも限界はある。自分の足で歩きたいという思いは、今でも強いはずだ。

ただ、仮にその最先端の手術が成功しても、実際に歩けるようになるまでには相当時間がかかるだろう。事故から何年も経ち、愛の下半身ははっきり分かるほど細くなった。赤ん坊がゼロから歩行を学ぶようなものかもしれない。いや、それよりもっときついか……愛の頭には、ちゃんと歩いて走れた時の記憶がしっかり残っているはずだ。その残像と戦いながらのリハビリがきついことは、村野にはよく分かっている。村野自身も、昔と同じ膝を取り戻したわけではない。計測したことはないが、走ったら昔よりかなり遅くなっているだろう。しかし頭の中では、自分は昔と同じフォーム、同じスピードで走っている。

このギャップがきつい。

「よく決心したな」

「ずっと、何か方法はないかって探ってたのよ。一生車椅子のつもりはなかったから。今回はたまたま、先進的な方法が見つかって……チャレンジね」

「そうか」何と言ったらいいのだろう。「頑張れ」と言うのも違うし、「気をつけてくれ」でもないような気がする。分かっているのは、彼女と数ヶ月会えなくなることだ。考えてみれば、そんなに長く彼女と離れていたことはない。つき合っていた頃もそうだし、恋人関係を解消してからも……仕事で「同志」のような関係になって、しょっちゅう一緒にいた。そして村野が外で食事をする時、相手は支援課の人間以外だったら愛しかいない。あまり健全な関係とも言えないのだが、仕事の面では彼女は間違いなく大事なパートナーになっている。

「変な顔」愛がくすりと笑った。

「え？」

「何言っていいか分からないっていう顔してる」

「実際、そうなんだ」

「正直ね」愛が小さく笑った。「あなたも来ない？　初めて大リーグの試合を生で観るのもいいじゃない。警視庁って、長期の休みは取れないの？」

「そんなこともないけど……」この誘いには、さすがに腰が引けてしまう。向こうで彼女の両親と一緒になって、許されるものだろうか。

愛の両親とは、何度か会った事がある。婚約者としてではなく、あくまでボーイフレンドとして、だ。気持ちのいい人たちで、村野を快く受け入れてくれたのだが、あの事故が起きてしばらく経ってからは、まったく会っていない。恋人関係を解消しようという話になった時、村野はきちんと挨拶して……と考えていたのだが、愛に笑って止められた。婚約でもしていたらともかく、そうじゃないんだから、一々親に挨拶するのは変でしょう、と。

村野は謝りたかっただけなのだ。娘さんを守れなくてすみません、と。

実際には、謝るチャンスはあったのだ。村野が入院中にも、愛の両親は何度か見舞いに来て、村野を責めることもなく、優しく声をかけてくれた。それがかえっていたたまれなく……結局、一度もきちんと謝ることができなかった。それから何年も、娘の面倒を見続けてきたのだから、両親もすっかり疲弊しているに違いない。村野が何組も会った、犯罪被害者の家族のように。

「うちの親と会うの、怖い？」

「怖い」村野は正直に認めた。

「村野のこと、気にしてるんだよ？　あなたが怪我したのは、私のせいだと思ってる」

「そんなことはない」

会話が深い方へ入り始めたのを感じ、村野はこめかみに汗が滲むのを感じた。その時ふと、最適な言い訳を思いつく。

「渡米はいつ？」

「十月――十一月ぐらいかな」

「向こうにはいつまでいる予定？」

「まだ細かいスケジュールは決まってないけど、最低三ヶ月。実際は四ヶ月ぐらいになると思うわ」

「じゃあ、大リーグはシーズンオフだよ。試合はやってない」

愛が微妙な笑顔を見せた。ちょっと首を傾げて村野を見ると、「昔から、肝心なところで弱虫だよね」と何故か嬉しそうに言った。

弱虫と言われても……小さいが嫌な気分を抱えたまま、村野は外苑前駅まで移動した。約束の十分前、一時二十分に病院に到着する。智雄はまだ来ていなかった。先着したことでほっとして、額の汗を拭う。

智雄も、約束の時間の五分前に到着した。今日も三十度を超える気温なのに、きちんとスーツを着てネクタイを締めている。二泊分ぐらいの着替えが入りそうな大きなショルダーバッグを肩からぶら提げているので、スーツが少し歪んでいた。

「どうも、お待たせしまして」

「私も今着いたところです」

智雄は目に見えて柔らかい雰囲気になっていた。何か思うところがあったのかもしれない。

「東京は暑いですねえ」ハンカチで額を拭いながら待合室に入る。

「長野に比べれば、確かに暑いですよね。今日は泊まりですか?」

「ええ。ついでと言ったら何ですけど、商談が何件かありますので」

「東京へはよく来るんですか?」

「月イチペースですかね。デパートなんかを回ったりしますから」

「じゃあ、東京も慣れてますね」

「点と線だけの動きですよ。基本的には、生まれてからずっと長野ですから。東京へ来ると、借り物の服を着てるみたいだ」

会話が軽く転がるのがありがたい。智雄にもリラックスして欲しかったのだ。村野は智雄を案内して、事務長の玉木を引き合わせた。玉木は淡々と応対したが、それがありがたい。こういう場合は、その方がプロっぽい感じに思えるのだ。

「担当医の方に会っていただきますので」玉木が智雄の顔を真っ直ぐ見ながら言った。「詳しい説明は、そちらから聞いて下さい」

「いろいろご面倒をおかけしまして」智雄が深々と頭を下げる。

「いえ、これが仕事ですので……そちらでお待ちいただけますか」

玉木が、智雄を事務室の隅にある応接セットへ誘った。一言二言会話を交わした後、村野のところへ戻って来る。

「先日の話なんですが」急に表情が真剣になっていた。「何らかの形で指導しておく、と言っていただきましたよね」

「ええ。きちんと言っておきました」特捜の二人の刑事の話だ。責任者の管理官に文句を言ったものの、体よく追い払われたことは黙っておく。あれは支援課として恥ずかしい話だ。

「あまり効果がなかったようですね」玉木が顔をしかめる。

「まさか、週末もこっちへ押しかけたんですか？」

「いや、潜んでいたと言った方がいい」

「栗岡さんは今……」

「まだＩＣＵです。今日あたり、一般の病室に移す、と聞いていますけど、そうなるとまた病院へ押しかけて来るんじゃないですか？」

「申し訳ありません。気をつけておきます」村野はまた頭を下げた。そうしながら、どうもおかしいと疑念が芽生える。特捜が被害者にここまでこだわる理由が分からない。確かに、防犯カメラのチェックや目撃証言などから犯人に近づけているわけではないようだが……こういう、誰が犠牲になるか分からない通り魔事件で犯人が早く捕まらないと、市民は不安になる。上層部が思い切り尻を叩いているのは簡単に想像できたが、それでも栗岡に急いで話を聴く意味は不明だ。栗岡が、この事件で何か重要な役回りを持っているとか？　それは考えられなかった。

「ちなみに、沖田という刑事は来ましたか？　今回の捜査を担当している刑事ではなく、別の係なんですが」

「いや、私は聞いていません」

「そうですか」少なくとも沖田に関しては「要請」の効果はあったわけだ。「とにかく、もう一度きちんと言っておきます」

「お願いします。刑事さんというのは、何と言いますか……雰囲気がよくないですよね」

村野は思わず苦笑してしまった。玉木の感想は理解できないでもない。だいたい服装もいい加減――くたびれたスーツか、動きやすいブルゾンなどの安っぽい格好だし、何より目つきが悪い。人を疑うことが習性になっているので、どうしても黒い空気を周囲に振りまいてしまうのだ。当然、人数が増えれば増えるほど、その嫌な雰囲気は濃くなる。大勢の刑事が集まる捜査会議に一般の人が紛れこんだら、気分が悪くなって卒倒してしまうかもしれない。

「いったい何なんですかね」玉木が首を捻る。「この病院は、事件や事故で怪我された方を受け入れたことは何度もありますけど、警察がこんなにしつこく聴いてきたことはありませんよ」

「それだけ重要な事件なんです。通り魔事件は、社会不安を巻き起こしますから」

「それは分かりますが、他の入院患者さんの手前もありますからね」玉木は依然として渋い表情だった。

「ご迷惑おかけしまして」村野としては、この場では頭を下げるしかできなかった。まったく、いい迷惑だ……。

担当の医師と連絡が取れて、智雄が兄に会いに行くことになった。村野も、玉木と一緒につき添うことにした。医師から説明を聞いたり、意識不明の兄と対面したら、今は落ち着いて見える智雄も、恐慌をきたす恐れがある。ふと思い出し、訊ねてみた。

「先日、お兄さんが誰かに尾行されているようだ、という話をされましたよね」

「ええ。電話でそんなことを言ってました」

「その件について、何か思い当たる節はありませんか？」

「いや、そう言われましても……」智雄が人差し指で頰を掻く。「ただ、昔からいろいろあった人ですし」

「今は真面目に働いているんですよ」

「でも、正直、何かあってもおかしくないな、とは思ってます。だいたい、一度でも疑われたのは、何かあるからなんでしょう？」

「そう言われれば、確かにそういうこともあるんですが……」村野としては少し引っかかっていることだった。自分で捜査をするわけにはいかないが、彼の身に何が起きていたかについては気になる。

気になっても手を出してはいけない——基本的な原則ではあるが、興味は抑えきれないものだ。

6

沖田の逗子への出張は、なかなか実現しなかった。とにかく相手が摑まらない。長い旅行にでも出ているのかもしれない。一線を退いた人の趣味といえば、まず長期間の旅行ではないだろうか。

何だか足踏みが続く……月曜、沖田は新宿東署の特捜へ行こうと決めた。この際、一度特捜の連中と正面から対決しておいた方がいいのではないか？　今回、あいつらの動きは怪し過ぎる。本部で雑務を終えてから――と思って出勤すると、西川がいた。

「何だ、帰って来たのかよ」

「金曜の夜に戻ってた」

「太ったか？」沖田は西川の体をじろじろと眺めた。

「ああ？」

「向こうで美味いものを食い過ぎたみたいだな」

「馬鹿言うな」西川が力なく首を横に振った。「ゆっくり飯を食ってる暇もなかったよ。それに、道警の担当の連中がクソ真面目な奴ばかりでさ。とにかく神経が疲れた」

「じゃあ、お前と一緒じゃねえか。酒より仕事か？」

「俺だって、美味い酒ぐらい呑みたかったさ。しかし、一人で呑んでもな……それより、響子《きょうこ》さんのところへ、蟹《かに》を送っておいたから」

「何で」沖田は目を見開いた。響子は、ある事件の捜査を通じて知り合った沖田の恋人で、関係はかなり長くなっている。しばらく前に彼女が妊娠したのをきっかけに結婚の話が出たのだが、流産したために、その話もいつの間にか消えてしまった。今は以前と同じような状態——たまに彼女の家に泊まりに行くような関係が続いている。響子はシングルマザーで、問題の事件で心に傷を負った一人息子の啓介《けいすけ》も、もう大学生である。長崎《ながさき》で老舗の呉服店を営んでいる響子の両親の強い勧めで、福岡市の大学に進学していた。響子の両親としては、東京から戻る気がない娘を当てにせず、孫に家業を託そうという狙いなのだ。まだ数年の猶予はあるが、果たしてどうなることか……沖田たちの将来にもつながる重要なポイントである。

「いや、北海道から何か送るとしたら蟹だろうが」

「住所、知ってたっけ」

「うちの嫁が知ってるよ」

「ああ、そうか」

問題の事件がきっかけになり、西川の妻・美也子《みやこ》と響子も友だちづき合いをしている。沖田や西川と関係なく、二人で会ってランチを楽しむこともあるようだ。

「今夜は蟹だから、さっさと帰ってやれよ」

「それはこっちの事情だ……それより、道警の方、上手くいったのか？」

「なかなか難しいな。とにかく北海道は広いから、東京の感覚では捜査ができない。追跡捜査でも同じなんだよ。だから、道警本部に専門の部署を置いてそこに刑事を集めるか、各方面本部に専従の捜査官を置くかで揉めている」

「で、お前のアドバイスは？」

「本部に人を置いた方がいい。道警って、札幌《さっぽろ》にある本部以外に四つの方面本部があるんだけど、そこの刑事課にそれぞれ追跡捜査の専従担当者を置いても、ちゃんと捜査できるとは限らない」

「なるほど」

「うちと同じように本部内に専門部署を置いて、何かあったら一斉に捜査にかかるという方法の方が上手くいく」

「まあ、そうだな」

「しかし、疲れたよ」西川が両肩をぐるぐる回した。「行政的な仕事は、俺には向いてないな」

「お前は、得意だと思ってたけど」

「人事や金の話になるとさっぱりだ。特に、他の県警の金の話をされても分からない。うちの係の予算も把握してないんだから……で？　こっちはどうだった？」

「例の変な通り魔に引っかかってるよ」

「まだ関わってるのか？　ニュースで見てたけど、動きはないんだな」

「問題の男も、まだ意識を取り戻してないんでね。支援課の村野はやけにしつこくガードしてるし」

「お前が無茶してるからだろう」西川がニヤリと笑う。

「冗談じゃねえ。普通だよ、普通。村野が何かおかしいんだ」

「おかしいって？」

「やけに頑なになってる。そもそもあいつ、最近かなり追いこまれてる感じなんだよ。仕事し過ぎじゃねえかな。あんな仕事を長く続けてたら、誰でも参っちまうだろう」

「それはそうだな」西川がうなずいて同意する。

「ちょっと環境を変えて、どこかでリハビリすればいいんだ」

「それはそれで、あいつも望まないんじゃないかな」

「だけどこのままだと、間違いなく潰れちまうぜ」

「うちへ引っ張ったらどうかな」西川が提案した。「普段はここで座ってるだけなんだから、膝に悪いこともないだろう」

「俺たちが勝手に辞令を出すわけにもいかないだろうけど……そうだな。あいつが興味あるなら、ちょっと手を回してもいい」

「お前が聞いてみたらどうだ？　会う機会、多いんだろう？」

「この件については、あまり話したくないんだよな」沖田は苦笑した。「まあ、チャンスがあったらそれとなく聞いてみるよ」

「村野がうちへ来たら、人数のバランスを取らないといけないから、誰かが出る必要がある。お前は、支援課で少し修行してきたらどうだ？　もう少し、人間として――」

「冗談じゃねえよ」沖田は瞬時に頭に血が昇るのを意識した。どう考えても、自分が支援課でまともな仕事ができるとは思えない。西川が厄介払いしたいとでも思っているなら、こっちにも考えがある。

「いやいや、真面目な話」

「今のは聞かなかったことにしておく」沖田は即座に言った。

「心が狭い男だねえ」西川が肩をすくめて見せる。「異動も大事だぜ？　このままずっとここにいて、了見の狭い意固地な人間になるか、視野を広げて大きくなるか」

「だったらお前も異動すればいい」

「俺は、了見の狭い人間で十分なんでね」開き直ったように西川が言った。

まったく……同期だし、ずいぶん長い間追跡捜査係で一緒に仕事をしているのだが、未だに衝突は頻繁だ。考え方も刑事としての育ち方も全然違うから、仕方ないのだが……。

「出るわ」沖田はさっさと立ち上がった。

「今日も暑いぜ」

「いちいち言うなよ。そんなこと、お前に言われなくても分かってる」

西川が、何故か嬉しそうに笑った。普段と違う仕事を無事に終え、ようやく日常が戻って来たとでも言うように。


移動の途中で、沖田は響子に電話をかけた。

「蟹でしょう？　美也子さんから連絡あったわ」

「冷凍だろう？　大丈夫なのか？」

「今日、テレワークで一日中家にいるから」

「ああ」響子は離婚してから、ＩＴ系の会社でずっと派遣社員として働いていた。仕事はできるタイプだったらしく、数年前には正社員になり、今は経済的にも安定している。

「でも、こう暑いと鍋は無理よね」

「そうだなあ……」

「何か考えておくわ」

彼女はそう言うものの、沖田は何も思い浮かばない。蟹といえば鍋か、茹《ゆ》でてそのまま食べるか、という発想しかなかった。

「西川さんにお礼、言っておいてね」

「分かった」自分ではなく響子に送ってきたのが少し気に食わないが……まあ、俺に送られても、冷凍庫の中で永遠の眠りにつくだけだ。

電話を切ると、少しだけ気分がよくなっていた。自分にとって響子は精神安定剤だとつくづく思う。最初は、息子の啓介が事件に巻きこまれて、母子は精神的に大きなダメージを負った。沖田は捜査とは関係なく、二人の支えにならなければと義務感を抱いていたのだが、そういう関係はいつの間にか逆転した。結婚していない、半同棲《どうせい》のような中途半端な関係だが、それでも今の関係性が沖田にとっては非常に心地《ここち》好《よ》かった。

これだけは絶対に壊してはいけない。守るべきものがある、と考えると気持ちが強くなる。

上向いた気持ちは、新宿東署の特捜本部に到着すると、あっという間に崩壊した。現場の指揮を執っている管理官の武本が、沖田を露骨に邪険に扱ったのだ。追跡捜査係が邪魔者扱いされるのには慣れているが、そういうのとは明らかに性質が違う。

「何でうろうろしてるんだ？」第一声からして喧嘩腰だった。

「いや、仕事ですから」

「余計なことするなよ。お前がうろついてると迷惑なんだ」

「えらくはっきり言いますね」はっきり過ぎて、怒るよりも不思議になってしまう。自分が動いていることで、特捜の捜査を妨害したわけではないはずだ。怒りの原因が分からない。

「追跡捜査係が出てくる幕はないんだよ。大人しくしてろ」

「そういうわけにもいきません。栗岡は、俺の獲物でもあるんだから」

「獲物？　格好つけるな。お前が動いているだけで迷惑なんだ」

「そんなにやばいところに首を突っこんでますか、俺？」

「ノーコメント」

「それじゃ意味が分からない」沖田は食い下がった。「こっちが調べたことが、そちらの役に立つかもしれませんよ」

「そんなことはない。一切ない。とにかく、ここへは出入り禁止だ」

「管理官……」沖田は呆れて、武本の顔を凝視した。「何かあるんですか？」

「何もない！」

あまりの剣幕に、さすがの沖田も特捜本部を出ざるを得なかった。この状態だと、どれだけ粘っても話は聞けないだろう。少しは特捜と情報共有しておきたかったのだが。

ぶらぶらと新宿通りまで歩いて出る。まだ昼前だが、少し早めに昼飯でも済ませておこうか。今夜はたっぷり蟹を食べることになりそうだから、控えめに……その前に、もう一度小宮一太に連絡を取ってみることにした。どうせつながらないだろうと諦めていたのだが、初めてつながった。

「小宮です」渋い、落ち着いた声だった。

「あ……」沖田は一瞬言葉を失ってしまった。

「もしもし？」

「失礼しました。警視庁捜査一課の沖田と申します」

「警視庁？　警察？」

「そうです」

「警察に用事はないですが」

沖田は事情を説明した。武本に苛立たされた割には冷静に話ができたと思う。

「栗岡君ね……まあ、話せることもありますよ」小宮が遠慮がちに言った。

「これからお会いできますか？　そちらまで伺いますので」

「東京からだと結構遠いよ」

「大丈夫です」

沖田は早速出発することにした。マイナスで始まった一日だったが、これをきっかけに上向くかもしれない。よし、気合いだ、気合い。自分を鼓舞して、沖田は逗子への行き方を調べ始めた。

逗子といえば海の街——すぐにヨットと結びつき、金持ちのセカンドハウスが建ち並ぶ超高級な街というイメージがあったが、交通の便はそれほどよくない。小宮の自宅も、ＪＲの駅からも私鉄の駅からもかなり離れており、バスでないと行けない。まあ、この辺に住む人は基本車での移動だろうから、公共交通機関が不便でも、そんなに苦労しないのだろうが。
小宮の家は、ＪＲ逗子駅と逗子マリーナの中間地点ぐらい、高台にある住宅地の中にあった。都内の住宅街とはちょっと様子が違う……高い建物がないので空は開け、一軒一軒の家の敷地《しきち》がやたらと広い。民家ではなく、企業の保養所のような感じさえする。塀ではなく生垣で隠している家も多かった。これは相当な高級住宅地――この区画一帯が、そういう意図で開発されたのかもしれない。

この辺は全体が小高い丘のようになっているのだが、小宮の家はその中でも最も標高が高い場所にあった。照りつける夏の太陽の下を歩いているだけで汗をかく、きつい傾斜。ようやく家を見つけて立ち止まると、沖田はハンドタオルで顔を拭った。響子とつき合うようになってから、夏はハンカチだけでなくハンドタオルも持たされている。最近夏は暑いから、少し大きめのタオルがあった方が便利だから、と。彼女が言った通りで、夏場には何かと重宝する。

「しかし……でかいな」沖田は思わずつぶやいた。道路からの目隠しとして植え込みがあるのは、他の家と一緒である。門扉から母屋まで距離があることから、庭もかなり広いと想像できた。門扉と塀は明るい茶色で統一されている。その奥に見える家は、全面がガラス張りの二階建てで、どこか古めかしいデザインである。昭和四十年代とか五十年代の映画で出てくる金持ちの家のような感じだった。

インタフォンを鳴らすと、すぐに返事があった。

「警視庁の沖田です」

「どうぞ」小宮が返事をすると同時に、門扉のロックが外れる音がした。古っぽい家かと思ったが、設備は新しいようだ。

家の右側にはガレージ。そこにクラシックカー——フェラーリ・ディーノが停まっているかと想像したのだが、鎮座しているのは最新のベンツのクーペだった。クラシックなスーパーカーから宗旨変えしたのだろうか？　ただし、ガレージには車二台が停められるスペースがあるので、ディーノは今はここにないだけかもしれない。

玄関のドアが開き、小宮が顔を覗《のぞ》かせた。七十歳ぐらいだろうか、すらりとした長身で、上品な白髪。白いポロシャツから突き出た腕は、さすがに年齢なりに筋肉が落ちているが、全体的には非常に健康そうだった。顔もよく焼けており、本当にヨットを楽しむために逗子に引っ越してきたのでは、と沖田は想像した。

陽光がたっぷり入ってくるリビングルームに通される。エアコンも強く効いていて暑くはなかったが、温度のバランスを取るためには大量のエネルギーを消費することになるわけだ。環境には優しくない家だな、と沖田は皮肉に考えた。

長いソファの片隅に腰を下ろすと、沖田はさっそく手帳を広げた。家を褒めるところから入ってもいいのだが、その時間がもったいない。

「よく栗岡さんを指名して整備に出していたそうですね」

「彼は、いい腕なんですよ。こっちの意図を完璧に読んでくれて、仕事も早いし」

「栗岡さんが通り魔事件の被害に遭ったのはご存じですか？」

「え？」小宮の顔が一気に白くなった。「まさか、死んだんですか？」

意識不明です」

「何と……」

小宮が、傍に置いたスマートフォンを取り上げた。ニュースをチェックしようとしているのだろうと思い、沖田は言った。

「ニュースでは、栗岡さんの名前は出ていません」

「そうなのか？」

「亡くなった方の名前は出ていますが、怪我した人の名前は、基本的に報道されないんです」

「そうか……」小宮がスマートフォンをそっとテーブルに置いた。「そんな目に遭うとは、彼もとんだ災難だね。あなたも、その件で捜査してるんですか？」

「いや、別件——昔の話です」

途端に小宮が嫌そうな表情を浮かべた。八年前のことが彼にも引っかかっているのだ、と分かる。

「もしかしたら、例の強盗殺人？　あれで栗岡君も運命が変わったね。警察に目をつけられると、どうしてもおかしくなるんでしょう」

「こちらは仕事ですので」

「しかし、彼は何もやってなかっただろう。無実の罪で疑われて、可哀想《かわいそう》だった」

「申し訳ありませんが、私は当時は捜査をしていなかったので」空疎な言い訳だなと思いながら沖田はつい言った。

「そうですか……しかし彼も、ついてない。あんなことで工場を辞めてしまったし、今度は被害者になったわけですね」

「そうなりますね。八年前ですけど、栗岡さんが金に困っていたという話がありましたよね？　事故を起こして、その賠償で」

「任意の保険に入ってなかったから、それは自己責任ですけどね……まあ、金のことだから、私もどうしようもなかったけど」

「あなたなら、少し援助してあげるぐらいの余裕はありそうですけどね」沖田は、二階まで吹き抜けになったリビングルームをぐるりと見回した。

「そういうことでは何の解決にもならないでしょう」小宮が厳しい口調で指摘した。

「実際、金を貸してくれと頼まれたこともありましたけど、断りましたよ。借りる先が変わるだけで、何の解決にもならない……私ならチャラにしてくれると思っていたのかもしれないけど、だとしたら甘い。彼は腕が良くて、私はだいぶ助けてもらったけど、それとこれとは別問題です。金のことは自分で解決しないと、人間は絶対駄目になる。誰かの助けで抜け出しても、本当に解決したことにはならないからね。自分で頑張って返済しないと」

「厳しいですね」

「私も若い頃、借金で苦しんだことはありますよ」

「でも自分で解決したから、今はこういう大きな家にお住まいなんですね」

「有り体に言えば」

正直な発言に、沖田はむしろ好感を持った。小宮は栗岡を買っていたからこそ、自分の力で何とか苦境から抜け出して欲しいと願っていたのだろう。

「今は、特に借金の問題はなかったようです」

「警察は、まずそういうことを疑うわけでしょう？　奪った金で借金を返済したとか」

「何とも言えませんが……何しろ、本人から話が聴けない状態なので。私が話を聴こうとした直前に、犯行に巻きこまれたんです」

「それはあなたも災難だ」小宮がうなずいた。「栗岡君も危なっかしいところがあったからね。でも、強盗をするようなタイプじゃないよ」

「危なっかしいというのは？」

「つき合っていた連中がね……私はたまたま何度か見たことがあるんだけど、いかにもっていう感じの奴らでしたよ」

「チンピラ？」

「今時チンピラがいるかどうかは分からないけど、まあ、そんな感じです。実は私、当時新宿界隈《かいわい》で店を何軒か持ってましてね」

「飲食店ですか？」

「ええ」

なるほど、そのビジネスがこの家に結実したわけか。

「その中の一軒の店で、栗岡君が出禁になったんですよ。彼は、私の店だとは知らずに呑んでいたみたいだけど」

「何があったんですか？」

「同行者の態度が悪かった」小宮が顔をしかめる。「結構上等なバーでしてね。そういう店にはそういう店の、暗黙のルールがあるでしょう」

「分かります」

「いろいろ、おかしな話をしていたそうでね」

「悪事の相談でも？」

「うちの店の人間は、そういう風に感じたそうです。その後で、例の強盗殺人の話が出て……私は今でも、あれは警察の言いがかりだと思っていますけどね」

「その態度の悪い同行者が誰だったか、分かりますか」

「私は知らないけどね」小宮が首を横に振った。その後、沖田の目を真っ直ぐ見据える。

「富谷という人間では？」沖田は、ずっと持ち歩いていた富谷の写真を示した。

「名前も顔も、私は知らない」写真を一瞥《いちべつ》して、小宮が答える。

「あなた以外に、知っている人はいるんですね？」沖田は即座に確認した。「その店の人とか」

「紹介するのにやぶさかではないですよ。ただ、八年前のことだから、はっきり覚えているかどうか」

「トラブルだったら、結構覚えているものです。出禁というのは、お客さんのトラブルとしてはかなりレベルが上じゃないですか」

「そうですね」

沖田は、小宮が告げた店とそこの店長の名前をメモした。当時はバーテンだったが、今は店長に昇格しているという。

「一つ、いいですか」沖田は手帳をボールペンの先で叩きながら訊ねた。

「何ですか」

「どうしてこういう情報を教えてくれるんですか？　あなたは、栗岡さんを頼りにしていたんですよね」

「整備工としてはね」小宮がうなずく。「腕は買ってました。ただ、人としてはね……何と言ったらいいか分からないんだが、中途半端な感じだったんだ。金のことで考えれば、すぐに分かる。事故で賠償となると大変なんだけど、彼の給料はそんなに安いわけじゃなかった。計画的に返済していれば、あんなに悩むことはなかったんだよ。実際、消費者金融で金を借りた後、どうしたと思う？」

「返済に使ったんじゃないんですか？」

「パチスロで十万すったそうだ」

「まさか」沖田は呆れてつぶやいてしまった。

「増やそうとしたんだろうけどね。ことほどさように、そういういい加減なところがある男なんだよ。仕事は任せてもいいが、一緒に酒を酌み交わしたくはない——そういうタイプの人間がいるのは理解していただけますよね」

「ええ」

「だから、彼が何か罪を犯したなら、責任はちゃんと取るべきだと思う。何年経とうがね」

「ご協力、ありがとうございます」沖田は頭を下げ、手帳を閉じた。「ちなみに八年前、警察はあなたのところに話を聴きに来ませんでしたか？」

「来なかったですよ。一度も」

「そうですか……」

「それは、まずいことなのかな？」

「もっと手を広げて、いろいろな人に話を聴いておくべきだったとは思います。でも、八年前に話を聴きにきたら、今のような事情を話してくれましたか？」

「それは、聴く方の能力によるんじゃないかな。あなただから話した、ということもありますよ」

微妙に恩着せがましい言い方で、この男を胡散臭《うさんくさ》く思う気持ちが生じる。結局、金を全ての基準に生きてきた男の価値観はこういうものではないか？

しかし手がかりは手がかりだ。余計な考えを追い払って、まずはこれを追ってみよう。


夕方、東京へ戻ると急に疲労感を抱いた。東京近郊へ出ての仕事が、一番疲れる。思い切って遠方へ出張した時の方が、よほど楽だ。

追跡捜査係に電話して、今日はこのまま引き上げることにした。今夜は蟹が待っている。響子に電話を入れると「蟹しか入っていない蟹コロッケを作る」と宣言した。蟹コロッケといえば、クリームの中にわずかな蟹の身が入っているぐらいの感じなのだが、響子は純粋に蟹の身だけを具にするのだという。沖田は知らなかったのだが、アメリカに「クラブケーキ」という料理がある——蟹肉《かににく》やパン粉を合わせて、焼いたり揚げたりする料理で、東海岸の名物だそうだ。となると、飲み物はビールか……響子は冷蔵庫にいつもビールを入れておいてくれるのだが、今日は自分で買っていこう、と決めた。アメリカ料理ならアメリカのビール――バドワイザーがいい。

響子は今、大江戸線の練馬春日町《ねりまかすがちょう》駅近くに住んでいる。沖田の家は板橋《いたばし》の外れで、行き来するのに自転車なら二十分もかからない。これぐらいの距離がちょうどいいのではないかと話し合った結果決めたそれぞれの家で、二人とも通勤するにも便利だった。

響子の家は、駅から歩いて五分と非常に便利な場所にある。練馬春日町駅近辺は、買い物などにはあまり便利ではないのだが、それでも駅に近いのは、東京では大きなメリットだ。

地上へ出た途端、まだ居残る暑さにやられた。これは、家に行くまでに軽くビールを引っかけたいところだ……残念ながら、一杯だけ呑んで済ませるような立ち呑み屋もほとんどない街なのだが、家に行く途中に酒屋があった。あそこで角打ちのサービスをやっていなかったか？　あったら、缶ビールを一本だけ呑んで体を冷やしていこう。一気に流しこんで喉がきりきりと痛む感覚が蘇る。

その前に煙草だ。逗子からずっと電車に乗りっぱなしだったので、ずいぶん長い間煙草を吸っていない。まず一本吸ってから、次の行動を考えよう。外で吸っているとまずいご時世だが、沖田はコイン式駐車場の隅に入りこんで、こそこそと煙草に火を点けた。深々と一服してから、ふいに周りの空気が違うと感じた。

誰かが見ている。

いや、誰かにつけられているのではないか。

刑事を尾行するような人間は滅多にいないが、ゼロではない。こちらが何かを刺激して、その結果、動きを監視する必要が出てくることもある。

今、自分は微妙な事件に首を突っこんでいる。誰かがそれを疎ましく思い、こちらの行動を調べようとしているのではないだろうか。同じ警察の人間である可能性も……特捜の妙に頑なな態度が気になった。

そそくさと煙草を吸い終え、沖田は響子の家とは反対の方へ歩き出した。ふと、駅前にバス停があるのを思い出し、そちらへ向かう。バス停を見つけた瞬間、バスが近づいてきたので、小走りで駆け寄った。背後で誰かが走り出す気配がする。「素人か」と馬鹿らしく思ったが、振り向いて確認はできない。

行き先も見ずにバスに飛び乗る。直後、もう一人が乗ってきた。沖田はバスの後ろの方へ詰めたが、もう一人——若い男だった——は運転手の近くの位置で吊革《つりかわ》に掴まる。素知らぬふりをしているが、どうも怪しい。

乗ってから、バスの行き先は成増《なります》だと気づいた。途中で降りるか、成増まで行ってからまくか。成増まで行ってしまおう、とすぐに決めた。対象が電車に乗ってしまうと、尾行は一気に難しくなる。

バスは途中から混み始め、沖田のいる場所からは男の姿が見えなくなった。しかしまだバスの中にいるはず……終点まで乗って降り、沖田はしばらくバスの横で立っていた。同じバス停から乗りこんだ男が降りてきて、一瞬だけ沖田と視線が合う。明らかにぎょっとしていた。駄目な奴だと呆れたが、男は素知らぬ振りで歩き出した。沖田は逆に男を尾行し始めた。途中、一度だけ振り向いて沖田を確認する。そういうことをしたら駄目だ——こういう時のためには、女性用のコンパクトを持っていると非常に役にたつ。確認する時に、一々振り向かずに済むからだ。最近は、スマートフォンのカメラを自撮りモードにして見る手もある。いずれにせよ、この相手は素人だ。

さて、どう出るか。男は地下鉄成増駅ではなく東武東上線《とうぶとうじょう》の成増駅へ向かった。二つの駅の間は歩いて五分もかからないのだが、非常に道路が狭く、ごちゃごちゃとした繁華街が広がっていて尾行はしやすい。男は成増駅南口の短い階段を上がって、駅構内に入って行く。沖田はまったく見逃すことなく男を追い続けた。中肉中背、半袖の白いシャツにグレーのズボンという目立たない格好だった。一瞬見ただけの顔も、記憶に残るものではない。さて、どうするか。

男は上りの池袋行きに乗った。俺なら、途中の駅で降りる振りをして相手をまくのだが……池袋の人混みに紛れる手もあるが、ああいう混雑した場所で尾行を振り切るのは意外に難しいものだ。

予想通り男は、二つ先の東武練馬駅で動いた。ドアが閉まる直前に、急にダッシュしてホームに出る。沖田の選択は二つに一つだ。このまま相手を追うか、それとも向こうがフェイントをかけて車内に戻って来るのを待つか。後者だ、と判断する。尾行の素人ほど、そういうことをすれば相手をまけるものだと思っている。

予想は外れた。男は車内に戻らず、ホームをダッシュしている。一刻も早く沖田から逃れようとしているのは明らかで、そういう動きも素人っぽかった。

東武練馬駅は上りと下りでホームが分かれており、帰宅ラッシュのこの時間帯では、上りホームはガラガラだ。走っていると、逆に目立ってしょうがない。

この段階では正体は分からなかったが、割り出すことはできるだろう。いや、必ず割り出して狙いを吐かせなければならない。

沖田はすぐに別の車両に移動した。もしかしたら二人組で尾行していたかもしれず、その場合はもう一人の存在を確認しなければならない。

一つ先の上板橋で一度ホームに出て、さらに車両を移動する。動きを同じくする人間は誰もいなかった。この時間の上り車両はガラガラと言っていいぐらい空いているので、誰かが急な動きをすればすぐに分かる。

「よし」声に出して言ってシートに腰かけ、スマートフォンを取り出す。響子からメッセージが入っていた。約束の時間の午後六時を過ぎているので、心配しているのだろう。

今日は、彼女の家に近づくわけにはいかない。自分を尾行する人間を、彼女に近づけては駄目だ。向こうはもう彼女の存在を認知しているかもしれないが、用心に越したことはない。すぐに返信する。

急に仕事が入った。申し訳ないけど、今日はパスで。

すぐに既読になり、返信があった。

蟹、どうしようか。

まだ料理していなければ冷凍で。

じゃあ次の機会に。

響子は妙にサバサバしたところがあり、それがありがたい。商売柄、どうしても約束を反故にしてしまうことがあるのだが、そういう時も「分かった」の一言で了解してくれるのだ。負担をかけているのではないかと不安になって、何度も聞いてみたのだが、彼女の答えは決まって「駄目な時は駄目だから」。そう割り切れるのは、彼女が精神的に強いからだ。

ただし、今日の本当の用事は言えない。尾行されていたからと言うと、さすがに彼女を怯《おび》えさせてしまうだろう。あくまで急な仕事だったことにして、押し通そう。

これで彼女の方はＯＫ。しばらく会えないかもしれないが、逆に「面白くなってきた」感覚もある。もしも特捜の連中が俺を尾行しているなら、何かやばいことを隠しているのは間違いない。同僚のヘマを探るのが好きなわけではないが、隠されていることを探り出したくなるのは刑事の習性のようなものだ。

さて、どうするか。

まず自分を尾行していたのが誰か、確定させる必要がある。追跡捜査係の誰かに頼もうかと思ったが、沖田のことを知っているということは、追跡捜査係の連中の顔も割れている可能性が高い。

村野だな、と思いついた。未だに膝痛で悩んでいる村野は、尾行などは苦手だと思うが、できないこともないだろう。それに今、あの男には気分転換が必要なはずだ。

支援課で魂をすり減らし続け、あまり見返りもないとなったら、本人が考えているよりも心のダメージは大きくなっているだろう。この辺でちょっと変わった仕事をすれば、気晴らしになるかもしれない。

我ながら悪くない考えだと思った。さっそく、村野のスマートフォンにメッセージを送る。すぐに納得してはくれないだろうから、後で電話でじっくり説得する必要があるが、取り敢えずはきっかけが大事だ。

これからしばらく、尾行に気をつけながら雑踏の中を歩いて時間を潰そう。そして村野からの連絡を待つ。

村野からは、いつまで経ってもメッセージも電話もなかった。

第三部　迷走

1

智雄は担当医から入念に話を聞き、ＩＣＵの外から兄の様子を見守った。

「顔を見るの、久しぶりですよ」少し涙声になって智雄が打ち明けた。「何か、ずいぶん老けたな」

「怪我のせいもあるかもしれません」村野は相槌《あいづち》を打った。「元気になれば……」

「なりますかね」

「もう一般病室に移す、という話だったじゃないですか。命の危機を脱して、意識が戻る希望が出てきたからですよ」

実際担当医も「楽観は許さない」と繰り返しながらも、表情は明るかった。本音はやはり、顔に出てしまうものだ。

病院で長い時間を過ごしたせいで、智雄はさすがに疲れた様子だった。外苑前駅まで戻り、喫茶店で労《ねぎら》う。智雄はアイスカフェラテをすすって、溜息を漏らした。

「疲れましたか」

「ええ」智雄がおしぼりで顔を拭く。「でも、来てよかったです」

「私もよかったですよ」村野は笑みを浮かべた。「正直、今日電話をいただいて、ほっとしました」

「被害者と家族がこんな風に……揉めることってあるんですか？」

「正直に言えば、よくあります」

「そうなんですか」智雄が目を見開く。

「事件に巻きこまれるのが迷惑だ、と感じる人は多いんですよ。実際、警察から呼び出されたり、何度も話を聴かれたりしたら面倒でしょう？」

「私もそうでした」

「でも、家族は家族ですから……私としては、これ以上言えることはないんですけどね」

「嫁に何度も説得されたんですよ」

「そうなんですか？」そもそも態度が一変したのも「説教されたから」と言っていた。

「嫁は、兄貴のことも知ってるんですよ。というか、兄貴とは高校の同級生なんです」

「じゃあ、あなたにとっては姉さん女房なんですね」

「そうなんです。だから頭が上がらないっていうのもあるんですけど、嫁に言わせれば、兄は本当はあんな風じゃないって……高校時代のイメージで語られても困るんですけどね」

「奥さんには感謝すべきだと思います。奥さんが、家族をつなぎ合わせてくれたんですよ」説教臭い台詞は嫌だな、と思いながら村野はつい言ってしまった。

「ですね。何か土産でも買って帰りますよ」

智雄と駅で別れ、村野は四時過ぎに支援課に戻った。支援係は、芦田以外全員出払っている。通り魔事件に関する支援は未だに続行中なのだ。

自席についた瞬間、課長室のドアが開き、三浦亮子が姿を現した。村野を見た瞬間、穏やかな笑みを浮かべてうなずき、支援課を出て行く。

「芦田さん、ちょっといいですか」村野は声を潜めて訊いた。

「何だ」何かややこしい書類を処理しているようで、芦田は顔も上げず、面倒臭そうに言った。

「今の人——刑事総務課の三浦理事官ですけど」

「誰かいたかね？」芦田は依然として顔をあげようとしない。

「課長と話してました」

「俺は見てなかったぞ」

「このところ、頻繁にうちに来てるみたいですけど……」もしかしたら村野が把握しているよりも多く。自分がいない時に来ている可能性もある。「県人会の相談なんて言ってますけど、神奈川県人会って、そんなに運営が大変なんですか？」

「俺は茨城《いばらき》県人会だぜ？　他のところの事情は分からない」

「そうですか……何かあるんじゃないですか？」

「俺は何も聞いてないよ」芦田は一向に村野の顔を見ようとしない。

「何も知らないんですか？」

「あのな」芦田がようやく顔を上げた。「そんなに気になるなら、直接課長に聞いてみればいいじゃないか」

「桑田さんとは話しにくいですよ」

「それは仕事の話に限ってだろう？」

県人会の相談なら、確かに仕事とは言えないのだが……村野が黙りこむと、芦田が申し訳なさそうに言った。

「まあ、とにかく……俺はよく知らない」

「芦田さん――」

「そのうち分かるんじゃないか？　人事と組織の話は、隠していても自然に漏れるもんだから」

「人事があるんですか？」

「俺は知らないね」

芦田はあくまでとぼけるつもりのようだった。こういう状態になると、芦田の口が固くなるのは分かっている。

はっきりしないのが気になったが、桑田に確認するのはもっと気が進まない。仕方ない。この件は忘れてしまうのが一番いいだろう。気にしてもどうにもならないことも、世の中にはたくさんある。


愛のアメリカ行きのことがずっと気になっていた。事情を知っていたかどうか優里に確認しようと思っていたのだが、まだ果たせていない。行き違えると、毎日会えるわけではないのだ。わざわざ電話する気にもなれないし……梓が戻って来たので声をかけた。彼女なら何か知っているかもしれない。

「ちょっといいか？」

「何ですか？」仕事がきつかったのか、外がよほど暑いのか、梓は手にしていたペットボトルを一気に空にした。

村野はうなずきかけて、廊下へ出た。怪訝《けげん》そうな表情を浮かべて梓がついて来る。

「もしも知ってたら教えて欲しいんだけど」

「何ですか？　ちょっと怖いんですけど」梓が身構える。

「いや、仕事じゃないんだ。西原のことなんだけど」

「愛さん？　どうかしたんですか」梓の表情が少しだけ緩む。長く支援課で仕事をしているうちに、愛と梓は先輩後輩のような関係になってきた。自ら会社を興し、さらに被害者支援の仕事に人生を賭けるようになった愛は、梓にとって尊敬すべき存在なのだ。普段から、梓自身がそう言っている。

「いや……」何も知らないのだろうか。だとすると、少し話しにくい。自分にだけ話していることだとすると、他人に明かしていいかどうか分からない。しかし、もやもやした気分を抱えたままでいるのも嫌だった。「ここだけの話にしておいてくれよ」

「もちろんです」この辺——機密保持に関しては、梓は信用できる。

「彼女、アメリカで新しい手術を受けるって言い出したんだ」

「本当ですか？」梓の顔がパッと明るくなる。「それで歩けるようになるんですか？」

「まだ分からない。手術が百パーセント上手くいく保証はないし、その後でリハビリも必要みたいだ。行ったら、数ヶ月は向こうにいるんじゃないかな」

「村野さんも行くんですよね？」

「俺？　どうして」

「どうしてって……」梓が困ったように顔をしかめる。「行かないんですか？」

「何で俺が」

「行くべきじゃないですか？」梓が急に詰め寄って来た。「大事な時なんですから」

「何ヶ月もかかるとしたら、休職しないといけないじゃないか。それに彼女も、俺に来て欲しいとは思っていない」実際には愛は誘ってくれたが……そんな誘いには乗れない。自分にはそんな権利はない。

「村野さん、私が言う事じゃないかもしれませんけど、変わるべき時ってあるんじゃないですか」梓が真顔で言った。異常に緊張した表情なので、勇気を振り絞っての発言だと分かる。

村野はふっと表情を崩した。

「君の言う通りだな」

「いや、別に説教するつもりじゃないんです」梓が慌てて言った。

「分かってるよ」

「だったら――」

「分かってるけど、できることとできないことがある。現実的じゃない。それだけだ」気持ちの問題は隠して、村野は続けた。「この件、西原には言わないでくれよ。話すタイミングが来たと思ったら、彼女が自分で話すだろうから」

「分かりました。黙ってます」

「つまらない話で申し訳ない」

「全然つまらなくないですよ。仕事なんかより、ずっと大事じゃないですか」

そうだろうか。梓の言葉には同意しかねる。


村野の家は中目黒にある。日比谷線で、警視庁のある霞ケ関駅まで乗り換えなしで行けるので、膝を怪我してからこの街に引っ越した。基本外食なので、仕事帰りに自宅近くで夕飯を済ませていくのが常である。とはいえ、近くの店はほとんど行き尽くしてしまい、気に入った数軒の店をローテーションしての夕飯になっている。

今夜は、最近新たにローテーションに加わった洋食屋だった。洋食屋というと、だいたい昔から続いている古い店が多いのだが、珍しく新しくできた店で、村野と同年代のシェフと奥さんらしい女性の二人で切り盛りしている。カウンターしかない狭い店なのだが味は確かで、ランチや夕食の時間帯は店の外に行列ができるほどだった。

村野のお気に入りはポークソテーで、脂が健康にはよくないと思いながら、毎回甘い脂身まで含めて完食してしまう。しかし今日は昼がカツサンドだったから、もう少しさっぱりしたものにしないと……膝に負担をかけないために、体重は増やさないよう気をつけているのだ。行列に並びながら、店の前に貼ってあるメニューを眺めて、サーモンソテーにするか、と考えた。洋食屋で魚系のメニューというと、サーモンか揚げ物ぐらいで、カロリーの高い揚げ物を避けるには、サーモンソテーにするしかない。魚は積極的に食べたいわけではないのだが、今夜は仕方ないだろう——と決めたところでスマートフォンが鳴った。

画面を確認すると沖田だった。メッセージが何度も届いているのは分かっていたものの、嫌な予感がしてずっと無視していた……舌打ちしながら、行列から離れる。さすがに、電話がかかってきたら無視はできない。

「明日、ちょっと手を貸してくれないか」沖田がいきなり切り出した。

「何ですか、いきなり」

「ちょっと時間を作るぐらい、できるだろう。というか、勤務時間外に頼む」

「いやいや……何事ですか？　何で俺が沖田さんの手伝いをしないといけないんですか」

「狙われてるんだ」

村野は一瞬黙りこんだ。この人、何を言ってるんだ？　仕事に集中し過ぎて、妄想でも見るようになってしまったのだろうか。

「沖田さん、それは——」

「狙われてる、は言い過ぎか」沖田がすぐに前言を撤回した。「今日の夕方、尾行されてたんだ。相手の顔に見覚えはないけど、特捜の人間かもしれない。俺はどうも、特捜を刺激してしまっているみたいだから」

「それなら俺も同じですよ。特捜に文句を言って、軽くあしらわれましたし」

「俺の方が、やばい刺激を与えてるんじゃないかな。内部の人間じゃなかったら、もっとまずいと思うけど……ただ、とにかく相手の正体を知りたいんだ」

「そういうことなら、追跡捜査係でやればいいじゃないですか」

「俺を尾行しているということは、追跡の連中の顔も向こうに割れてる可能性がある。お前なら、正体がバレずにやれるだろう」

「やれるって、何をですか」沖田が何を言いたいかはぼんやりと分かっていたが、自分の口からは言いたくなかった。そうしたら、自分から進んで手を貸す、と言うようなものではないか。

「だから」沖田がじれた口調で言った。「分かってるだろう？　逆尾行だよ」

「俺には無理です」村野はすぐに言った。「長時間の尾行ができる自信はないです」

「だったら、明日の朝までに膝に人工関節を入れてこい」

「沖田さん、それは言い過ぎです」沖田の頭に血が昇っているのは分かったが、だからといって、言っていいことと悪いことがある。

「ああ、悪い、悪い」沖田が軽い口調で謝った。自分の言葉に悪意があるとは考えてもいない様子だった。「でもとにかく、ちょっと手を貸してくれよ。お前ぐらいしか思いつかないんだ」

「消極的な選択肢ですね」

「いや」沖田の声が急に低くなった。「お前、たまには支援課以外の仕事もしてみろ。気分転換に誘ってるんだよ、俺は」

「別に、そんな必要はないですよ」

「俺から見れば、気分転換する必要がある。十分過ぎるほどな」

「沖田さん……」

「明日の午後五時、電話を入れる。動けるようにしておけよ」


翌日、午後五時ちょうどに沖田から電話がかかってきた。こういうところは妙に律儀というか時間に正確だ。

「今、興亜会総合病院にいるんだ」

「栗岡さんに接近は禁止ですよ」既に一般病室に入っているから、その気になれば顔を見られる。特捜が無理して接触するのを避けるために、昨日の段階で支援課から捜査一課に対して正式な申し入れをしていた。極めて異例で、捜査一課が言うことを聞く可能性はゼロに近いが、それでもできるだけ栗岡を守らなくてはならない。どのみち、意識はまだ戻っていないので事情聴取はできないのだが。

「栗岡、意識が戻ったみたいだぜ」

「本当ですか」村野は思わず訊ねた。病院側には、容態に変化があればすぐに伝えてくれるように念押ししていたのだが……忘れられたのだろうか。

「たった今だ。だから、病院から連絡がなくても恨むなよ」

「事情聴取は駄目ですよ」村野は釘を刺した。

「分かってるよ。取り敢えず情報を教えただけだから」

「俺に頼むのは筋違いです」

村野はなおも抵抗しようとしたが、沖田は人の話をまったく聞いていなかった。

「今から三十分後に動き出そうと思ってる。来られるか？」

「……四十分で」霞ケ関から外苑前までは、それほど遠くない。しかし結構歩くので、自分の足だと余分に時間を見ておいた方がいいだろう。

「分かった。まあ、見舞客の振りをしてここでぶらぶらしてるよ。待合室で四十分後だ。いいな？」

まったく、強引な人だ。むかつくと同時に、つい苦笑してしまう。まだ勤務時間が終わっていないので、一応芦田に声をかけた。

「ちょっと出ます。直帰になります」

「こんな時間にどうした？」

「手伝いを頼まれまして」

「手伝い？」芦田が嫌そうな表情を浮かべる。「そんな、金にならないこと……」

「追跡捜査係の沖田さんに頼まれてます。何かあったら――」

「追跡の連中を締め上げればいいんだな？」

実際には、沖田は誰にも言わずに単独で動いているのではないかと村野は想像していた。基本的に独断専行型だし、追跡捜査係の人間は向こうに顔が割れている可能性もある、と心配していた。仲間を巻きこまないように気をつけているのではないか？　自分はその「仲間」には入らないようだが。

「そういうことです」

「怪我しないようにしろよ。沖田は無茶するからな」

「いざとなったら殴って止めます」

「一発じゃなくて二発、な」芦田が真顔でVサインを作った。「奴はタフだから。一発じゃ倒れない」

「気をつけておきます」

警視庁を出て東京メトロの霞ケ関駅から赤坂見附《あかさかみつけ》経由で銀座線に乗り換え、外苑前に到着した時には、約束の時間の五分前になっていた。ここから病院までは五分。ぎりぎりだな、と村野は汗を拭いながら思った。尾行を頼まれたものの、左膝に自信がないので、今日は非常用の装備で来ている。膝のサポーター。これがなかなか優れもので、動かさない時には膝をほぼ完全に固定するのに、一度歩き出すと動きを阻害しない。なんでも、スポーツ用のテーピング技術を応用した商品ということで、「固定」と「サポート」の両方で役に立つ。実際これをつけていると、かなり長い距離を歩いても膝に痛みは出ないし、膝の曲げ伸ばしが楽になる感覚があった。ただし、滅多にはつけない。リハビリをしている病院で紹介してもらった時に「膝を痛めている高齢者用」と言われたのが引っかかっているのだ。膝だけ見たら、俺は八十歳なんだよな……。

沖田が病院から出て来る。村野の姿を探してきょろきょろしてもおかしくないのだが、周囲をまったく見ようとせず、真っ直ぐ駅の方へ歩き出した。村野が来ていると確信しているわけか……よし。信頼されているなら、それに応えねばなるまい。

その直後、一人の男が沖田の後に続く。中肉中背、白いワイシャツにグレーのズボンという、人混みに入ればすぐに見失ってしまうような出立《いでた》ちだ。刑事だな、とピンとくる。どんなに大人しくしていても、刑事というのは独特の雰囲気を発していて、同業者には気づかれてしまうものだ。

沖田はどこへ行くつもりだろう。逆尾行ということは、最終的には村野の目の前にいる相手を摑まえて正体をはっきりさせるのが狙いだ。ただし、そう上手く行くとは限らない。何度も同じようなことを繰り返さねばならないかもしれないと考えると、さすがにうんざりする。しかし、先のことを考えても仕方がない。

沖田は外苑前駅の方へ歩き始めた。地下鉄に乗るつもりか、歩き続けるつもりか。そもそもどこを目指して行くか、最初に打ち合わせておくべきだった。行き先が分かっているのといないのとでは、逆尾行する際の精神的負担はずいぶん違う。

沖田は青山通りに出ると、駅には行かず、青山一丁目駅方面へ向かって歩き出した。伊藤忠《いとうちゆう》の本社ビルを通り過ぎたところで、村野のスマートフォンが鳴った。沖田。

「来てるか？」

「来てますよ。信用薄いですね」

「そういうわけじゃない——俺は飯にするかな」

「え？」

「もうすぐ六時だろう。早飯でもいい時間だ」

「こんなところで、ですか？」食事ができる店があるようには思えない。それなら青山道りの反対側を歩くべきだった。

「いちょう並木に『シェイクシャック』があるだろう」

「ハンバーガー？」

「あそこ、美味いんだよな」

「沖田さんがハンバーガーですか？」村野は念押しして聞いてしまった。沖田がそんなものを食べている場面が想像できない。夜は渋いつまみでウイスキーを呑んで、腹が減ったら茶漬けで済ませそうなタイプなのだ。

「何か変か？」

「いえ」

「あそこ、テラス席があるだろうがよ。そういう場所だと、相手を見極めやすい。それに、尾行から張り込みに移ると、向こうの行動が乱れる」

「ああ……なるほど」さすが沖田は実戦慣れしている。「じゃあ、沖田さんはハンバーガーを買ってテラス席に座って下さい。俺は相手の動きを見て決めます」

「やり方、分かってるじゃねえか」沖田が低く笑って電話を切った。

いちょう並木は、この季節にはさほど風情があるわけではない。樹勢は盛んで、青々とした木々が都心に柔らかい雰囲気を与えてはいるが、やはり十一月から十二月、空が黄金に染まるような紅葉の季節には敵《かな》わない。ただ、歩道の幅も広いので、歩いていて気分のいい道であることに変わりはなかった。

沖田が、テラス席を抜けて店内に入った。村野は路上に立ち止まったまま、沖田を尾行していた男の姿を確認する。店の前で立ち止まっていた。入るかどうか、悩んでいる様子……警察官であるにしても、素人みたいなものだな、と村野は鼻白んだ。あんな風に迷っていたら、周りの人に疑いを持たれてしまうではないか。
男は村野に気づいている様子もない。村野はそのまま店の前を通り過ぎ、少し距離を置いて、街路樹のイチョウの陰に身を隠して男を観察した。見ると、スマートフォンを取り出してどこかに電話を入れている。尾行を命じた相手に報告と相談か……電話を終えると、スマートフォンを左の尻ポケットに落としこみ、イチョウの幹に寄りかかるように立って腕組みをした。村野がいる位置からだと、男の姿は見えるがテラス席全体を見渡すことはできない。沖田はもう、ハンバーガーを仕入れただろうか。
村野はスマートフォンを取り出し、沖田にショートメールを送った。

外で見張ってます。バレバレです。

すぐに返信が来た。

そこまで素人じゃないだろう。俺のところからは見えない。

どうしますか？

待ちだ。まず飯を食わせろ。

早い夕飯は本気だったのか。呑気というか何というか、沖田という人がイマイチよく分からない。同じ追跡捜査係だったら、沖田の相棒である西川の方がよほどよく理解できる。書斎派というか、書類を読み解く能力に長けていて、追跡捜査係で結果を残しているし、基本的には常識人・家庭人である。

沖田がハンバーガーを食べているのを想像すると、急に腹が減ってきた。「シェイクシャック」はアメリカ発のチェーン店で、日本に上陸した時はかなり話題になった。村野はその騒動が一段落した後で行ってみたのだが、チェーン店にしては高価なだけあって、美味かった。バンズがしっとり柔らかく、肉の味つけもしつこくなくていい。こういうハンバーガーを齧《かじ》りながらアメリカで大リーグの試合を観たい、とつくづく思ったものだ。もっともアメリカの球場での主役は、ハンバーガーではなくホットドッグのはずである。ハンバーガーがチェーン店化したのはおそらく戦後で、球場は当然その前からあるから、ハンバーガーよりも歴史が古いホットドッグが球場のファストフードに選ばれたのは当然かもしれない。いずれにせよ、アメリカの球場で食べる飯は不味《まず》い、というのは定評だ。それを言えば、アメリカで美味い飯にありつける可能性はほとんどないだろう。日本人とは味覚が違い過ぎる、というしかない。

沖田は本当にゆっくり食事を楽しんでいるようで、連絡が途絶えた。こちらから連絡をする意味もないので、ひたすら沖田を尾行していた男を観察して過ごす。落ち着きのない男で、周囲を見回したり、隣のイチョウの木まで移動したり……やはり尾行や張り込みには慣れていないようだ。

二十分経過。「ファストフード」の割に、沖田は時間をかけて食事をしているようだ。村野は痺《しび》れを切らして、またメッセージを送った。

まだ待ちますか？

お前はどうしたい？

いきなり沖田が聞いてきたので、村野は面食らった。そっちが頼んできたんだから、そっちが判断すべきじゃないか？　しかし、いつまでもこの張り込み、そして尾行は続けられない。

声をかけます。

十八時二十五分ジャストにしろ。俺も行く。

了解。

挟み撃ちか。スマートフォンで時刻を確認すると、今は十八時二十三分。自分が今いる場所から、尾行している男のところまでは、ゆっくり歩いても十秒もかからない。

村野はスマートフォンをズボンの尻ポケットに落としこみ、歩き出した。荒事《あらごと》にならないといいのだが……普通に歩くのは、サポーターのおかげもあって問題なかったが、捕物になったらやはり不安だ。

取り敢えず声をかけていこう。相手の反応を見て、対応を決める。村野は、店の方を向いている男の肩を軽く叩いた。男が大袈裟に体を震わせ、慌てて振り向く。そこまで驚かれると、困ってしまう……村野はバッジを取り出し、男の眼前に突きつけた。

「警視庁です。そちらは？」

男が顔を背ける。見るとまだ若い——二十代とは言わないが、三十代の前半ぐらいだろう。顔は引き攣り、目が泳いでいる。

「誰ですか？」

もう一度訊ねると、男がいきなり体当たりを食らわせてきた。村野はたじろぎながらも、何とか倒れず踏みとどまった。

「おい！」沖田の怒声が響く。男が急いで振り返り、瞬時固まった後で、いきなり駆け出そうとした。村野は膝の限界に挑んでダッシュし、姿勢を低くして、こちらへ向かって来る男の腹に肩を当てていった。衝突の衝撃で、村野は尻から激しく歩道に転がってしまったが、被害は男の方が大きい。歩道と車道を分ける植え込みの杭《くい》に膝を強打し、そのまま植え込みの中に倒れこんでしまった。低い呻《うめ》き声を出しながら、膝を抱えている。

「村野、大丈夫か！」

「俺はいいですから！」せっかく摑まえかけた相手を逃がすわけにはいかない。

沖田が男に飛びかかろうとしたが、一瞬早く立ち上がった男が、植え込みを突っ切って車道に飛び出す。しかし、倒れた拍子に膝か足首を痛めたようで、ひどく足を引きずっていた。

「待て！」

沖田が叫び、植え込みに踏みこんで男に迫ろうとしたが、ツキは男の方にあった。車道に飛び出して、ちょうど通りかかったタクシーを停め、頭から突っこむように飛び乗ったのだ。タクシーはすぐに走り出し、沖田がその場に立ち尽くして「クソ」と吐き捨てる。しかし、スマートフォンを取り出してタクシーを撮影する冷静さは残っていた。

画面を見ながら、沖田がこちらに戻って来る。村野はまだ、歩道にへたりこんだままだった。尻を強打した痛みで、すぐには立ち上がれそうにない。沖田が右手を差し出してきたが、首を横に振って拒否した。

「まさか、膝をやっちまったのか？　救急車、呼ぶか？」沖田は本気で心配している様子だった。

「いや、尾てい骨から脳天に痛みがきただけです」

「尾てい骨が折れたら厄介だぜ」

「そこまでひどくないですよ」

沖田がもう一度右手を差し出したので、村野は今度はしっかり摑まって立ち上がった。まだ尻がひどく痛むが、骨折などの重大な怪我はないだろう。

「すみません、取り逃しました」村野は頭を下げた。

「いや、向こうにもダメージを与えられたから、それでいいよ」

「でも、まだ正体が分かりませんよ」

「タクシー会社も車のナンバーも分かってる。どこで降りたか確認すれば、追跡できると思うぜ」

「まだ気になりますか？」

「まあ、嫌な感じだよな。こっちがバックを取れば、それで安心できるんだけど……ちょっと待て」

沖田がスマートフォンを耳に押し当てた。「はい……ああ、テツか」と気軽な調子で言った。

テツ――大友鉄か。村野にとっては捜査一課の先輩でもあり、今も時々話をする。というより、困った時には相談に乗ってくれる大事な人だった。本人も家庭の事情で一時捜査一課を離れるなど苦労してきたが故に、言葉に深みがある。刑事としても超優秀だ。そして何故か話しやすい。容疑者が彼の前に座ると、すぐに犯行を自供してしまうと言われているが、それも納得できる感じだった。

「うん……ああ、そうか」沖田の顔がパッと明るくなる。「そいつは助かる。じゃあ、メールで送っておいてくれ。ああ、ここまででいいよ。お前に迷惑はかけねえから」

電話を終えると、沖田がニヤリと笑った。

「大友さんですか？」村野は腰をさすりながら訊ねた。

「ああ。ちょっと頼み事をしてたんだ。いい手がかりになりそうだ」

「そっちは、俺は手伝わなくていいんですか？」

「そこまでお前に迷惑かけられねえよ」

既に十分迷惑なのだが……必要ないと言われると逆に興味が湧いてくるものだが、こちらから「手伝わせてくれ」と頼むのは筋違いだろう。

「本当に、救急車はともかく、病院に連れていってやろうか？」

「そのまま栗岡さんに事情聴取するつもりですか？　それはNGですよ」

「栗岡はしばらく放置だよ。奴を追いこむための手を、大友が見つけてくれたから」

この人、いつの間にそんなことを……沖田のバイタリティには見習うべきところが多い。ただし、その手法をそのまま真似したら、大怪我しそうだが。

2

追跡捜査係で一人きり。沖田は集中するために、部屋の灯《あか》りをほとんど落としていた。

大友からの情報で、牟田と富谷は、間違いなく同じ時期に新潟刑務所に服役していたと分かった。これを前提とした自分の推理は当たりではないか、と沖田の期待は高まった。新潟刑務所で富谷から「D1」に分類される盗みのテクニックを学んだ牟田が、それを生かして窃盗――エスカレートして、民家に忍びこんでの強盗殺人に手を染めた。あるいは二人の間で技術の伝授があったのは、出所後の話かもしれない。富谷が栗岡と一緒にいるところは目撃されていたし、富谷が「ハブ」のような存在になって、牟田と栗岡をつないだ可能性もある。強盗事件の計画を立てたのは富谷で、二人を手足として使ったが、何らかの理由で富谷自身は手を引いてしまった――全て、仮定としては何の問題もない。後は牟田という人間を叩いて、話を聞いてみればいい。

この情報を深掘《ふかぼ》りするためには、取り敢えず牛尾に動いてもらうのがいいだろう。宮城県警にいる高校の同級生から、さらに情報を絞り出してもらおう。何だったら、仙台に送り出してもいい。

スマートフォンを手に取り、牛尾に電話をかけた。

「牛尾です」クソ真面目な牛尾は、この時間帯でも仕事用のクソ真面目な声で応答した。

「遅くに悪いな。お前の情報、当たりかもしれねえぞ」沖田は事情を説明した。目の前には、大友が送ってくれたリストをプリントアウトしたものが置いてある。大友が刑事総務課にいた頃、出動の指示を飛ばしていた後山に頼みこんで入手したリストだ。後山もいい迷惑だっただろうな、と申し訳なく思う。彼は今は、完全に警察の仕事から離れてしまい、自治体トップの市長という要職にある。もちろん、警察庁の中で話ができる先輩や後輩は今でもいるだろうが、頼むには抵抗感があったはずだ。それでも引き受けたのは、彼と大友の間に強い絆《きずな》があるからだろう。ノンキャリアの警官とキャリア官僚の間で、そんな関係ができるのは珍しい。

「じゃあ、牟田という男について調べないといけないですね」牛尾が勘よく反応する。

「まず、宮城県警にいるお友だちにもう少ししっかり話を聴いてくれないか？　宮城県警が牟田の所在を把握できているかどうかを確認してくれ」

「分かりました。明日、報告します」牛尾はやる気満々だった。捜査一課の特殊班で経験を積み、中堅と言っていい年齢になっているが、やる気は若手と同レベルである。これが沖田には非常に頼もしい。沖田はニヤリと笑って電話を切った。自分を尾行していた男の件は、今はすっかり頭から消えている――本腰を入れて追跡するのはさほど難しくない、と楽観視していたからだ。

先ほどタクシー会社に電話を入れて、外苑前から乗った男がどこで降りたかは確認していた。四谷《よつや》三丁目。つまり、新宿東署の近くである。やはり特捜の刑事だろう、と見当をつけた。後で特捜に乗りこみ、あの男を見つけて絞り上げてやろう。ついでに「あんな下手な尾行じゃ刑事失格だ」と怒鳴りつけてもいい。

ただしそれは後にしよう。今は、牟田という男について調べるのが先決だ。


牛尾は、宮城県警にいる高校の同級生としっかり話したようで、翌朝、勢いこんで沖田に報告してきた。

「牟田の居場所については、そいつは知らなかったんですけど、すぐに確認してくれるそうです」

「よし」何だったら、今日このまま仙台へ移動してもいい。東京からは、新幹線で一時間半しかかからないのだし。「一応、出張の準備をしておくか。状況が分かれば、すぐにでも出かけたい」

「ですね……ちょっと待って下さい」牛尾がスマートフォンを取り上げた。そのまま自席で話し始める。「はい……おお、悪い。どうだった？　え？　東京？」

沖田は、一瞬体から力が抜けるのを感じた。牛タンとずんだ餅で宮城の味を堪能《たんのう》しようかと期待していたのだが、どうやらお預けらしい。

「うん、それで詳しい住所は？」牛尾がメモ帳を広げた。「町田《まちだ》、な。分かった。いや、助かったよ。今度そっちへ帰省したら奢るから。ああ」

電話を切って、牛尾がすぐに報告した。

「東京へ出て来てるようです。宮城県警が把握している限り、住所は町田市原町田《はらまちだ》」

牛尾が断定しないのが気に入った。こういう状況だと、ともすれば既成の事実として話してしまいがちなのだが、完全には裏が取れていない。慎重かつ正確なのは、警察官としては非常に好感が持てる。

「この住所は町田の駅前だな。よし、取り敢えず行って、顔を拝んでおくか。何だったら、絞り上げてもいい」

二人はすぐに町田に移動した。霞ケ関駅からは、千代田《ちよだ》線・小田急《おだきゆう》と乗り継ぐだけで行けるのだが、一時間ぐらいはかかる。よく「神奈川県町田市」と揶揄される通り、東京から神奈川に少しはみ出した場所に位置する町田は、都心部からは結構遠いのだ。しかしその時間を利用して、二人はみっちり相談することができた。牟田が家でぶらぶらしているとは思えないから、まずどこで働いているか、どこで摑まえられるかを把握しないといけない。住んでいるのが借家なら、大家か不動産屋に確認することになるだろう。近所への聞き込みも重要だ。

「状況によっては、このまま張り込みに入るかもしれない」

「了解です」牛尾が平然と答える。仕事が長引きそうだと文句を言ったり、そこまでいかなくても露骨に嫌そうな表情を浮かべたりする若手も少なくないのだが、牛尾は昔ながらの刑事っぽい人間なのかもしれない。

　町田市原町田——小田急線の東側一角で、古くからの町田の中心地である。ずいぶんいいところに住んでいるものだと、最初沖田は首を傾げたが、実際には駅から少し離れると、ごく普通の、いや、地味な住宅街になってしまう。この住所の北東側は巨大な公園になっていて、小田急町田駅の南口から十分ほど歩いただけで、急に緑豊かな多摩地区の雰囲気が濃厚になってくるのだった。

「悪くないところですね」牟田の自宅近くまで来ると、牛尾がしみじみと言った。

「そうか?」

「うちの田舎がこんな感じなんです」

「お前、仙台だろう?」東北の大都市というイメージしかない。沖田も仙台駅前の賑わいは知っているが、緑は多いものの、東京のターミナル駅前のような都会という印象だった。「こんなところより、よほどでかい街じゃないか」

「いや、うちは仙台の端……多賀城《たがじょう》市に近い方なんで、そんなに都会じゃないんですよ」

　頭の中で宮城県の地図を広げてみたが、仙台と多賀城の位置関係が分からない。しかし……こういうのは警視庁の中では定番の会話だな、と思う。全国各地から人が集まっているので、ことあるごとにお国自慢や、逆に自虐大会が始まる。

牟田の家は、いかにも学生が住みそうな、古い二階建てのアパートだった。東京へは出て来たものの、予算的にこの場所、これぐらいの家に住むのが限界だったかもしれない。

「どうします？」

「ノックしよう」沖田は部屋番号を確かめ、一〇二号室の前に立った。電気のメーターは回っている。住んでいるのは間違いなさそうだが、今いるかどうかは分からない。沖田は拳を固めて、勢いよくドアを叩いた。

返事なし。

しばらく間を置いてもう一回ノックしたが、やはり返事はなかった。振り向き、牛尾にうなずきかける。牛尾がうなずき返してスマートフォンを取り出した。アパートを囲む塀の一角へ向かうと、どこかに電話をかけ始める。見ると、「賃貸の御用命はこちら」と看板がかかっていた。町田市内の不動産屋のものらしい電話番号も記載されている。

「もしもし、あ、原町田エステートさんですか？　私、警視庁捜査一課の牛尾、と申します」

丁寧な喋りに安心して、沖田は牛尾から離れた。こいつには、基本的に全部任せておいて大丈夫だろう。いちいち口出しも指示もしなくていいから、実に楽だ。

アパートは全十二部屋で、昭和の終わり頃か平成の頭に建てられたように見える。建物の前には、三台分の駐車場。こちらは空だった。自転車置き場もある。停めてある自転車を全てチェックしたが、牟田のものと分かる自転車はなかった。

牛尾の事情聴取が終わるのを待つ間、手帳を広げて牟田という男のデータを読み返す。牟田和希《かずき》、四十二歳。生まれ育ちは仙台市で、地元の高校を卒業してから建設会社に就職した。現場で働いたこともあるし、本社で事務作業をしていたこともある。しかしいつの間にか悪い仲間とつき合いができたようで、次第に勤務態度が悪化し、同僚を殴ったことが直接の原因になって、二十五歳の時に解雇された。この時は退職金なしで会社を辞めるのを条件に、告訴はされなかったようだ。

その後はアルバイトを転々としながら暮らしていたが、三十一歳の時に、地元の民家に忍びこんで現金三百万円超を盗んだとして、逮捕されている。反省の態度を見せなかったようで、実刑判決をくらって新潟刑務所で服役。出所後に仙台に舞い戻ってきたが、定職にはつかず、やはりバイトで食い繋いでいたようだ。一度窃盗罪、しかも侵入盗で逮捕されると、警察はどうしても目をつけるもので、その後窃盗事件が起きる度に警察にマークされたのだが、今のところ逮捕は一回だけだ。

そして警察も、出所後の足取りを全て把握していたわけではない。空白になっている時もあって、東京で強盗殺人事件が起きた八年前の居場所は分かっていなかった。

沖田は、牟田が県内では犯行を重ねず、県外へ「出張」を重ねていたのではと想像した。今は移動も難しくないし、違う県内で犯行を繰り返している方が捕まりにくくなるのは間違いない。

ただし今は東京にいるわけで……何が狙いなのか、分からない。

「分かりました……」牛尾が手帳を確認しながら戻って来た。「ここの一〇二号室を牟田が借りているのは間違いないですね。今年の春に引っ越してきてます」

「保証人はどうなってる？」

「保証会社を使ってます。本人の連絡先は携帯。勤務先は町田にある建設会社ですね。またどこかの建築現場で働いているのかもしれません」

「なるほど。そうかもしれねえな」

「どうします？」

「ちょっと裏から手を回してみるか……お前、呑み屋とかでマル対に接近して、身分を隠して話を聴いたこと、あるか？」

「いえ、経験ないです。申し訳ありません」

「謝ることじゃねえよ。いい機会だからやってみるか？　ちょっと普段の顔も見ておきたいし」

「それもいいですね。でも、その前に尾行は必要ですよね」

「会社に確認します。どこの現場にいるか分からないと、尾行しようがないでしょう」

「まあな」

「そうだな。適当な理由をでっち上げて、上手くやってくれ」

「何とか頑張ります」

実に頼もしい限りだ。これじゃ、俺の出る幕がない……しかしこういうのもいいではないか。頼もしい後輩が育ってくるのは、嬉しい話なのだから。


昼過ぎには必要な情報が手に入り、二人はそのまま近所での聞き込みを始めた。一度警視庁本部に引き上げてもよかったのだが、移動の時間がもったいない。

手分けして、近所の飲食店やコンビニなどを回る。牟田は外食派のようで、自宅から駅までの間で、行きつけになっている飲食店が何軒か見つかった。

そのうち一軒の定食屋で、沖田は主人から「とにかく長っ尻で困るんだ」といきなり愚痴をこぼされた。

「そこがいつもの席なんだよ」六十絡みの、髪が白くなった主人は、入り口に一番近いテーブル席を指さした。「テレビがよく見えるからなんだろうけど、絶対そこに座るんだ。誰か座ってる人がいると、わざわざ出直してくるぐらいだからね」

「来る日は決まってるんですか？」

「週末だな。金曜とか土曜とか。で、だいたい七時に顔を出して、九時までいる。ここでずっとテレビを見てるんだよ。家にテレビがないんじゃないかね？」

今時は、そういう人も珍しくはないが、外でテレビを見るぐらいなら、さっさと買った方が早いのではないか。

「定食にビール一本で粘られてもねえ。金曜日は客が多くてかき入れ時なのに」

「確かにそれは迷惑ですね」

「とはいえ、一応客だからね。でも、しみったれた男だよ」

客に向かってその言い方はないのではないかと思ったが、沖田は黙ってうなずいた。牟田という男のイメージが、頭の中で固まりつつある。

何軒かで聞き込みを終えて、夕方四時に再び牟田の家の前で牛尾と落ち合った。

「取り敢えず、会社ですかね。今いるのは分かっています」

「お前、どんな手を使ったんだ？」

「保険会社の勧誘ってことで」

「そういうのは大抵、女性が電話してくるもんだけどな」

「まあ……何とか上手くいきました」

牟田は現場で仕事をしているのではないかと思ったが、牛尾の調べでは内勤だった。元々は現場の作業員として雇われたらしいが、仕事中の事故で足を骨折し、今は事務仕事をしながらリハビリ中、ということらしい。ということは、正社員なわけか……服役した経験のある四十過ぎの人間を雇うとは、ずいぶん太っ腹な会社である。あるいは牟田が、そういう経歴を隠して会社に入りこんだのか。だとすると、かなり要領のいい人間だ。いや、悪質と言うべきか。

会社は小田急線の西側にあった。広々とした町田駅前通りを駅から歩いて五分ほど。四階建ての、いかにも長年地元に根づいたような建設会社である。

沖田はスマートフォンを取り出し、宮城県警が送ってくれた牟田の写真を確認した。かなり古い——若い頃の写真だが、ここから現在の顔を思い浮かべるのはそれほど難しくないだろう。耳が特徴的なのだ。かなり大きく、上の方が尖《とが》っている。今見ている写真では、かなり髪を伸ばしているのだが、そこから耳が突き出ていた。

「ここだと、バスか何かで通ってるんですかね」

「少なくとも今は、自転車じゃねえだろうな」沖田は答えた。距離的にも自転車が一番便利だろうが、足を骨折していてはどうにもならないだろう。

午後五時二十分、牟田が出て来た。間違いない。ほとんど坊主と言えるぐらい髪を短くしているので、特徴的な尖った耳がよりはっきり見えている。沖田は牛尾にうなずきかけた。事前の打ち合わせ通り、牛尾が先、沖田はその後ろから尾行する。二人で一人を尾行する時には様々なフォーメーションがあるのだが、これが基本中の基本だ。

牟田は松葉杖《まつばづえ》を使っていた。とはいえ、怪我はかなり癒えているようで、松葉杖だけに頼っている感じではない。杖はあくまで補助のようだった。

しかしさすがにスピードは出ない。帰宅ラッシュが始まる時間なので駅へ急ぐ人が多く、牟田は次々に追い越されていく。本人はまったく気にしていない様子だが、沖田は気を揉んでいた。歩くのが遅い相手を尾行していると、こちらも他の歩行者の邪魔になってトラブルが起きがちだ。

しかし牟田は真っ直ぐ駅へ向かわず、最初の路地を右へ入って行った。細い、ほとんど人通りもない路地だが、目的は……すぐに、「台湾小皿料理」を看板に大きく謳《うた》う店に入る。それを見送った牛尾は、沖田の到着を待っていた。

「入りますか？」

「もちろん」

「二人組として？」

「いや……」沖田は躊躇った。二人で詰め寄って話を聴き出す手もあるのだが、牟田は逮捕、服役の経験がある男である。普通の人より用心深いのは間違いない。「俺が奴と話してみる。お前は少し離れたところで、観察しておいてくれないか？」

「了解です。酒は？」牛尾がニヤリと笑った。この男はかなりの酒好きで、しかも強い。東北出身者は酒が強いイメージがあるが、まさにその通りだ。

「ビール一杯だけならいいぞ」沖田は人差し指を立てた。

「了解です」牛尾が少しだけ不満げな表情を浮かべる。「一杯ですか……」

「お前が瓶ビールを五本呑んでも全然酔わないのは知ってるけど、まだ勤務中だからな。客として不自然にならないレベルでやってくれ」

まだ不満そうな表情だったが、牛尾はうなずいた。

「俺が入って五分経ったら、お前も入ってくれ」

沖田は先に店に入った。かなり賑やか——壁には短冊のメニューがベタベタと貼られ、中華の店らしい派手な装飾も、店内を明るくしている。まだ時間が早いので、客はテーブル席にいるサラリーマン風の四人組と、カウンターについている牟田だけだった。沖田は一人分の間隔を置いて、カウンターで牟田の隣に座る。初めての店では癖になっているのだが、目の前のメニューを一瞬で確認した。

おしぼりを持ってきた店員に、青島《チンタオ》ビール一本とピータン、蒸《む》し鶏《どり》を頼む。実は、中華料理屋で一人酒はなかなか辛いものがある。前菜は豊富で、しかも酒に合う味つけの料理ばかりなのだが、何しろ量が多い。酔いが回らないうちに、腹一杯になってしまうこともよくある。

しかしこの店は親切にも、酒呑み用に「おつまみサイズ」を用意していた。これで酒を呑んだら、後は麺なり飯なりでちゃんと締めてくれ、ということだろう。良心的な店だと、沖田は早くも感心していた。

牟田も同じような呑み方をしていた。ジョッキの生ビールに前菜が何皿か。クラゲの酢の物と、チャーシューか何かのようだ。見ているうちに、中ジョッキをあっという間に空にしてしまい、ハイボールに切り替える。酒が来るのを待つ間に素早く煙草をくわえ、火を点けた。

チャンス。

沖田も煙草を取り出し、それからシャツの胸ポケットを叩いた。ズボンのポケットも。「ライターがない」という万国共通のジェスチャー。それに気づいた牟田が、自分の百円ライターを取り出して、ちらりと沖田に見せた。沖田がうなずくと、カウンターの上にライターを滑らせる。よく滑る——中華料理屋だから、カウンターが油でコーティングされているわけでもないだろうが。

沖田は煙草に火を点けると、椅子から降りてライターを返しに行った。西部劇じゃないんだから、カウンターで滑らせてやり取りするのは馬鹿馬鹿しい。

「すみませんね」沖田はライターをカウンターに置いた。

「いえいえ、喫煙者同士ですから」

「迫害されてますからねえ」

牟田がニヤリと笑った。よくある喫煙者ジョークなのだが、取り敢えず第一歩は踏み出せた、と沖田は内心ほっとした。

「ここ、何が美味いですか」沖田は訊ねた。

「初めてですか？」

「ちょっと仕事でこっちへ来てて……一段落して喉が渇いたもんでね。ついでに飯も食おうかと」

「飯だったら、ここはチャーハンかな」

「美味いですか」

「チャーハンは絶品ですよ」牟田がまた薄い笑みを浮かべる。「チャーハンはね」

「はあ」

あまりしつこくならないようにと、沖田は自席に戻った。まだ手をつけていなかった蒸し鶏を食べてみる。これは確かによくない……鶏の悪い臭いが出ている。薬味として髪の毛のように細く切った葱《ねぎ》がかかっているだけで、塩味で食べさせようという狙いなのだろうが、ビールには合わない。こういうことはあまりしたくないのだが、沖田はカウンター上の醬油《しょうゆ》とラー油を少し垂らした。塩気と辛味が加わって、何とか普通に食べられるようになる。

ふと牟田の視線に気づいてそちらを見ると、ニヤニヤ笑っていた。

「言った通りでしょう？」

「確かに」沖田は苦笑してしまった。こうなると、牟田が絶品だと褒めるチャーハンを食べてみたくなるが、それはこの後の話の流れ次第だ。「常連なんですか」

「よく来ますよ。会社が近くて便利なんで」

「会社の近くねえ……同僚と一緒になると、面倒臭くないですか？　俺は一人呑み派だから、会社の人間に見つからないような店ばかり探してますよ」

「近過ぎると、意外に誰も来ないんですよ。盲点みたいなもので」

「なるほどねえ……ところであなた、東北ですか」沖田は急に話題を変えた。

「分かります？　訛《なま》りが抜けないかな？」

「ちょっとね」沖田は笑みを浮かべた。「俺も福島だから、分かりますよ。東北以外の人が聞いても分からないんじゃないかな」福島出身はとんだ嘘だが。

「俺は福島じゃないですよ」

「ということは……宮城かな」

「当たり」牟田が面白そうに認めた。

「仙台？」

「仙台」

「仙台、いいですよね。俺はあそこ、好きだな。福島で仕事していた時は、出張で仙台に行く度に、国分町《こくぶんちょう》で呑んでましたよ」

「まあ、国分町は、仙台では無難なところですよね」かすかに馬鹿にするようなニュアンスを滲ませて牟田が言った。

「どこか、もっといいところがあるんですか？　地元の人しか知らないような？」

「いや、まあ……」牟田が急に言葉を濁した。「しばらく帰ってないんで、最近の状況は分からないですね」

「あ、そうなんですね。ずっと東京で？」

「いや、あちこち……落ち着きがなくてね」

「自由に動けるのも悪くないですよね」

「まあ、そうですけど、我ながら落ち着かないですね」

「放浪癖とか」

「いやいや、そんなんじゃないですけど。放浪癖って言うと格好いいけど、違いますよ」

「いろいろあるんですか？」

「まあねえ……」

「俺も昔は結構悪かったけど……それで、福島を離れたんですよね」

「あ、そうなの」あまり関心なさそうに牟田が言った。

「おたくもそんな感じですか？」

「まあ……生きてればいろいろありますよ」

「失礼。ちょっと立ち入り過ぎましたかね」

「いや」牟田が静かに首を横に振った。しかし、特徴的な大きな耳は真っ赤になっており、相当怒っているのは分かる。いくつかのキーワードが彼を怒らせたのだろうと沖田は想像した。

沖田はビールを半分ほど呑み、牟田に軽く一礼して席を立った。金を払い、テーブル席についていた牛尾に目配せして店を出る。牛尾もすぐに立ち上がる気配がした。駅前通りまで出て振り返ると、ちょうど牛尾が店を出たところだった。もう少し店から離れたい……二人は並んで、歩道橋が複雑に入り組んでいる駅前まで出た。そのまま小田急線の改札を通ってしまう。

「どうだった？」

「微妙に反応がおかしかったところがありましたよね」

「宮城の話とか、放浪癖の話とか」沖田はうなずいた。

「その辺りがNGワードかもしれませんね」

「俺もそう思った」

「でも、沖田さん、さすがですね。すげえ自然に話を聞きだしてましたよ」

「肝心なことは何も分からなかったじゃないか。大友鉄だったら、あれだけ時間があれば完落ちさせていたかもしれない」

「ああ、大友さんならやりそうですよね。応援、もらいますか？」

「この件では、もうテツのヘルプはもらってるよ。あいつがいなければ、牟田には辿りつかなかった」

「……ですね」

「後は、俺たちが頑張るしかないんだよ」

「このまま友だちになって、口を滑らせるのを待つとかですか」

「そんなまどろっこしいこと、できねえよ。何か手を考える。別件でヘマしてくれると、一番いいんだけどな。別件逮捕で、そこから一気に強盗殺人の調べに持っていくとか」

「ということは、しばらく尾行と監視ですね。うちだけで何とかなりますかね」

「二十四時間は無理だな。でも、それは俺たちが心配することじゃない。監視は進言するけど、やり方を決めるのは鳩山のオッサンだ」

「……ですね」

「家《ヤサ》も勤務先も分かったし、今日はこれで引き上げるか。お前、結局呑んだのか？」

「いえ。さすがにヤバいかなと思って、呑んでません」

「何だ、一本ならいいって言っただろう。じゃあ、軽く奢ってやるよ」

「マジすか」牛尾が嬉しそうに表情を綻ばせる。

「あくまで軽く、だぞ。お前が満足するまで奢ったら、俺はあっという間に破産しちまうからな」

「軽めにいきます」

その「軽め」が俺の泥酔レベルだから困るんだよ、と沖田は内心不安になった。

3

クソ、まだダメージが残ってるな……。

沖田につき合わされて謎の男を尾行してから二日後、村野は体のあちこちに残る痛みで目を覚ました。風呂場の鏡の前で、無理矢理体を捻って確認すると、右の腰にまだ大きな痣《あざ》が残っている。湿布はあるのだが、自分では貼れない場所なのでどうしようもない。自然に痛みが引くのを待つしかないようだ。

いつものように、中目黒駅前のカフェで朝食を摂る。村野は絶対に朝飯を抜かないのだが、自分では料理をしないので、必然的に外食だ。中目黒駅前には、朝から開いているチェーンのカフェやファストフード店が何軒かあるので、そこで食べることが多い。今日も馴染みの店で、コールスローたまごサラダサンドとアイスコーヒーという代わり映えのしないメニュー……本当は、もう少し野菜を摂りたいのだが、朝食は取り敢えず腹が膨れればいい、というのも一つの考えだ。

それにしても、沖田もいい加減な男だ。昨日はとうとう連絡なし。ねぎらいの言葉ぐらいあってもいいではないか。しかし自分の方から電話するのも悔しく、取り敢えず無視しておくことにする。

出勤し、雑用を済ませる。何となくモヤモヤした気分は消えず、時々上の空になってしまったが……こんなことではいけないと何度か自分に気合いを入れ直したが、どうにも上手くいかない。

「はい……ええ。そうですか。分かりました。じゃあ、十時半ぐらいでいいですか？　ええ、こちらは構いません。体調はどうですか？　そうですか。じゃあ、ご無理なさらないように」

隣席の優里が、そっと受話器を置いた。ふと溜息をついたのが気になり、村野は思わず訊ねた。

「何か？」

「幸田百音さんなんだけど」

腕に怪我を負わされた女性だ。重傷ではないが、精神的に不安定なため、「要警戒」とされていたのを思い出す。

「どうかしたか？　まだ入院中か？」

「もう退院してるけど、ちょっと相談したいことがあるって」

「ヤバい感じ？」

「深刻度で言えば二ぐらい……マックスを五としてだけど」

「だったらそこまでひどくないな。会いに行くのか？」

「今、約束したわ。あなたも一緒に行く？」

「俺？」村野は自分の鼻を指さした。「俺は彼女の担当じゃないけど」

「暇そうだけど」

「そういうわけじゃないよ」

「さっきから溜息ばかりついてるじゃない」

「ああ、まあ……」そんなに分かりやすかったか。だとしたら情けない話だ。しかし他の被害者に話を聴くのは、気分転換になるかもしれない。「場所は？」

「四谷」

「ああ、そうだったな……今は一人？」

「田舎からお母さんが出て来てるわ。さすがに、一人は怖いみたい」

「二人で押しかけても大丈夫かな」

「それは大丈夫でしょう」優里が軽い調子で言った。「村野は害がないし」

それはそれで馬鹿にされた感じがするのだが……苦笑しながら、村野は出かける準備を始めた。

四谷まで行く途中、幸田百音に関するデータを頭の中で整理する。二十一歳、大学三年生。あの日は東新宿駅近くにあるお気に入りのセレクトショップに一人で向かう途中だった……。

「何の相談だろう」地下鉄の中で、村野は優里に訊ねた。

「大したことはないと思うけど……口調は軽かったから。本当はもう、支援センターに引き渡してもいい段階だけどね」

「ああ」

「支援センターと言えば、西原は――」

「その話は後にしよう」村野はぴしりと言った。こういう相談をするなら優里が一番相応しい相手なのだが、今は仕事中だ。それに彼女の答えは分かっている。「あなたも行けばいいのに」。つまり、自分一人が勝手にNGを出しているわけだ。誰に言われても、この気持ちは覆らないと思うが。

百音の家は、学生向けではない普通のマンションだった。部屋へ入ると、すぐに広い1LDKだと分かる。贅沢してるな……四谷辺りだと、1LDKでも相当な家賃だろう。百音は山口《やまぐち》県の出身で、大学進学で上京してきたというが、実家はかなり裕福ではないかと村野は想像した。

家具は最小限で、二人がけのダイニングテーブルに小さなソファが二脚、それにデスクがあるだけだった。テレビがないのは、最近は珍しくはない……物の少ないシンプルな部屋の中で、片隅に置いてあるキーボードを載せた小さなスタンドが目に入った。さすがに一人暮らしの部屋にピアノは置けないだろうが、こういうキーボードならヘッドフォンでも聴けるはずだ。

百音は長袖のワンピースを着ていた。傷を隠すためか、と考えるとかすかに胸が痛む。入院していた時には長かった髪は、ボブカットになっていた。嫌な記憶を忘れるために、自分を少し変えたのかもしれない。髪が短くなったせいか、鋭角的な顎のラインが目立っている。あるいは痩せたのか……彼女は小さなダイニングテーブルに着いていたので、優里が向いに座り、村野は立ったままでいた。二人がけのソファに座るような雰囲気ではない。母親が上京して面倒を見ているというが、今は姿が見当たらなかった。買い物にでも出かけているのだろうか？　娘が警察と話しやすくするために、わざと席を外しているのかもしれない。

「怪我の具合はどう？」優里が穏やかな口調で話しかける。彼女の双子の子どももももう中学生だから、優里には娘のように見えているかもしれない。

「はい、何とか。形成手術を受けることになるみたいですけど」百音が顔をしかめる。

「今の形成外科は技術が高いから、心配しなくていいわよ」

「そうですかねえ……」百音の表情は暗い。

「それで、話したいことって？」優里が本題に入る。

「あの、こういうことって、聞いていいかどうか分からないんですけど」

「遠慮しないで言ってみて」

「犯人って、もう逮捕されたんですよね」

「いえ――」

優里が口をつぐむ。さっと振り向き、村野と視線を交わした。何の話だ？　村野は頭が混乱するのを意識した。

「どういうこと？」優里の声も困惑している。「今のところ、そういう情報はないわよ。犯人が逮捕されれば、私たちの耳に入らないわけがないし」

「じゃあ、まだなんですか」

「そう……ね。どうしてそんなことを思うの？」

「昨日、警察の人が来たんです」

「それは、病院であなたに事情聴取したのと同じ人？」

「いえ」

百音が立ち上がり、デスクから名刺を持って戻って来た。優里がそれを検《あらた》め、村野に渡す。市橋。村野は思わず、百音に確認した。

「すごく背が高い奴じゃなかったかな？」

「はい」百音がうなずく。

「それで、話の内容は？」

「写真を見せられて、この人に見覚えはないかって」

「写真？」

「防犯カメラの映像みたいでした。顔も写っていたんですけど、私は見覚えがなくて」

「それだけだと、犯人が分かったとは言えないんじゃないかな」村野は指摘した。

「いえ、その人が犯人なのは間違いないけど、名前がまだ分かっていない、と言ってました」

何かがおかしい……防犯カメラの性能が向上すると同時に、映像の分析技術も高度化し、今では街頭犯罪の捜査では主力と言っていい。しかし普通、このような状況で犯人らしい人間が映っていたら、積極的に公開して一般からの情報を求めるものだ。刑事が足で稼ぐよりも、そういう風に広く協力を仰ぐ方が絶対に効率がいい。敢えて伏せているとしたら、それは何のためだろう。最初に自分たちが見せられた映像だとしたら、かなり衝撃的――襲撃の瞬間が映っているから、公開できないのかもしれない。

「どんな人か、覚えてますか？」

「横顔だけ写ってたんですけど……左側です」百音が左頬に手を当てた。「若い男の人です」

「何歳ぐらい？」

「三十歳とか？　でも顔が左側しか写ってないので、よく分かりません」

「顔の特徴は？」村野は質問を連ねた。

「うーん……細面で、ちょっとイケメンですけど、街で会っても分からないと思います」

「服装は？　荷物は持ってましたか？」

「黒いTシャツでした。下も黒いジーンズか何かだったと思います。小さなデイパックを背負っていたと思いますけど、ショルダーバッグかもしれません」

村野は密《ひそ》かにうなずいた。事件直後に防犯カメラの映像で見たのと同じ人物なのは間違いない」

「でもあなたは、見覚えがなかった」

「ないです」

君を襲った男なのか、と聞こうとして、村野は質問を引っこめた。この質問は、彼女の神経を逆撫でする恐れがある。

「でも、この市橋さんという刑事さんは、もうこいつが犯人で間違いない、みたいなことを言ってました。何か思い出したら、すぐに連絡するようにって……でも、犯人が分かったら、すぐニュースになるものじゃないんですか？」

「名前が割れないと、公表しないことが多いんですよ」先ほどの疑問を抱いたまま、村野は言った。「でも、かなりの確率で犯人に近づいているのは間違いないでしょうね。だから被害者にも詳しく話を聴きたがるんですよ」

「何か特別なことじゃないんですか？」

「捜査のやり方は様々です。刑事によっても違います。相手の記憶をはっきりさせようとして、強い言葉で話す刑事もいますから」中には自分の考えを押しつけ、証言を無理にでっち上げる刑事もいる。市橋もそういうタイプなのか？

「じゃあ私、この件については……」

「あまり気にしないで下さい」優里が話を引き取った。「たぶん、その市橋という刑事は、張り切って話を聴きにきただけなのよ。思いこみもあるかもしれない。犯人が分かればすぐに公表されるから、あなたはあまり気にしないで。今は、怪我を治すことだけを考えていればいいのよ」

「考え過ぎですか?」百音が不安気に胸に両手を押し当てた。

「そうかもしれないわね。あまり考え過ぎないで。不安になるのは当然だけど、疑心暗鬼になると、悪い方に考えが向いちゃうから」優里が慰めるように言った。

「そうですか……」百音がゆっくりと息を吐いた。「考え過ぎ……そうですよね」

「こういう時だから、どうしても色々考えるのよ」優里が優しく声をかけた。「段々抜けてくるから。今まで色々な人と接してきたけど、皆同じだったわ」

「本当ですか?」

「薬みたいなものかもしれないわね。いつか必ず効果は薄れるけど、それがいつになるかは人によって違う感じ」

優里の言葉は単なる慰めだ、と村野には分かっている。犯罪被害に遭った人は、「これから先自分はどうなるのだろう」と常に怯えているのだ。事件の恐怖に関しては、忘れる人もいるし、一生背負いこむ人もいる。しかし「必ず薄れる」と言われれば、それだけでも安心できるものだ。人間は先例を求める生き物だし、自分は他人と同じなのだと思うと、それだけでほっとする。

マンションを出ると、優里が溜息をついてから首を傾げる。

「何か変だな」村野は先に言った。

「変ね……それよりあなた、彼女に事情聴取した刑事、知ってるの？」

「知ってる。病院で一悶着《ひともんちゃく》起こしたコンビの一人だ。特捜には抗議したんだけど、何か動きが怪しい」

「そうね……じゃあ、ご飯にしようか」優里が唐突に提案した。

「まだ早いぜ」十一時を少し回ったところだ。

「混む前なら、話もできるでしょう」

「ああ……そうだな。でも、こんな時間にどうする？」ファストフードは避けたい。

今朝も同じようなものだったのだから。

「あるわよ。十時から開いてる洋食屋」

「洋食屋？　そんなところで話、できるかな」

「大丈夫でしょう。まだランチタイム前だし」優里がうなずき、さっさと歩き出した。しんみち通りに入ると、迷わず村野を先導する。この辺はいい街だよな、と思う。昔からある店が今も頑張っていて、昭和の匂いが濃厚に残っているのだ。しかし、「昭和っぽい」とはよく言うが、「平成っぽい」のは実体がない。令和の時代が進むと、そのうち「平成っぽさ」が具体的に分かるようになるのだろうか。

優里は「昭和洋食」を謳う店に村野を案内した。赤を基調にした派手な看板のせいで、喫茶店のようにも見える。この店には村野も覚えがあった。

「ここって、チェーン店じゃなかったか？　茗荷谷《みょうがだに》かどこかの店に入ったことがある」

「チェーンじゃなくて暖簾《のれん》分けかもしれないけど、確かに何店舗かあるわね」

券売機を使わないといけないシステムなので、店の外にあるメニューを確認する。揚げ物、炒《いた》め物中心でかなりボリュームがあるラインアップのようだ。揚げ物の気分じゃないなと思いながらメニューを眺めていると、自《おの》ずと絞られてくる。

「オムライスだな」

「ずいぶん可愛いもの、食べるのね」優里が微笑《ほほえ》む。

「オムライスが嫌いな人がいるなら、会わせてくれよ」

「はいはい……私はもう少しがっつりいこうかな」優里はハンバーグと蟹クリームコロッケの組み合わせにした。彼女は体が大きい――背が高いせいか、普段からよく食べる。下手すると村野よりも食べるぐらいなのだが、一向に太る気配がない。

カウンターしかない店だが、まだ十一時過ぎなので客は二人だけだった。これなら少しは話もできるだろう。

「時捜の動きが妙だ」村野は切り出した。

「そうね。私たちが知らないことをしている……もちろん、特捜がうちに仁義を切る必要はないけど」

「仁義を切る必要があっても、連中はやらないけどな」村野は毒を吐いた。「うちは完全に舐められてるから」

「それはここで言ってもしょうがないけど、どうする？　放っておいていいかな」

「うーん……」村野は腕組みをした。「まだ何とも言えないな。事件が解決するのは悪いことじゃないけど、やっぱり引っかかる。被害者に悪影響が出ないといいんだけど」

「ちょっと調べてみる？」優里が提案した。

「どうやって？　特捜の中の事情は探りようがないぞ」

「他の被害者に聴いてみればいいじゃない。と言っても、今のところ話せるのは一人だけだけど」

今回の事件の被害者は四人。一人は死亡し、栗岡はようやく意識が戻ったばかりだから、まだ事情聴取はできまい。話ができるのは二人――軽傷だった百音と、橋本泰行《はしもとやすゆき》だけだ。橋本は首を切りつけられたもののやはり軽傷で、とうに退院している。確か、東新宿駅の近くにあるＩＴ系企業に勤めるサラリーマンだった。

「橋本さんだな」

「そう」

「彼、誰が担当してる？」

「最終的には安藤」

「あいつならちゃんとやってくれてるだろう」村野はスマートフォンを取り出したが、ちょうど料理が出てきたので、引っこめざるを得なかった。

オムライスは実に巨大だった。見ただけで胸焼けしてくるぐらいだったが、食べてみると意外に食感は軽く、完食できそうだった。優里は熱々の鉄板で供されたハンバーグを嬉しそうに食べている。ハンバーグの方が店の売り物なのか、と一瞬後悔する。

警察官の食事はあまり胃によくない、と言われている。「食べられる時に食べておく」「できるだけ早く食べる」という原則を若手の制服警官時代に叩きこまれて、その結果不健康になる人も少なくない。村野の場合、怪我してから早食いは避けるようにしてきた。膝に負担を与えないためには体重を増やさないのが一番で、そのためにはゆっくり食べて少量で満腹感を狙う。このオムライスは、村野の一食分の許容範囲を超えてしまいそうだったが。

優里が早いペースで食べているので、どうしても釣られてスピードが上がってしまう。普段よりも早い時間帯に食べたせいか、満腹感は著しかった。食べ終えた頃には、早めのランチを取ろうとする人たちで、店内はぼちぼち賑わい始めていた。

「出ようか」

優里に促され、さっさと店を出る。村野は膨満感に悩まされ始めていたが、優里は平然としていた。胃をさすりながら、「結構な量だよな」と思わず言ってしまった。

「そう？」

「君は平気なんだ」

「子どもとご飯食べてると、やっぱり量は増えるわよ。子どもが残したものも食べないともったいないし。今はそんなことはないけどね。あの子たち、信じられないぐらい食べるから」

「その割に、全然太らないな」

「あなたが知らないだけで、結構危ない時はあったのよ」

「そうだったかな？」村野は思わず首を捻った。

「変な回想しないの。思い出されると困るから」優里が村野の肩を小突いた。「それより、早く安藤に連絡して橋本さんのことを聞いてみて。時間がもったいないわよ」

村野はいつも、自分で自分を急《せ》かしている。しかしたまには、他人に尻を蹴飛ばされるのも悪くないものだ。

4

選手交代。橋本に話を聴くなら自分が、と梓が名乗りを上げたのだ。優里は支援課に戻り、村野は東新宿へ移動して梓と落ち合うことにした。

現場には、事件当時の残滓《ざんし》は全くない。刑事を経験した人間は、事件発生から時間が経過しても、現場に行くと犯行当時の様子を想像できたりするものだが、村野にはそれができなかった。捜査の現場を離れて長いせいかもしれない。現場の歩道を何度か往復してみたが、その印象に変更はなかった。ただ空虚な感じ。

待ち合わせ場所にしていたバス停に戻り、梓を待つ。屋根のあるバス停なので、強烈な陽射しが遮られるのがありがたい。それでも容赦なく汗が吹き出してきて、村野はしきりにハンカチを使うことになった。

約束の時間ちょうどに、梓が地下鉄の出入り口から姿を現した。

「遅れてすみません」

「時間ちょうどだよ」村野は自分の腕時計の文字盤を人差し指で叩いた。「会社、ここからどれぐらいだ？」

「歩いて三分です」

「しかし、もう出社してるとはね」村野は顔をしかめたが、それは橋本なりの事件への対処法かもしれない。少しでも早く日常に戻れば、嫌なことを忘れられる——事件や災害などの辛い記憶が長く続くのは、これまで当たり前だと思っていたことができなくなるからだ。つまらない日常であっても、それが続くことの幸せに気づく。

「今週からですよ」

「怪我はそんなに重くないんだな」

「首ですけど、浅かったですからね。ラッキーだったんですよ」

「まともに話はできる人か？」歩き出しながら村野は訊ねた。

「大丈夫です。普通のサラリーマンですから。常識人です」

村野は頭の中でデータをひっくり返した。三十五歳、ＩＴ系企業の営業マンで、妻子持ち。事件の時は、営業先から会社へ戻る途中だった。

会社はオフィスビルの三階と四階を占めている。梓が先に話を通してくれていたので、すぐに面会が叶った。橋本は小柄で小太りな男で、何だかせかせかと忙しそうにしている。歩いているのを見た限りでは、怪我の影響はほとんど感じられない。唯一事件の名残《なご》りを感じさせるのは、首に巻かれた包帯だった。小さな会議室に通され、早速話を始める——橋本の愚痴から始まった。

「あの、こういうことを言うと怒られるかもしれませんけど、被害者ってこんなに何度も話を聴かれるんですか？」

村野は思わず、梓と顔を見合わせた。こちらもか……村野は先を促した。

「何度も、というのはどういうことですか？」

「事件の直後、病院で話を聴かれたのはしょうがないと思いますよ。でも、退院してまで追いかけ回されるのは、どうなんですか？　昨日も会社まで来たんですよ」

「ここに？」村野は床を指さした。「いきなりですか？」

「そうです。アポなしっていうのはどうなんでしょうね」橋本が非難を滲ませながら首を傾げる。「昨日の朝イチでいきなり会社に来て、この部屋で話をしましたよ」

「それは……あまり愉快な経験じゃないですね」

「警察も、もう少し気を遣ってくれてもいいと思うんですけど……こんなこと、言っても無駄ですかね」

「申し訳ない」村野は頭を下げた。「捜査が動いている時は、どうしても焦って、乱暴になるんですよ。我々も注意しているんですが」

「なるほどね……事件には遭わないように気をつけているのが一番、ということですか」橋本が皮肉を吐いた。通り魔事件から逃れる術などないのだが……それを避けるには、家にずっと籠っているしかない。

「それで、昨日はどういう話だったんですか」

「写真を見せられました。防犯カメラの写真なんですけど、犯人なんですね」

村野はまた梓と顔を見合わせた。やはりそうか……特捜は確実に犯人に近づいている。

「どんな写真ですか」

「防犯カメラから切り出した写真、あるでしょう？　あれです」

「どんなお――人間でした？」男と言いそうになって、村野は慌てて言い直した。相手に先入観を抱かせたくない。

「ちょっと細面のイケメンですけど、顔の左側しか写っていないから、人相は正確には分かりませんでした」

「知っている人でしたか？」

「まさか」橋本が全面否定した。「いきなり後ろからやられたんですよ？　顔を見てる暇なんか、ありませんでした。でも、服装は確かにあんな感じだったかな」

「どんな服装ですか」

「黒いTシャツに黒いジーンズ」

合っている。橋本は、百音と同じ写真を見せられたのだ。

「あなたは、服装は分かったんですね？」

「後ろ姿だけは見たんです。いきなり首に激痛が走って、何が起きたか分からなかったんですけど、自分を追い越していく男がいて……刃物を持ってたんです」

「声はかけなかった？」

「かけようとしたんですけど、声をかけて、また襲われたらヤバいじゃないですか」

「通り魔だとすぐに分かったんですね？」

「通り魔かどうかはともかく、やられたのは分かりました。戻って来てまた襲われたら大変ですからね」

「賢明な判断ですよ」

「そうですかねえ……冗談じゃないですよ」

「それで」村野は話を巻き戻した。「警察は、その写真の人物が何だと言っていたんですか」

「犯人らしいと」

「断定はしていない？」

「名前が分からないので、ということは言ってましたね」

これが本当なら、やはりおかしい。人相が分かっていても人定ができていない場合、できるだけ早く写真などを公開して情報を求めるのが、こういう捜査の常道である。市民感情に不安を与える通り魔事件だから、とにかく早い犯人の特定、逮捕が求められる。特捜が情報を抱えこんでしまう理由は、やはり理解できない。

「その後、警察から接触は？」

「昨日だけです。会社の連中からも白い目で見られるし、困りますよ。こっちは被害者なのに」

「そうですよね」村野はうなずく。「特捜の方には、こちらから言っておきます。何かあったら、すぐ連絡してもらえますか」

「構いませんけど、頼みますよ、本当に……」橋本は最後まで愚痴っぽかった。


二連続で当たり。後は栗岡だが、病院に電話で確認すると、意識は戻ったものの、まだ面会謝絶は続いているという。警察からは何度も連絡が入ったが、とにかく会わせるわけにはいかないと強硬に撥《は》ねつけているようだ。

「どうします？」駅の方へ戻りながら、梓が訊ねる。

「被害者にはもう話は聴けないな……でも、特捜が本当に犯人を割り出しているとしたら、この辺の人たちにも話を聴いてるんじゃないか？　目撃者探しということで」

「ですね」

「ちょっと聞き込みしてみようか」

「特捜が同じ写真を使った聞き込みをしてたら、どうします？」

「分からない」分からないことだらけだ。「今回の特捜は、特に支援課に対して当たりが強いからな。正面からぶつかっても上手くいかないと思う。手は考えるけど……上手くいく保証はない」

「ですね」梓がうなずく。

「でも、何かあった時のために下準備はしておかないと」

「了解です。手分けしますか？」

「いや、一緒に行こう。聞き逃しがないようにしたい」

しかしこの聞き込みは上手くいかなかった。抜弁天通りで話が聴けそうな場所——ビルの一階に入っている店舗などだ——で次々に質問をぶつけていったのだが、警察から写真を見せられた人が他に見当たらない。容疑者候補の写真だったら、被害者だけではなく目撃者にも必ず見せるはずだ。というより、通り魔事件では被害者よりも目撃者の証言の方がずっと当てになる。

途中から当たりどころを変えた。防犯カメラが設置してあるビルなどを探し、そこの管理会社、あるいはオーナーに話を聴くことにしたのだ。とはいえ、管理会社が同じビルに入っているとは限らず、実際に話を聴くにはかなり手間がかかる——二時間ほど現場付近をうろつき、何の手がかりもないままに午後が過ぎていく。しかし三時過ぎ、ようやく一人の人間に行き当たった。問題の防犯カメラのあったマンションのオーナー。八階建ての細長い建物で、オーナー家族は七階と八階のツーフロアに住んでいる。訪ねていくと、七十歳ぐらいの体格のいい男性が出迎えてくれた。禿頭《とくとう》だが、顔つきは若々しい。中嶋《なかしま》と名乗ったそのオーナーは、警察に映像を提供したことを認めた。

「この辺、防犯カメラはいくつもあるんだけど、あの事件に関しては、うちのが一番よく映ってたみたいでね」

「普段からチェックしているんですか」

「まさか」中嶋が即座に否定した。「ああいうのは警備会社でチェックしておくもので、自分で見るものじゃないよ。普段は一々気にしてもいない」

「警察はすぐに目をつけたんですね」

「映像を貸してくれと言ってきてね。でもうちは警備会社と契約しているから。ご存じの通り、うちで映像を保存しているわけじゃない」

「警備会社のサーバーに転送される仕組みですね」

「その通り」中嶋が太い人差し指を村野に突きつけた。「だから俺は、警備会社に電話をかけて、映像を提供するように言っただけだから」

「その後、ご自分でも見られた？」

「ああ、見たよ、見た。警察の連中がキャプチャーした画像を持って来てね」

黒いTシャツ、黒いジーンズに小さめのデイパック。細面のハンサムな顔——これまでの証言と一致する。

「見覚えはありましたか？」

「いや、全然。少なくともこの辺の人じゃないだろうな。普段顔を見る人なら、覚えてるよ」

「なるほど……」

「ちょっといいですか」梓が遠慮がちに割って入った。「この話を聴きに来た刑事は、こんな背の高い人だったんですよね？」梓が自分の頭の上で掌《てのひら》をひらひらさせた。

「ああ、市橋さんね。どこかに名刺があるよ」

「いつ来たんですか？」

「昨日の昼前」

ということは、市橋は——特捜は、昨日辺りから問題の男を犯人と見て確認を始めたのだろうか。あれこれ考えながら、村野は話を梓に任せた。今の質問は感覚的で答えにくいが、いい所を突いている。

「どんな感じでした？」

「どんな感じって言われても……」中嶋が困ったような表情を浮かべる。

「疲れていたとか張り切っていたとか。気合い、入ってませんでした？」

「ああ、そういう意味ね。だったら前のめり、かな」中嶋がニヤリと笑った。

「前のめり？」梓が首を傾げる。

「とにかく焦ってるっていうか、一刻も早く犯人に辿り着きたい、みたいな感じ？だいぶハッパもかけられてるんだろうけど、焦ってたね」

「そうですか……」

梓がちらりとこちらを見たので、村野はうなずいた。市橋がどんな刑事かは分からないが、特捜の上の方が現場の刑事のネジを巻いているのは間違いない。解決は近いのではないか。

しかし、中嶋の家を出た途端、急に興味が萎《しぼ》んでいった。犯人が分かったからといって、支援課が何かするわけではない。元々捜査に参加する部署ではない——村野自身はしばしばルール破りをしてきたが——のだから、黙って向こうの動きを見守るしかないのだ。被害者に迅速に情報が入らないのは困るが……現場の刑事は、たとえ被害者が相手でも「犯人逮捕」の情報を積極的に教える必要はない、と思っている場合がある。まあ、実際犯人逮捕の報告は、上層部の偉い人が頭を下げに行く方が効果的だろうが。

「どうしますか？」梓も村野と同じように、行き止まり感——自分が調べてきたことが無駄だと感じているようだった。

「特捜には話をしないとな」

「できます？」梓は疑わし気だった。「今回の特捜、本当にこっちの話を聴かないじゃないですか」

「そうなんだけど、被害者を怯えさせたり、逆に無視したりしないように忠告しておかないと、まずい。ちょっと行ってみよう」村野は左腕を持ち上げて腕時計を見た。まだ午後四時過ぎ……これから二時間ほどすると捜査会議が始まって特捜本部は忙《せわ》しなくなるのだが、今はまだほとんどの刑事が出払っていて静かなはずだ。

管理官の武本と対決するのは気が重い。先週、芦田と抗議に行ってあっさり追い返されてしまった記憶はまだ鮮明だ。しかしここは、ちゃんと話をして、できれば向こうの狙いを探っておきたい。稀《まれ》に、妙に気配りのできる管理官や係長がいる特捜では、捜査の状況を逐一支援課にも知らせてくれることがあるのだが、そんなのは本当に数少ない例外だ。だいたい、武本のようにこちらを邪険にするのが普通である。

二人はその足で、新宿東署へ移動した。予想した通り、特捜本部が置かれた会議室にはまだほとんど刑事たちの姿がない。村野たちが入って来たのに気づいたのか、武本がすっと顔を上げ、途端に渋い表情を浮かべる。何でこんなところに来やがった、とでも言いたげだった。村野はそのきつい視線と目が合わないように気をつけながら近づき、テーブルの少し手前で「休め」の姿勢を取る。

「何だ、今日は姉ちゃんが一緒なのか」

こういう人なのか、と村野は正直がっかりした。警察はまだまだ男社会で、女性に対する扱いが雑な——原始的な警官は少なくない。年齢が上であればあるほどそういう傾向が強いのは分かっているが、実際に「姉ちゃん」などと聞くと情けなくなる。

「支援課の安藤梓です」梓が平然と名乗り、頭を下げた。彼女も散々、阿呆《あほう》な先輩たちのセクハラ、パワハラに遭ってきたはずだが、そういうのを軽く受け流す術を身につけているようだ。

「忙しいんだよ。それに、支援課と話すような問題は何もないだろう。うちの刑事たちは、被害者や被害者家族の立場を慮《おもんぱか》って、丁寧に仕事をしています、はい、これでいいか？」

ほとんど喧嘩を売るような口調だった。支援課の仕事に対して、未だにこういう態度の人間がいるということは、自分たちの教育・宣伝活動が上手く機能していない証拠だ、と情けなくなる。

「おめでとうございます」村野は不意打ちを喰《く》らわせることにした。

「ああ？」武本が目を見開く。「何言ってるんだ、お前」

「犯人逮捕が間近だそうですね」

「何の話だ？」

とぼけているのか？　同じ警察であっても、捜査に関係ない部署には絶対に秘密を明かさない方針なのかもしれない。万が一だが、本当に何も知らない可能性もある。

現場の刑事の中には、自分が担当している捜査の経過を一々上に報告せずに「溜めて」おいて、後で一気にまとめたがるタイプがいるのだ。細かい報告が嫌いな場合もあるし、あるいは話が大きくまとまったところで持ち出した方が、上司の受けがよくなると思っている場合もある。ただしそれはいずれも、緊急事態でない時だ。ついに犯人を割り出せるかという状態では、捜査の状況を逐一上司に上げるのが筋である。万が一、報告が遅れたことで捜査に影響が出たら、その刑事に対する評価は一気に下がる。

「そういう情報を聞きました」村野は平然と続けた。「もしも本当なら、被害者の方にも伝える必要があると思いまして」

「捜査途中の話を聞かせるわけにはいかねえよ」

「でも、犯人逮捕こそが、一番被害者のためになる――そんな風に言う人は少なくないですよね？　私も、それは真理だと思います。だったら、少しでも情報が入ったら、被害者に教えるべきじゃないですか？　特捜はお忙しいでしょうから、情報を共有して、我々が伝えてもいいんですが」

「こっちは、支援課と情報共有している暇なんかないんだ」

「犯人逮捕が近いからですね……いや、それは言い過ぎですか？　まだ犯人の特定はできていませんよね。だったら、情報を一般公開した方がいいんじゃないですか？　防犯カメラの映像や画像を、マスコミを使って公開するのはよくあるやり方でしょう。それで情報が入ってくることも珍しくない」

「捜査のやり方に口を挟むな」武本はまだ頑なだった。

「失礼しました」村野はさっと頭を下げた。武本の態度はまったく崩れていない。「でも、被害者にはできるだけ状況を早く教えたいんです。何が起きているか分かれば、気持ちを立て直すのに役立ちますから」

「そういうのを解決するのは支援課の仕事で、俺たちには何も言えない」

「いや、しかし……」

「いいから、帰った、帰った」武本が手の甲を村野に向けて振り、追い払う仕草を見せた。

「犯人の正体を隠したい事情でもあるんですか？」

「お前、何言ってるんだ」武本の顔色が一気に赤くなる。

「いや、今のは忘れて下さい。独り言です。安藤、行こうか」村野は踵を返した。

「ちょっと待て」武本が、椅子を蹴倒さんばかりの勢いで立ち上がる。「お前、何か知ってるのか」

「何も知りませんけど、部外者に知られるとまずい事情でもあるんですか？」村野は体を斜めに捻り、顔だけ武本に向けた。

「そんなことはない」

「だったら、そんなに焦ることはないと思いますが……大事な仕事の時間にお邪魔して、申し訳ありません」

署の外へ出ると、村野は大きく息を吐いた。喧嘩を売るようなことを言ってしまったので、さすがに緊張していた。激怒した武本が何か手を打ってくるかもしれないが、その時はその時だ。また芦田に防御壁になってもらうのは、さすがに申し訳ないが……今度は桑田を使おうか、と思った。武本は捜査一課の管理官で警視。桑田はまったく違う組織の課長で直接の関係はないが、一応階級は上の警視正である。地位的には警視正は国家公務員になり、地方公務員である警視との間には、深い崖のような断絶がある。しかも支援課が属する総務部は、警視庁の中では刑事部より格上、というのは暗黙の了解なのだ。それでも武本は、桑田の「指導」を撥ねつけてしまうかもしれないが。

「村野さん、何か疑ってるんですか」梓が鋭く聞いてきた。

「ああ。想像だけど……外れて欲しい想像だな」

「何ですか」ショッキングな想像をしたのか、梓の表情が暗くなる。

「特捜は犯人を割り出した。たぶん、防犯カメラの映像が決め手になったんだろう」

「分かっていて、何で逮捕できないんですか？」

「逮捕してからどうするか、方針が決まってないんじゃないかな。どう発表すれば、世間の批判が出ないか、そういうことを上層部が必死に考えているかもしれない」

「勘ですけど、言っていいですか」

「ああ」

「犯人は、内輪の人間とか」

村野は無言で、新宿東署の建物を見上げた。立派な新しい庁舎は、警察という権力組織の象徴でもある。そこに悪が巣食っている可能性は――。

「村野さん……」梓が不安げに問いかけた。

「当たってるかどうかは分からないけど、俺と同じ結論だ」

「この結論――推理が当たってる確率、どれぐらいだと思います」

「分からない。もしかしたら、権力者の関係者が犯人かもしれないけどな。政治家の息子とか」

「そっちの方がよほどマシですよね」

「ああ」村野はうなずいた。「でも、警視庁には四万人以上の職員がいる。人口四万人の自治体には、やばいことをやりそうな人間がどれぐらいいるかな。それより確率は低いだろうけど、四万人もいれば、やばい奴がゼロってことはありえない。実際、不祥事はしょっちゅう起きてるし」

梓の唇が、不安気に歪んだ。

5

そう言えば村野に連絡していなかった、と沖田は気づいた。本当はちゃんと労い、何だったら謝らないといけないのだが……今は勘弁してもらうしかない。とにかく、やることが山積みなのだ。

この件は、鳩山には超簡略バージョンというか、適当にしか話していない。八年前の事件の関係でターゲットにしている人間がいるが、まだはっきりしないから、取り敢えず監視を続けたい、と。鳩山はあまり細かく突っこんでこないタイプだ。心配性ではあるが、基本的に鷹揚というかいい加減な男なので、だいたい作戦行動の時は沖田か西川に丸投げしてしまう。

しかし今回の監視は、それほど手間も時間もかからないはずだ、と沖田は予期していた。牟田は怪我のせいで動きが不自由だから、あまり動き回れない。おそらく会社と家の往復だけで、あとは帰宅途中に軽く酒を吞むぐらいだろう。そのため、会社が終わる夕方の時間帯に監視を始めて、家に帰り着くまでを見ることになった。二人一組で監視するのは、いつもと同じやり方である。

木曜日、西川と大竹が最初の監視に入り、沖田は金曜日の朝に報告を受けた。

「昨夜は真っ直ぐ帰った」西川がつまらなそうに言った。「五時二十五分に会社を出て、すぐに駅前でバスに乗って自宅近くのバス停まで。帰宅は五時五十二分。それから二時間ぐらい監視したけど、動きはなかった」

「もうちょっと粘ってもよかったんじゃないか?」沖田はつい言った。

「お前、何を疑ってるんだ? 奴がどこかに盗みに入るとでも? そんなこと、あり得ないだろう。松葉杖が手放せないような怪我じゃ、よたよた歩くのが精一杯だ。とても盗みになんか入れない」

「それはそうだけどさ……」

「おかしいと思ったら、さっさと引っ張ればいいじゃないか」西川は、明らかに無駄な仕事をさせられたと苛立っている様子だった。

「それができたら、とうにそうしてる。引っ張る材料はないんだから」

「ボロを出すまで待つ、か。時間の無駄だと思うけどね、俺は」

そう言われると反論できない。西川の言う通り、事情聴取できる材料さえあれば、それが突破口になるだろう。昼間、沖田は牟田の周辺を調べ続けたが、今のところは引っ張れる材料が何もない。

沖田は念のため、牛尾に仙台出張を命じた。牟田が仙台でどんな動きをしていたか、宮城県警はどこまで監視して状況を把握していたかを詳しく知りたかったのだ。その辺に、牟田を引っ張るヒントがあるかもしれない。

というわけで、二日目の監視は沖田と麻衣の担当になった。麻衣は、何か特別な準備はいらないかと確認してきた。沖田は彼女の服装を素早くチェックする。ベージュ色のカットソーに濃紺のジャケット、下は色が綺麗に抜けて空色になったスリムなジーンズ……女性刑事の標準的な服装である。足元が、少しヒールの高いパンプスなのが気になったが、今回はそこを心配する必要はないだろう。普通の人間が相手なら、追いかけるために足元はスニーカーがベストなのだが、牟田は今は松葉杖頼りだ。彼女が十センチヒールの靴を履いていても、追跡には苦労しないだろう。

「問題なし。もちろん、念のために手錠は携行だ」

「分かりました」麻衣がにわかに表情を強張らせる。

「そんなに緊張するなよ。いきなり逮捕とはいかないだろうからさ」

「でも、何が起きるか分からないじゃないですか」

「その心がけがあれば、何か起きてもすぐに対応できるよ」

実際には、本当に予想外のことが起きれば、誰でもあたふたしてまともに動けなくなってしまう。それでも、一人よりは二人の方が心強い。

先日も訪れた会社へ赴く。ここは沖田一人だ。麻衣は少し離れた場所で待機しており、何があっても対応できるようにしている。

現段階で考えられるパターンは、二つ。近くのバス停から、家の近くまで行くバスにすぐ乗るか、近くでちょっと一杯引っかけていくかだ。本当は沖田は、会社近くでの監視は麻衣に任せたかった。自分は一回、牟田と直接言葉を交わしている。こちらに気づけば、不自然に思うだろう。

五時過ぎ、沖田はヴァルカンの腕時計を睨みながら、会社の出入り口に意識を集中させた。自社ビルの出入り口はごく狭いもので、ここから牟田が出て来れば見逃すことはない。事前に調べて裏口があるのも分かっていたが、そちらから出て来る可能性は低いだろう。しばらく観察していたのだが、人の出入りはまったくなかったのだ。

会社の勤務時間が八時半から五時までということは分かっている。牟田は内勤——事務仕事をしているというが、これまで確認した限りでは、残業はほとんどしていない。五時を少し回ってから出て来るのだが、残業というわけではなく、昼間の仕事を片づけるのに十分や二十分はかかるのだろう。

出て来た——沖田は反射的に腕時計を見た。五時十五分。歩き出しながら、麻衣に電話をかける。本当は声を出さずに尾行するためにはメッセンジャーなどを使った方がいいのだが、沖田は歩きながら文字を打ちこむような器用な真似ができない。

「今、会社を出た」

「了解です。バス停に向かいます」

会話が一往復しただけで終わった。予め打ち合わせていた計画では、沖田はこのまま牟田を尾行。牟田がいつものバスに乗れば、バス停で待機している麻衣が同乗して、沖田は後発のバスかタクシーで牟田の自宅へ向かうことにしていた。牟田がどこかに寄り道した場合は、麻衣と連絡を取り合いながら今後の方針を決める。

今日は後者のパターンになった。牟田は町田駅に向かう途中にある細い路地に入り、先日も訪れた台湾料理の店に向かったのだ。チャーハン以外の味はイマイチ、のようなことを言っていたのに、結局は行きつけの店に落ち着くということなのだろうか。沖田は十分距離を置いて尾行を続け、牟田が店に入ったのを見届けてから麻衣に電話を入れた。

「予定変更。奴は店に入った」沖田は店の名前とだいたいの場所を告げた。麻衣は、駅前通りの向こうにあるバス停で待機していたが、すぐに場所は分かったようだった。この中華料理店は立ち寄り先としてリストアップし、事前に彼女にも教えている。

「すぐ行きます」

「焦らなくていい。奴は、長っ尻な方だと思うから」

煙草を一本灰にしたところで、麻衣が駆けてきた。パンプスを履いているとは思えないスピード……見ると、いつの間にか靴を履き替えていた。アディダスの昔ながらのモデルで、ぽってりしたシルエットのいかにも重そうなデザインだが、パンプスよりは走りやすいだろう。

「靴、どうした」

「はい？」呼吸を整えながら麻衣が言った。

「履き替えたのか」

「ええ」

「いつの間に？」

「本部を出る時です。デスクの下に、いつもこの靴を突っこんであるんですよ。地震があった時は、底が分厚い靴じゃないと危ないでしょう」

「用意がいいな」

「尾行用で、もっと軽いスニーカーも用意しておいた方がいいですね」

「そいつで十分だろう」何だか嬉しくなってくる。麻衣も牛尾もしっかりしていて、こちらで教えることはほとんどない。

二人の前任者として追跡捜査係に在籍していた若手の三井《みつい》さやかと庄田《しょうだ》も刑事としての基本はできていたし、なかなか味のある人間だった。問題は、二人が気が合わずにいつも角つき合わせていたことだが、その二人が実はつき合っていて、いきなり結婚を発表した時の驚きと言ったら……沖田の警察官人生で最大の衝撃だったと言っていい。今は二人とも追跡捜査係を離れ、会う機会も少なくなったが、新婚生活は上手くいっているのだろうか。無口な庄田にさやかが厳しく突っこみ続けるのが毎度のパターンだったが、家でもあんな感じだと騒がしいだろう。

「君さ、ちょっと中で一杯だけ呑んでこないか？　ついでに牟田の様子を観察してくれよ。俺は顔が割れてるから、中に入りたくない」

「私、お酒呑めないんですよ」

「おっと……そうだったな」沖田はうなずいた。「じゃあ、おやつ代わりに餃子《ギョーザ》でもいいし、早飯で何か食べてもいいし――ここ、チャーハンだけは美味いぞ」

「沖田さん、食べたんですか？」

「いや、牟田がそう言ってたんだ」

「信用できるんですかねえ」麻衣が首を傾げる。「……まあ、いいや。話さないで観察するだけでいいですか？」

「きっかけがあれば話してもいいけど、無理に話しかけて不自然に思われるなら、観察だけにしておいてくれ」

「了解です」

麻衣を送り出し、沖田はその場で待機にした。牟田はかなりの長っ尻……呑み始めると長くなるタイプだ。先日初めて尾行した時も、結局二時間、一人で呑み続けた。二本目の煙草に火を点ける。張り込みでの時間潰しには慣れているものの、年々きつくなってきた。歳を取るとはこういうことだろうか。いずれにせよ今日は長くなる、と沖田は覚悟を決めた。

夕闇が濃くなり始めた午後六時、店には次々に人が吸いこまれていく。まだ一時間も経っていないのに、もう張り込みにうんざりしてきたが、店のドアがいきなり開いて牟田が出て来た。おいおい、こんな早いはずがないじゃないか……牟田は駅前通りの方に歩いて行く。少し間を置いて尾行を始めたタイミングで、麻衣も店から出て来た。沖田の横に一瞬並び、小声で愚痴を零す。

「いきなり出るから、びっくりしちゃいました。チャーハン、半分残しちゃいましたよ」

「チャーハン、美味かったか？」

「しっとり系でしたけど、大したことなかったです」

沖田は苦笑しながら首を横に振った。どうやら牟田の舌は信用できないようだ。

「誰かと話してなかったか」

「カウンターでずっと一人でした。どこかに電話したり、メールしたりもなかったと思います。私が見ていた限り、スマホには一度も触ってません」

「分かった。君は気づかれてないな？」

「大丈夫だと思います。死角に座ってましたから」

よし……やはりこの子は優秀だ。これからみっちり鍛えれば、警視庁にとって貴重な財産になる。

「だったら君が先行してくれ。遅れないでついて行くようにするから」

「了解です」

麻衣が歩調を速め、さっと沖田の先に出た。麻衣の十メートルほど先で、牟田が右へ——町田駅の方へ折れるのが分かった。

駅前通りに出て、麻衣の姿を視界に入れる。牟田はその先にぎりぎり見えていた。松葉杖に加えて酒が入っているせいか、牟田の歩みは非常にゆっくりしている。麻衣は普段早足なので、ペースを合わせるのに苦労しているのではないだろうか。いずれにせよ、いつものバス乗り場に向かっているわけではないようだ。

沖田は少し距離を置いて尾行した。駅へ行くなら、どこかでデッキに上がるはずだが、その素振りはない。デッキの下はバスセンターになっていたはずだ。一体何をするつもりなのか……気にはなったが、二人に追いついてしまうとまずい。沖田はバスセンターに入る前に立ち止まり、麻衣からの連絡を待った。ほどなく、スマートフォンにメッセージが入る。「13番乗り場。町30橋本《はしもと》駅北口行きのバスを待機中」。沖田は「了解」とだけ返事した。同じバスに乗るわけにはいかないから、一本後のバスにするか、タクシーを使うか……麻衣にメッセージを送り、「バスの間隔は？」と訊ねる。すぐに返信がきて、六時台は二十一分、三十六分、五十一分だと分かった。一本遅くなると結構間隔が空いてしまうな……タクシーで追跡しようと決めた。

スマートフォンでチェックすると、「町30」のだいたいのルートが分かった。最初は駅前通りを走っていくので、そこでタクシーを摑まえて乗りこむ。運転手に「バスを尾行して欲しい」と頼むと怪訝そうな表情で振り向かれたが、何とか了解してもらった。他のタクシーや車を尾行するのは危険だが、ルートが決まっているバスを追うのは、それほど大変ではないだろう。さらに麻衣にメッセージを入れて、バスが出発したら連絡してくれるように頼み、待った。

バスの出発時刻——六時二十一分を過ぎると、沖田は道路側に移ってバスが来るのを待った。ほどなく、黄色にオレンジのラインが入ったバスが近づいて来る。前面の行き先表示には「町30」。間違いない。

後は麻衣からの連絡待ちだ。どこまで行くつもりか……しかしドライブは長くは続かなかった。十分ほど走った頃、麻衣から「降りました。木曾《きそ》バス停」と連絡が入る。確かに……前方のバス停で停まったバスを見ると、先に牟田が、その後から麻衣が降りてくる。沖田は「ここで降りる」と言ってタクシーの運転手に金を払った。

二人を先に行かせ、少し距離を置いて尾行を再開する。既に外はすっかり暗くなっており、昼間に比べれば尾行はやりにくい。突然、麻衣の腰の辺りで何かが鋭く光った。一度消えて、さらにもう一回。スマートフォンのライトをつけたのだ、とすぐに分かった。気が利くのは間違いないが、そこまでして誘導してもらわなくても……と苦笑してしまう。迷子になったわけではないのだから。

歩きながら、沖田は周辺の光景を頭に叩きこんだ。右手にはかなり大きな寺。基本的には一戸建ての家が多い住宅街だが、飲食店もちらほら……典型的な郊外の風景である。牟田は何か目的を持って歩いているのかどうかが読めない。

牟田は、ファミリーレストランと回転寿司《ずし》店の間の細い道路に入って行く。こんなところに何かがあるとは思えないが……人気がないところへ入ってしまうと、尾行はさらにやりにくくなる。右側に一戸建ての民家が並び、左側には畑が広がっている。細い道路の先にも、見えるのは民家ばかりだった。

麻衣の腰のところで、またライトが光る――左右に振られている。あれは何かの合図なのだろうか？　モールス信号か何かかもしれないが、だったら沖田にはさっぱり分からない。しかし彼女がその場で立ち止まったのは分かった。牟田も止まっていて、距離を置こうとしている？　麻衣とはかなり距離が空いているから、何があるのか分からない。近づいて確認しようかと思った瞬間、メッセージが入った。

物色中。

「マジか」と思わずつぶやいてしまった。まだ陽が落ちて間もない時刻なのに、早くもどこかに忍びこもうとしている？　いや、さすがにそれはないだろう。沖田は以前、研修で「終電三十分後説」という話を捜査三課出身の講師から聞いたことがあった。いわく、都市部では、終電から三十分経つと、駅とその周囲一キロぐらいの範囲で極端に人出が減る。だから侵入盗の犯行は、終電から三十分後以降の時間帯に盛んになる――なるほど、と納得したものだ。人の家に忍びこんで盗みを働く人間は、ターゲットにする家だけでなく、周囲も気にしている。当然、人気がなくなる時間帯でないと、活動できないわけだ。

しかし、今の牟田は明らかに怪しい。

会社の制服でもあるだろう灰色の作業用のブルゾンを着ているのはともかくとして、松葉杖をついているのでどうしても目立ってしまう。泥棒は目立たないのが肝要だから、人目につくような格好は絶対にしないものだ。松葉杖など格好の目印ではないか。足が治るまで大人しくしているという発想はないのだろうか。金が欲しいというより、単なる習慣になってしまっているのかもしれない。

沖田から見えない位置に牟田。その後ろに麻衣。さらにかなり離れて沖田。沖田は完全に動きが取れない状態で、今は麻衣に頼るしかない。もどかしいが、仕方あるまい。ここは気長に構えるしかないと思った瞬間、麻衣が動き出した。早足——いや、ほとんど小走りになっている。わざわざスニーカーに履き替えた意味があったわけだと思いながら、沖田もダッシュした。直後、麻衣が緊迫した声で「ちょっといいですか」と牟田に呼びかける。

追いつくと、麻衣は早くも牟田に詰め寄っていた。牟田は体を斜めにした状態で、麻衣と顔を合わせようとしない。応援に到着した沖田を見てぎょっとした表情を浮かべたが、またすぐに目を伏せてしまう。沖田は麻衣の反対側に回りこんだ。これで、左右から牟田を挟みこむ格好になる。沖田がちらりと顔を見ると、麻衣がうなずきかけてきた。任せて下さい、か。結構、結構。ここは一つ、実地訓練といこうじゃないか。

麻衣が急に表情を引き締め、さらに牟田に一歩近づいた。牟田は小柄——おそらく百六十五センチぐらいなので、麻衣とほとんど身長が変わらない。麻衣が、牟田の眼前にバッジを突きつけた。

「今、何してたんですか」

「何って……帰る途中だけど」

「家はこの辺なんですか」

「そうだよ」牟田がしれっとして言った。しかし表情は硬い。

「では、免許証を確認させてもらえますか？」

「何で、そんな……俺は別に……」

牟田がしどろもどろになった。素人かよ、と沖田は呆れた。この男は、常習の窃盗犯である可能性が高い。何度も犯行を重ねていたのだろうが、逮捕されたのはたまたま一度だけ。明らかに、麻衣に気圧《けお》されている。

「免許証を見せて下さい」

「免許は……持ってない」

「では、他に身分証明書を。住所が分かるものなら何でもいいです」

「いや、今は身分証は持ってないんで」

牟田は必死で目を逸《そ》らそうとしている。沖田は少し移動して、彼の正面に回りこんだ。牟田がはっと顔を上げた瞬間、麻衣がさらに追撃の一撃を放つ。

「荷物、確認させてもらえませんか」

「何で」

「怪しいと思ったら調べられるんですよ」

「俺は別に……何もしてない」

「だったら、荷物を見られても困らないでしょう」

麻衣が右手を伸ばす。牟田が渋々、肩から斜めがけしていた小さなボディバッグのファスナーを開けた。麻衣がすぐに小さなマグライトを取り出し、中を検め始める。

「この辺、金のありそうなでかい家が多いよな」

沖田が言うと、牟田がびくりと身を震わせた。沖田は彼の顔からバッグに視線を移した。それを合図に、麻衣が「手を入れますよ」と宣言する。コンサート会場のセキュリティのように慣れた口調、手つきだった。

「痛っ」

麻衣が小さく悲鳴を上げてバッグから手を抜く。マグライトの光を右手の人差し指に当てた。血は出ていない……沖田は「ちょっと中を照らしてくれ」と指示して、自分でバッグの中を調べ始めた。

中には、ごちゃごちゃといろいろなものが入っている。スマートフォン、財布、煙草と百円ライター、そしてコンパクトデジカメ……デジカメ？　写真はスマートフォンで、という時代に、何故コンパクトデジカメを持っている？

中をかき分けてみたが、指に刺さりそうなものはない。ライターの角にでも触れたか――と思った瞬間、マグライトの光が何かに反射した。沖田は慎重に、人差し指と中指で挟んで、その物体を取り出した。

顔の前に翳《かざ》すと、麻衣が的確な角度でマグライトの光を当てて見せた。最初は、様々な刃やドライバーなどがついているアーミーナイフではないかと思ったが、それほど大きくも厚くもない。長さ十センチ弱の長方形の薄い金属の板二枚の間に、さらに薄い金属片が何枚も挟みこんである。中のものは引き出せるようだ――やってみると、幅の違う様々な金属の薄片が確認できた。さらに、細長い針金のような棒も。市販品ではなく、いかにも手作りという感じ……「D1」という手口のピッキング用の道具だ。これと似たものを、沖田は富谷のことを調べる過程で見ている。

「これは？」沖田は牟田の眼前にこの道具を突きつけた。牟田が嫌そうに顔を背ける。

「これは何だ？」

沖田はしつこく質問を繰り返した。牟田のこめかみを汗が一筋流れる。沖田は麻衣に目配せした。パトカーを呼んでくれ……麻衣がスマートフォンを取り出し、これでいいかと訊ねるように振って見せる。

「場所は分かるか」沖田は訊ねた。

「はい」麻衣がすぐ側の家の玄関に目をやった。表札にちゃんと住所が書いてある。

「頼む」

麻衣がこちらに背を向け、小声で話し出した。あと十分ほど……パトカーが来る前に、何とか話を引き出したい。

「俺は盗犯担当の刑事じゃないけど、こいつには見覚えがあるんだ。何なのか、あんたの口から説明してくれないか」

「……知らない」

「知らないってのは、どういう意味だ？」

「俺のじゃない」

「あんたのものじゃないのに、どうしてあんたのバッグに入ってるんだ？　もしかしたらそのバッグも、誰かから盗んだのか？」

「違う！」牟田が必死になって叫ぶ。目が血走り、唇が震えていた。

その瞬間、沖田たちの前にある家の、玄関先の灯りがパッと点いた。ドアが開き、中年の女性が険しい表情で顔を覗かせる。

「何ですか！」

麻衣が柔らかい笑みを浮かべて近づき、女性にバッジを示した。「警察です」と小声で言ってから、さらに沖田には聞こえないほどの小声で説明を始める。女性の顔は険しいままだったが、それでも麻衣の言葉に納得した様子で「ああ」と言ってうなずき、玄関の中に引っこんだ。

「さて」沖田は牟田に向かってうなずきかけた。「署でゆっくり話を聴かせてもらう。今夜は長くなるから、覚悟しておけよ」

6

夜八時過ぎの町田署。取調室で牟田と対峙《たいじ》した沖田は、テーブルにピッキング用のツールをそっと置いた。

「改めて聞かせてもらおうか。こいつは何だ？」

「知らねえな」牟田は目を合わせようとしない。

「誰かがあんたのバッグに勝手に忍びこませたとか、そういう嘘臭い話はやめようぜ」

「だから、知らないって！」

牟田のこめかみを汗が流れる。それほど強いタイプではない、と沖田は読んだ。揺さぶればいずれは落ちる。しかし自分は窃盗事件の捜査をしているわけではないと、沖田は自分に言い聞かせた。

「こいつは、ある手口を得意とする窃盗犯がよく使っていたツールだ。俺たちは『D1』と分類しているが、ピッキングのやり方に特徴がある。その時に使われていたのがこの道具なんだよ。どこかで買ったわけじゃないよな？　こいつはワンオフだ」

「だから、俺は何も知らない！」牟田が声を張り上げて「知らない」を繰り返す。

「あんた、一度窃盗で逮捕されて服役してたよな？　十年前には、新潟刑務所にいた。その時に、富谷という男と一緒だっただろう。話したことはあるか？」

沈黙。この沈黙は、実質的に認めたも同じだ、と沖田は確信を得て一気に攻めた。

「富谷は、これと同じようなツールを使って何度も窃盗事件を起こし、何度も逮捕されている。今どこにいるかは分からないが……死んでるかもしれないな。でも、自分の手口をあんたに教えたんじゃないか？　それであんたは、あちこちで盗みを働いた。宮城県警は、何度もあんたを事情聴取したけど、とうとう尻尾を出さなかったそうだな」

「何のことか……」

「今日、あそこで何してたんだ？　あんたは、町田駅近くの建設会社で働いている。そして家は、あんな場所じゃない。つまり、どういうことかというと――盗みに入るために下見してたんだろう？」

「違う」

「だったら何をしてたか、説明できるか？　あのな、あんた、用心が足りないんだよ」沖田は、今度はコンパクトデジカメを取り出した。「逮捕したわけじゃないから、あんたの持ち物を勝手に調べるわけにはいかない。このデジカメにどんな写真が保存されているか、確認してもいいか？」

無言。沖田は一段と声を張り上げた。

「確認してもいいか！」

牟田がびくりと身を震わせた。脅しになるかどうか微妙なところだな、と思いながら沖田は話を続けた。

「見られて困るようなものが入ってるか？　構わないなら、電源、入れるぞ」

返事がないのを無言の了解とみなし、沖田は電源を入れて再生ボタンを押した。なるほど……想像していた通りの写真が保存されている。何枚か見た後、沖田はカメラを鷲摑《わしづか》みにして、小さな画面を牟田に示した。

「こいつは何だ？」

反応なし。沖田は、カメラをさらに牟田に近づけた。

「ドアノブだな。結構古いタイプで、鍵穴が縦型だ。こういうタイプは、ピッキングしやすいんだよな」カメラを思い切り近づけて接写したものだった。画面の暗さから、夜の写真だと分かる。「それと、この一枚前の写真はどうだ？　夜中に表札を写している。下の方で少し写ってるドアノブは、さっき見せたやつと同じだろう」

「いや……」

「下見だな？」沖田は指摘した。「あんたは街をうろついて、忍びこみやすそうな家を探していた。この写真はその記録だ。スマートフォンでも写真は撮れるけど、より正確に撮影できるように、こういうカメラを使っていたんだろう。ただし、ここに残しておいたのは大きな失敗だったな。こいつは証拠になっちまう。あんた、パソコン、持ってないのか？」

「ないよ、そんなもの」

「この写真、そしてピッキング用の道具。これだけで、あんたが盗みに入れそうな家を探していた証拠になる。そこまで入念にやらないといけないものかね」

「分かりました、分かりましたよ」牟田が急に開き直って言った。「下見してたのは……そうです。下見してたんだよ。ただ、俺は盗みに入ったわけじゃない。ただ、ある目的のために使う道具を持っていて、下見をしていただけだ。実際に盗みに入ったわけじゃない。盗みに入ったところを見つかったわけじゃないから、未遂は成立しない」

こいつは……沖田は、頭の中でぴきぴきと音がするのを聞いた。警察との関わりが深くなってきたせいか、変なことに詳しくなりやがって。

「分かった。この容疑で逮捕はできないな」

「じゃあ、帰っていいですか」牟田が腰を浮かしかける。

「まだだ！」

沖田は両掌を下に向けて、牟田の動きを押さえた。牟田がテーブルに両手を置いたまま、そろそろと椅子に身を沈める。

「いいか、本題はこれじゃないんだ。そもそも俺は盗犯担当の刑事じゃないし、町田署の人間でもない。ちゃんと名乗ったよな？　警視庁捜査一課追跡捜査係。古い事件を掘り起こすのが仕事だ。主に殺しだ」

「いや……殺しって……」

「まだ分からないのか？　俺が全部言わないと駄目か？」

牟田が唇をきつく引き結ぶ。両手で顔を何度か擦った。手を離すと、表情にさらに焦りが加わっている。

「八年前、東京――江東区北砂で、惣菜屋兼住宅に賊が侵入した。寝ていたこの家の女性主人とその孫娘を刺して、現金を奪った。とんでもない事件だよ。この事件がまだ解決していない。それで、だ」沖田はまたピッキング用の道具を指で突いた。「その時、犯人が鍵をこじ開けた手口がピッキングだった。特徴的なやり方で、富谷が得意にしていたのと同じ手口だったんだよ。特捜は当然、この富谷に目をつけていたが、新潟刑務所を出所してしばらくしてから、所在不明になっている。ところが全国で、同じ手口を使った窃盗事件が起きていてね。富谷じゃなければ、その弟子がやったんじゃないかと、俺は読んだわけだよ。あんたはどう思う？」

今や牟田は、完全に固まっていた。沖田の勢いに押されたわけではない。これが言いがかりなら、必死で言い訳しただろう。事は強盗殺人なのだ。単純な窃盗事件に比べて罪状ははるかに重いし、これで残りの人生が終わってしまってもおかしくない。必死になるのも理解できる。考えろ、どんどん考えろ、と沖田は目で訴えかけた。一瞬牟田が目を合わせたが、虚ろで何も読み取れない。

てめえなんか、元々空っぽの人間だろうがな。

沖田はしばらく沈黙を守った。こちらが何も言わないでも、勝手に話し出すかもしれない。積極的に自供した方が、刑事の心証がよくなることは分かっているはずだ。

沖田は一転して、懐柔策に出た。

「あんた、もう追いこまれてるんだぜ？　嘘をついたり頑なな態度になったりすると、今は逃げられても、真相が明らかになった時に一気に悪人扱いされる」

「俺は……」

「ここは素直に話した方がいい。なあ、俺が追ってる事件では、あんたは主役じゃない。本当に欲しい容疑者《タマ》を追うために、協力してくれよ。そうしたら、あんたを悪いようにはしない」

「すみませんでした！」牟田がいきなり頭を下げた。

落ちたか……沖田は組んでいた腕を解き、ゆっくりと息を吐いた。

「北砂の強盗、あんたがやったのか？」

「家に盗みに入ったのは間違いないです。でも、刺してません。あれは……俺がやったんじゃない」

「共犯がいたのか？」

「二人。俺は言われるままに鍵を開けただけで、家に入ったのは二人だから」

「分け前はちゃんともらったのか？」

「はい」

「いくら」

「六百万」

被害額二千万円。犯人が三人組だったとすると、山分けした額として六百万円はおかしくはない。当たりだ、と沖田は判断した。この額は「犯人しか知り得ない」事実にもなる。

「あんたは家に入ったのか？」

「入ったけど、裏口のところにいた。見張りで」

「じゃあ、誰が被害者を刺したのかは見てないんだな？」

「悲鳴が聞こえてすぐ、他の二人が出て来て……血まみれになっていたんで、びっくりして慌てて逃げ出して」

「夜中でも、あんなところを血まみれの人間が歩いていたらすぐに分かるぞ」そもそも所轄のすぐ近く——よくそんなところで盗みに入ろうとしたものだ。あの時も、牟田は入念に下見を繰り返して犯行に及んだのだろうか。

「共犯は二人だけか？」

「二人です」

「どういう関係だ？　刑務所仲間か？」

「一人は」牟田が認めた。「新潟刑務所で一緒だった男で」

「そいつも泥棒さんなのか？」

「いや、マル暴の人で……組を破門になって金に困っていて、刑務所の中でそういう話になったんです」

「名前は」

「猪狩欣弥《いかりきんや》」

「どこの組の奴だ」

「確か、東京常道会《じょうどう》って言ってたな」

広域暴力団だ。かつてそこに籍を置いていた人間なら、組織犯罪対策部で把握しているはずである。一度でも暴力団に関わった人間の情報を追うのは難しくはない。完全に足抜けしてまっとうな仕事をする人間もいるが、結局離れられず、暴力団に戻るわけではなくても、その周辺で怪しい商売をしている人間もいくらでもいるのだ。

「その後は会ったか？」

「何度か……でも、ここ五年ぐらいは会ってない」

「そいつが計画を立てたんだな？」

「刑務所の中で話をして……組を追い出されて金にも困っているから、出所したらすぐに五百万を用意しないと命が危ないって。ヤクザにしては気が弱い人間だった」

「それで計画を立てたわけか」

「首謀者は猪狩です」牟田が真剣な表情で強調した。

「今、どこにいるか分かるか？」

「五年前は東京にいました」

「詳しい住所は覚えてるか？」

「いや、家までは……」

沖田は牟田のバッグを引き寄せ、スマートフォンを取り出した。

「こいつに電話番号は入ってるか？」

「残ってないです」

「本当に？　ロック解除の番号を教えろ」

牟田の言うがまま番号を打ちこみ、連絡先を確認する。確かに、猪狩欣弥という名前での登録はない。

「別の名前で登録してるんじゃないか」誰かに見られたくない相手の場合、名前を変えて登録することもよくある。

「いや、このスマホは奴に会わなくなってから買ったから」

「データは引き継ぐんじゃないか？」

「もう会わない——連絡先もない方がいいと思って削除したんです」

「電話番号、覚えてないだろうな」

「覚えてない」牟田が力なく首を横に振った。

「よし、猪狩の件はこれでいい。共犯はもう一人いたんだな？」

「はい」

「名前は」

「栗岡——栗岡将也」

沖田は思わず立ち上がり、椅子をひっくり返してしまった。

東江東署刑事組織犯罪対策課係長の金野は、沖田からの電話を疑ってかかった。

「いきなり何ですか？　偶然ですか？」

「偶然って言われると身も蓋もないけど、例の手口を怪しんで調べていたのは確かだからな。その結果、犯人にたどり着いた」

「供述は取れてるんですよね？」

「非公式にな。逮捕はお前らに任せるよ」

「町田ですね……今晩一晩、留め置くことはできないですか？　今からそっちへ人を出すのは難しい」

「こっちには容疑がないんだよ。盗みの準備をしてただけじゃ、どうしようもない。強盗殺人で逮捕するのはそっちの仕事だろう。お前のところの刑事が何とかしろ」

犯行を自供したものの、逮捕状が出ていない人間の扱いは微妙だ。逮捕状を発行するのは裁判所なので、警察官の目の前で事件が起きた現行犯逮捕以外は、どうしてもタイムラグが生じる。これだったら、強引に公務執行妨害ででっち上げて逮捕しておけばよかった。

「しかし……」金野はまだ愚図愚図言っている。

「とにかく、急いで町田署に来い」

「追跡捜査係としては、それでいいんですか」

「俺は事件が解決すればそれでいいんだよ。別に賞状が欲しいわけじゃない」

「そうですか……俺らが行くまでは、面倒見てもらえるんですか？」

「お前が俺の残業手当を出してくれればな」沖田は定番の冗談を口にした。後輩に向かって「お前が奢れ」というのをちょっと変形させたものだ。

「まあ、その件は後で。取り敢えず俺がそっちへ行きますから」

「お前は……ああ、家は狛江《こまえ》か」

「町田まで一本なんですよね、残念ながら」

「阿呆、これは大手柄なんだぜ。喜び勇んで飛んで来いよ」

結局、金野が町田署に来るまで、一時間近くかかった。既に午後九時半。これから東江東署へ移送して逮捕状を執行……は実際には難しいだろう。明日の朝まで、どこかの宿に押しこめて監視し、朝イチで逮捕というのが現実的だ。

残る二人の刑事が来るまで、まだ三十分はかかるというので、沖田は金野と情報のすり合わせをした。その前にまず煙草……署の駐車場へ出て、沖田は煙草に火を点けた。ふと、三時間ぐらい煙草を吸っていなかったと気づく。

「結局、栗岡はやっぱり犯人だったんですね」

「ああ。牟田が新潟刑務所から出所して東京へ出てきた時に知り合ったらしい。その頃栗岡は三鷹の自動車修理工場に勤めていて、近くのバーで知り合ったという話だった。富谷も一緒だった。新潟刑務所の服役者ＯＢが二人、栗岡の知り合いだったわけだ」

「富谷はどうしたんですか？　奴が強盗の計画を立てたんですか？」

「牟田は違うと言っている。盗みのテクニックは教えてもらったが、計画には関わっていないそうだ」

「富谷はどこにいるんですか？」

「それは牟田も知らないそうだ」沖田は首を横に振った。「いつの間にか姿を消して、連絡先も行き先も知らないと言ってる」

「嘘ではないでしょうね……そして栗岡は、交通事故に絡んで借金があった」

「奴にとっては渡りに船だったかもしれねえな」

「ですね……でも、やっぱりあいつだったのか……事件発生当時に、もっと厳しく詰めておくべきでしたね」

「それはお前の責任じゃねえよ。そもそも特捜にいなかったんだから」沖田は忙しなく煙草を吸ったが、あまり美味くない。普通、一仕事終えた後の煙草は美味なのだが、今日は妙に苦味が強かった。「さて、残りの二人をどうするかだな」

「猪狩は組と揉めて破門になったんでしょう？　でも、追跡は難しくないですよね」

「トラブルが続いていて、組の連中に消された可能性もあるぜ」

「いや、破門にした人間をしつこく追いかけるほど、今の暴力団は暇じゃないでしょう。何しろ、どこの組も人手不足だから」

「だな」沖田は、ペンキ缶の上部を切り取った吸い殻入れに煙草を放りこんだ。茶色く濁った水の中で、吸い殻が少し泳いで沈む。すぐに新しい煙草に火を点けた。煙草も高くなったから、こんな風にチェーンスモーキングしたらもったいないのだが……。

「とにかく、お手数でした」金野が頭を下げる。

「まだ終わってねえよ。栗岡も叩かなくちゃいけないけど、まだ満足に事情聴取もできねえんだから」

「それは何とかなるでしょう。むしろ逃げようがないんだから、こっちとしては楽ですよ」

「そうか……まあ、後はお前らに任せるけどな」

「沖田さん?」

「ああ?」

「何でそんなに苛ついてるんですか?」

「俺が? まさか」

「顔を見れば分かりますよ。沖田さん、顔に出やすいんだから」

「馬鹿にするなよ」言いながら、沖田は両手で顔を擦った。

「いやいや……何かあったらいつでも言って下さい。仕事の恩は仕事で返しますから」

「楽しみにしてるぜ」しかし、今はまったく楽しくない。八年前の事件が全面解決に向かっているのに、すっきりしなかった。栗岡は……そもそもあいつはどうして襲われたんだ？　あれは本当に通り魔事件だったのか？

週明け、沖田が追跡捜査係の部屋に入ると、既に出勤していた麻衣が、他のスタッフに向かって身振り手振りを交えながら、金曜日の出来事を話していた。おいおい、そんな派手なアクションが絡むような一件じゃなかっただろう。

西川がしつこく様子を聞きたがったが、沖田は適当に返事をするだけだった。何というか、この件はもう自分の手を離れた感じがする。栗岡のことを除いては……。

デスクに置いたスマートフォンが鳴る。画面を見ると、村野の名前が浮かんでいた。しまった、まだ労いの言葉をかけていなかった。あいつも苛々して、こっちに電話をかけてきたのかもしれない。だとすると、この電話に出るとまずいことになる。無視してしまおうかと思ったが、刑事は電話が鳴ったら出るように教育されている。

「おう――この前は悪かったな。怪我は大丈夫か」面倒なことにならないように、沖田は先に謝った。

「単なる打ち身ですよ。それより、問題の人間、見つけました」

「ああ？」

「すぐに来て下さい」

「特捜か？」やはり特捜の刑事が噛んでいたのか、と沖田はスマートフォンをきつく握り締めた。

「違うんですよ」村野の声にははっきりとした戸惑いが感じられた。

「違う？　じゃあ、どこだよ」村野が勿体《もったい》ぶっているように感じられて、沖田はつい急かした。

「刑事総務課」

沖田は電話をつないだまま立ち上がった。刑事総務課？　何で村野はそんなところにいる人間を割り出したんだ？

刑事総務課まで、距離にして数百メートルというところか。沖田は、捜査一課の大部屋を一気に駆け抜けた。

第四部　失敗

1

村野は、刑事総務課の前の廊下で待った。どうしていいものか弱り切り、周囲を見回しながら左右の足に順番に体重をかけ、体をゆっくり揺らしているしかなかった。沖田が駆けこんで来たので、ようやく緊張が少しだけ緩む。

「どうする？　中に入って確認――」沖田も焦っている。

「沖田さんは、刑事総務課に用はないでしょう。一課の刑事さんがうろついてると、怪しまれますよ」

「お前は何で気づいたんだ」

「刑事総務課に用事があったんです」

「何で支援課のお前が？」

「話すと長いんですが」理事官の三浦亮子に会いに来たのだ。先日来、何度も支援課に顔を出したことが納得できず、雑談ついでに状況を確認しようとしたのだが、彼女の席に行く前に問題の人間に気づいてしまったのだ。それで慌てて亮子に会わずに部屋を出て、沖田に連絡した――。

事情を聞いた沖田は、必ずしも納得した様子ではなかったが、うなずいた。

「俺もお前も、奴に見つかる可能性があるというわけか」

「ええ」

「だけど、この中で何か面倒なことが起きるとは思えない。行こうぜ」

「いや、ちょっと待って下さい」村野は、歩き始めた沖田の腕を摑んだ。

「何だよ、せっかく見つけたんだぜ？」沖田が不満そうに表情を歪める。

「だからこそ、慎重にいきましょうよ」

「いいけど、何か考えがあるのか？」

「今、援軍を呼びました」

「援軍？」

「それは――来ましたよ」

沖田が、村野に合わせて視線を動かす。捜査一課の大友鉄が、ゆっくりとこちらに歩いてくるところだった。顔には戸惑いの表情が浮かんでいる。

「何だよ、いきなり」大友が村野の顔を見ながら文句を言った。

「ちょっとお願いがあるんです」

「それは聞いたけど……沖田さん、金曜の夜はご活躍だったみたいですね」大友が沖田を見て、笑顔を浮かべた。

「ご活躍って、何があったんですか」村野は訊ねた。

「大友の協力のおかげで、八年前の事件の犯人を捕まえたんだよ。お前にも話しておかないといけないんだけど、それは後回しにしよう。で、大友に何をさせるんだ？」

「中に入って確認してもらいます。大友さんなら怪しまれないんじゃないですか？刑事総務課ＯＢだし」

「じゃあ、ちょっと古い顔見知りと雑談でもしてくる感じでいくけど、何を確認すればいいんだ？」大友はさすがに呑みこみが早い。

「足を引きずっている男を探して下さい。人相は……」切り出してはみたものの、上手く説明できない。これといった特徴のある顔ではないのだ。言葉に詰まったが、大友はこの無理な頼みを引き受けてくれた。

「何とかやってみるよ。君らは、ここでウロウロしてない方がいいんじゃないか？上の喫茶室で待ってろよ。分かったらすぐに連絡するから」

それもいいか……大友がいないところで、沖田に確認しておきたいこともある。

その場を大友に任せ、二人は上階にある喫茶室に入った。国会議事堂までが見渡せる特等席で、食事の後などにサボっている職員がよくいるのだが、さすがに午前中のこの時間はガラガラだった。二人はコーヒーを頼み、窓際の席についた。

「先週末に逮捕したのは、栗岡の共犯だったんだ。本人の自供を信用すれば、だけどな」沖田がいきなり切り出す。

「共犯……」村野は眉間に皺《しわ》が寄るのを感じた。沖田はしばしば、話の大事なポイントを飛ばして話してしまうことがある。聞く方で、抜けた言葉を補わなければならない。「つまり、栗岡さんはやっぱり、八年前の事件の犯人だったんですか」

「そうなんだ」沖田が村野に指を突きつけた。これも沖田の悪い癖……まるで刺されるように感じて不快に思う人間がいるのが想像できないのだろうか。

「ちょっと話が飛んでて分からないんですが」村野はさらなる説明を求めた。

沖田の説明はだらだらと続いた。元々、論理的に話すのは得意ではないのだが……こういうのは西川か、立川中央署にいる岩倉の方が得意だろう。それでも話を聞いているうちに事の重大さに気づき、村野は顔から血の気が引くのを感じた。

「大友さんからの情報ですか」

「あいつは実に役に立つな」沖田がうなずく。「ちなみに、栗岡は今どうなってる？　意識が戻ったんだろう？」

「その、牟田っていう男は逮捕されたんですか？」村野は沖田の質問に答えず、逆に訊ねた。

「逮捕されたはずだ。確認はしてないが」

「まずいな」村野はスマートフォンを掴んで立ち上がった。

「何が」

「八年前の殺しの犯人が捕まった。栗岡が共犯だと自供している——とすると、特捜はすぐにでも栗岡さんに事情聴取しようとするでしょう」

「だな」沖田がうなずく。

「まだ無理はさせられません」

村野は喫茶室を出て、スマートフォンを耳に押し当てた。支援課——芦田のスマートフォンを呼び出す。

「どうした。何か分かったか」芦田は、村野が刑事総務課に向かったことを知っている。そもそも芦田自身、三浦亮子が頻繁に支援課に来ている裏の事情を知っていそうな感じだ。自分で話してくれればいいのに……今はそれどころではない。

「先週末、八年前に江東区で発生した強盗殺人事件の犯人が逮捕されたんです。それで、栗岡さんが共犯だと喋った」

「ああ？　それは……何なんだ？」芦田ははっきりと混乱していた。「話を端折《はしょ》るな。意味が分からない」

「端折ってませんよ」村野は指摘した。「今言った通りです。急に話が動いた——いや、そもそも栗岡さんは、その事件の犯人じゃないかと疑われていて、追跡捜査係が再捜査していましたから」

説明して、村野は全ての始まりはそれだった、と思い出した。沖田が再捜査で栗岡に目をつけて尾行中、通り魔が突然出現して栗岡を襲った――これは偶然なのか？

「とにかく、特捜が栗岡さんにすぐに事情聴取したがると思います。意識は戻っていますが、面会は制限されていますから、無理して欲しくないんです。ですから……」

「分かった。こっちから二人出す」

「お願いします」

「まあ、できるだけ穏便にな」

芦田が電話を切ったので、村野は喫茶室に戻った。沖田はむっつりした表情でコーヒーを飲んでいる。何がそんなに気に食わないのか……いや、俺だって気に食わない。

この事件全体の構図が。

「すみません」村野は謝って、沖田の隣に座った。「今、病院の方へ人を出しました」

「せいぜい面倒見てやれよ……今のところは」沖田が皮肉っぽく言った。「いずれ奴は、容疑者になる。お前の感覚だと、被害者から加害者に変身するわけだ」

「それはしょうがない……まあ、気分はよくないですけどね」必死で守ってきた犯罪被害者が、実はまったく別の事件の加害者だった――これまで何度か、こういう事件を扱ってきたが、必ず心を削られるような思いを味わった。自分が信じて来た道が全て間違っていて、後ろを振り返ったら道が消えて断崖絶壁になっていたような気分。もはや引き返せない。

「で、追跡捜査係としてはどうするんですか」

「どうしようもないな。この件の特捜はまだ動いているし、引き渡すことになると思う。うちとしてはきっかけを作っただけ……ということになるだろうな」

「それじゃ、沖田さんは満足しないでしょう」

「俺の気持ちなんかどうでもいいんだよ」沖田がニヤリと笑う。「八年前の事件というと、追跡捜査係の感覚では結構新しい部類なんだ。まだ継続して捜査を担当している刑事がいるなら、そいつらにしっかり仕上げさせるのがいい」

「それはそれで、プライドが傷つきませんかね。全部お膳立てしてもらって、後始末をするだけ、みたいな」

「しょうがねえだろう」沖田が、油ぎった顔を右手で擦った。「実際、当時の担当刑事が事件を解決できなかったのは間違いないんだから」

「厳しいですね」

「俺にこんなことを言われないように、本番の担当刑事が頑張ればいいんだよ」

「どうも」

いつの間に喫茶室に入って来たのか、大友が二人の背後に立っていた。沖田と二人並んで座っていたのだが、大友を真ん中に座らせるのが礼儀だ。

「大友さん」村野は軽く一礼してから、席を譲ろうと立ち上がった。

大友がさっと二人の間に割って入り、椅子に腰かけた。両手を組み合わせて、肘をカウンターに置く。何気ない仕草なのに、妙に格好良かった。

「ずっと刑事総務課にいる奴か？」大友がいきなり結論を口にした。

「若松《わかまつ》っていう男ですね」

「いや、僕が刑事総務課を出てから異動してきた人間です。どういうキャリアかは、まだ調べてませんけど」沖田が訊ねる。

「そいつは俺でも調べられる。刑事総務課では何をやってるんだ？」

「特別捜査係にいます」

村野は思わず背筋を伸ばした。刑事総務課特別捜査係は、刑事部長の特命を受けて動く。「刑事部長の懐刀」とも言われており、いかにも難しそうな事件を極秘で捜査しているようなイメージがあるのだが、実際に機能しているかどうかは謎だ。大友は刑事総務課にいた時に特命捜査で何度も引っ張り出されていたが、彼自身は特別捜査係ではなく、刑事企画係の所属だったはずである。おそらく、刑事部長ではない「司令塔」がいて、大友に指示を飛ばしていたのだろう。その辺、警察というのは案外融通が利く組織なのだ。縦割り組織と揶揄される割には、柔軟に事態に対応したりする。そのために、大きな組織変更も何度もあったし、どこが担当していいか分からない事件の場合は、適宜対応する。

「まさか、刑事部長が俺を尾行させたのか？」沖田が思い切り顔をしかめる。

「それはないでしょうけど……」大友が暗い表情で沖田の顔を見た。「沖田さん、何か思い当たる節、ありますか？　また何かやらかしたんでしょう」

「お前、俺のことを何だと思ってるんだよ」沖田が唇を捻《ね》じ曲《ま》げる。

「追跡捜査係の暴れん坊」

沖田が一転して、声を上げて笑い出したが、村野はまったく笑えなかった。何かあるのだ。沖田の動きをマークしたいと思った人間がいて、その人間は刑事総務課の職員を使った――こういう事態は異常だ。

「沖田さん、軽く見ない方がいいんじゃないですか？　こんなこと、普通はあり得ませんよ」

「分かってるよ」沖田が突然真顔になった。「この件、何とかしないといけねえな。その若松って男を締め上げてみるか」

「そういうことをするから、暴れん坊だって言われるんですよ」村野は指摘した。

「だけど、気にならねえか？　お前が尾行されてたらどうするよ。そのまま放っておくか？」

「いや、それは……」

「テツ、悪かったな。忙しいところ」沖田が大友を労った。そろそろ潮時というところだろう。「何かでお返しするよ」

「僕もちょっと気になりますね。裏から手を回してみましょう。何か分かるかもしれない」

「そうか……無理しないようにな」

「俺も調べてみます」村野は二人の会話に割って入った。「どうせ、刑事総務課に用があったんだし」

「いいのか？　怪しまれないか？」沖田が訝《いぶか》しむ。

「思い切って若松に顔を見せてやろうと思います」

「おお、お前にしては大胆だな」沖田がニヤリと笑う。

「じっくり調べるより、その方がいいんじゃないですか？　奴が逃げ出すようなことがあったら、それも突っこむ材料になるでしょう」

「分かった。任せていいんだな？」

「ええ」

「じゃあ、解散。何かあったらすぐに連絡を取り合うということで。テツ、お前もいいな？」

「僕も巻きこまれたということですね」大友が苦笑した。

「遠慮するなよ」沖田がニヤリと笑う。「話はこれから面白くなってくるんだぜ」

村野は刑事総務課に入り、室内をさっと見回した。若松の姿は見当たらない。早く圧力をかけたいと思う反面、厄介ごとを先送りできたと少しほっとしながら、亮子の席に向かう。

「あら、村野君」亮子が笑顔を見せ、眼鏡を外した。「どうしたの？」

「ちょっといいですか」

「もちろん」

もちろん？　そんなに歓迎されるいわれはないはずだが。村野は内心の疑念が顔に出ないように気をつけながら、小さな丸椅子を引いてきて座った。どの課でも、管理職のデスクの近くには、こういう丸椅子が置いてあるものだ。

「先日から、何度も支援課に顔を出されてますよね」

「そうね」

「本当に、県人会の相談なんですか？」

「疑ってる？」

「ええ」

「正解」

亮子が急に爽やかな笑顔を浮かべて認めたので、村野は毒気を抜かれてしまった。

こんなに簡単に嘘を認めるとは。

「いい刑事は嘘が上手いっていうけど、その点で言えば、私は大したことのない刑事ってことになるわね。咄嗟《とっさ》に『県人会』なんて言ったら、怪しまれて当然だわ」

「何でそんな嘘を？　本当の目的は何なんですか」

「それはまだ言えないわ」亮子があっさり回答を拒否した。「もちろん、村野君には知る権利があるけど、今はまだ言えない。そういうことがあるの、分かるでしょう？」

「人事ですか」それならいかにもありそうな話だ。人事の動きは極秘に行われるのが普通なのだから。しかし、刑事総務課と支援課が人事の話をするとは考えられない。そもそも部が違うし、人事に関しては、警務部の人事一課と二課に任されている。例外があるとしたら、特別なリクルートの場合か……村野は唐突に、しばらく前に捜査一課長から「戻ってこないか」と誘われたのを思い出した。場所は、先ほど沖田たちと話していた喫茶室。あの時は即座に断った。その誘いがまだ生きているのだろうか。刑事部の筆頭部署である刑事総務課なら、特殊な人事に絡んでいる可能性もある。

「まさか、俺をスカウトしようとしてるんじゃないでしょうね」自分とは限らない。他の課員が狙われている可能性もあるが、村野はまず自分のことを聞いてしまった。

「いいえ。そういう話じゃないわ」

「だったら……」ふと、まったく別の可能性に思い至る。支援課の課長と刑事総務課の理事官の話し合い――もしかしたら、と思ったことをすぐに口に出してみる。「組織変更で、支援課が刑事部の下にぶら下がるようになるとか」

「ああ……惜しいわね。いや、そんなに惜しくもないか」亮子の柔らかい表情は変わらなかった。

「理事官、俺はクイズをやりにきたわけじゃありません」村野は軽く抗議した。

「そうね。でも、人事のことだと、気軽には話せないのよ」言ってから、すぐに亮子が訂正した。「人事でも、組織のことでも」

「どっちなんですか」

「すぐに分かることだから、焦らないで。あなたの仕事に影響が出ることはないから――当面は」

当面、という言い方が気になる。近い将来には何か大きな変化がある、という風に解釈できるのだ。支援課の仕事の内容が大きく変わることになるのだろうか。これこそが天職だと信じて、専念してきたのに。

「まあ、あまり突っこまないで」亮子が早くも話をまとめにかかった。「私も話したいのは山々だけど、話せないことも多いのよ」

「そうですか……」ここまで言われると、もう突っこめない。そんなに詳しく話してもらえないだろうとは覚悟していたのだ。ここは気持ちを巻き直して、もう一件の方を調べないと。「刑事総務課に、若松っていう男がいますよね」

「いるけど、彼がどうかしたの？」

ここは一芝居打つ必要がある。村野は素早く深呼吸した。

「彼、何か特命で動いているんですか？」

「特別捜査係だから？　今は何もないはずよ」

「刑事部長から特命が出る場合、理事官は必ず把握してるんですか？」

「あのね」亮子が眼鏡をかけ直した。急に真面目な表情に変わる。眼鏡が、気持ちのスウィッチをオンオフするツールなのかもしれない。「刑事部長が独断で指示を飛ばすことなんて、ありえないわよ。必ず私が窓口になるわ。だいたい、いろいろな課で問題になったことがうちに持ちこまれて、特別捜査係の方で担当するかどうかを決めて、刑事部長の決裁を求める感じだから。それともあなた、刑事部長が極秘のネタ元を持っていて、密かに庁内で情報収集して秘密の捜査を指示している、なんて思ってた？　あり得ない。ドラマじゃないんだから」

村野は耳が赤くなるのを感じた。捜査一課に数年いただけだし、刑事部の他の部署の仕事をよく知っているとは言い難《がた》い。

「何を気にしてるの？　若松君が何かした？」

「しました」

「それは、理事官としても気になるわね。何か、あなたに迷惑をかけたの？」

「俺じゃないですけどね……ちょっとデリケートな話なんです」

「デリケート、ね」亮子がうなずく。「どんな風に？」

答えにくい質問をする人だ。のらりくらりというか、相手をわざと当惑させようとしているのか。こんな人が取り調べ担当だったら、容疑者は困るだけだろう。

「話しにくいですけど、若松は違法行為に手を染めていた疑いがあります」

「違法行為」低い声で言って、亮子が村野を凝視した。「言うのは簡単だけど、その意味は重いわよ」

「分かってます。違法行為は言い過ぎかもしれません。軽いルール違反という感じでしょうか」他の課の人間を尾行するのは、どんなルール違反なのだろう。

「それでも同じことよ。何が言いたいの？」

「彼が何をしていたか、知りたいんです。刑事部長ではなく、誰か別の人の指示を受けていたんじゃないかと思います」

「それが違法と言えるかしら」

「理事官はどう思います？」

「質問に質問で答えるのは、よくないわね」亮子の表情が険しくなる。「そもそもあなただって、誰かのために私に確認しにきたんじゃないの？　若松君だって同じかもしれない」

「ちょっと違いますね」

「だったら、話はできないわね。あなた、若松君をどうしたいの？」

「話をする、必要によっては叩く、です」

「そう。どうぞ」

亮子があっさり言ったので、村野は眉が釣り上がるのを感じた。この人は、自分の部下をこんなに簡単に切り捨てるのか？

「私は、正直言って若松君のことはあまり知らないわ。理事官は、一般の課員と積極的に話をするわけではないし、指示もしない。でも、あなたのことはよく知ってる」

確かに、数ヶ月前に立川中央署管内で発覚した死体遺棄事件では、地元で刑事課長をやっていた亮子とやり合った。それは、亮子にとっては嫌な経験だったはずだ。例によって村野は捜査の邪魔――特捜の仕事に割りこんだりしていたのだから。それで自分に対する評価が上がったとは考えにくい。警視庁の三大嫌われ部署——失踪人捜査課、追跡捜査係、そして支援課。

「あなたが何かおかしいと思うなら、本当に何かがおかしいのよ」

「そんなに簡単に俺の言うことを信じていいんですか?」

「私は、人を見る目には自信があるから」亮子がうなずく。「怪しいと思ったら、煮るなり焼くなり好きにして。何かあっても、私は責任は取らないけどね」

話が通じたのか通じていないのか、よく分からない。結局村野は、ここで話を打ち切るしかなかった。中途半端な気持ちのまま刑事総務課を出ようとした時、ちょうど戻って来た若松と出くわす。一瞬でこちらに気づいた若松は、顔を強張らせて背けた。そうか、そういう態度でくるのか……村野はしばらく、刑事総務課の出入り口に突っ立ったままでいた。振り向くと、自席へ戻った若松は座らず、こちらを凝視している。

村野は右腕を持ち上げ、銃を撃つ真似をした。跳ね上がった右腕をゆっくりと下げる。ターゲット、ロックオン。

覚悟しておけよ。

2

　あまり大友を煩わせるのも申し訳ないと思ったが、沖田が遠慮がちに話を切り出すと、彼はあっさり乗ってきた。

「ちょっとお仕置きしないといけない人間かもしれませんしね」

「若松が？」

「そうです」

「お前、何を摑んだんだよ」

「それはまだ言えませんね。それより、どうします？」

「本部を出るのを尾行して、どこか適当なところで拉致する」

「それはさすがに物騒過ぎませんか」大友が眉をひそめる。

「前言撤回。じっくり、一対一で話をさせてもらうということで」

「二対一か三対一でしょう？　村野も巻きこむつもりなんですよね」大友が指摘した。

「まあな。俺は、あいつのリハビリをやってるつもりなんだ」

「沖田さんのやり方だと、乱暴過ぎてリハビリにならないんじゃないかな」大友が肩をすくめる。「逆に大怪我するかもしれませんよ」

「任せておけ。俺には俺のやり方がある」

大友とそんな会話を交わしてから四時間後、沖田はすっかり「拉致」の用意を整えていた。今回使うのは車。沖田は車を持っていないので、西川から借りることにした。

「何でお前に車を貸さなくちゃいけないんだ」自宅へ向かう電車の中で、西川はぶつぶつと文句を言い続けた。

「まあ、そう言うなよ。パトカーを使うわけにはいかないし」沖田は焦っていた。退庁時刻になると同時に本部を出たのだが、西川の自宅に着くのは六時ぐらいになるだろう。今は時間が大事だ。

大友が、刑事総務課の前でずっと張っている。若松が出てきたらそのまま尾行開始、村野とも連絡を取り合って、警視庁を出たところで大友と合流することになっている。村野は顔を知られているので、この尾行の主役は大友だ。何か動きがあればすぐに連絡が入ることになっているのだが、沖田のスマートフォンは沈黙したままだった。若松は監視されていることを察して、夜通し刑事総務課に居座るつもりだろうか。

家に着くと、西川がすぐにガレージのシャッターを開けて車を出してくれた。

「すぐ乗ってくだろう？」

「ああ」こいつは何でこんなに焦っているのだろう、と沖田は不思議に思った。

「お茶でも……と言われると思ったか？」沖田の懸念を読んだのか、西川が嫌そうな表情を浮かべる。

「まさか」

「勝手に使っていいけど。必ず返してくれよ。週末には使うから」

「家族サービスかい？」

「いや……」西川の表情は依然として渋い。「嫁の母親を静岡まで送って行くんだ」

「今、こっちにいるんじゃないのか？」

「月に一回ぐらいは、自分の家で過ごしたいんだってさ。で、俺はドライバーだ」

「そいつはご苦労さん」

皮肉を吐いた瞬間、家から西川の妻・美也子が出て来た。西川から連絡は入っていたようで、特に驚いた様子はない。

「沖田さん、お茶でも……」

「いや、待ってる人がいるんで」沖田はさっと頭を下げた。

「いいんだよ、こいつに出すお茶なんかない」

「子どもか、お前は」

西川がかすかな怒りの表情を浮かべたが、美也子は吹き出してしまった。彼女は、沖田たちの腐れ縁も十分知っている。

沖田は車に乗りこむと、すぐに発進させた。取り敢えず、警視庁のある桜田門を目指して走り出す。

自分の車でないので、ハンズフリーの電話は使えない。設定すればいけるかもしれないが、その方法が分からなかった。念のためいつでも電話に出られるように、スマートフォンをワイシャツの胸ポケットに突っこんでおく。

しかしこの車、運転しにくいな……家に帰れば普通の家庭人である西川の車は、沖田が想像していた通りミニヴァンだった。ホンダのオデッセイ。普段運転する覆面パトカーよりも少し視界が高いのは悪くないが、ハンドリングがだるく、こちらの思惑通りにピタリと動いてくれないのは大いに不満だった。オデッセイといえば、初代モデルが大ヒットしてミニヴァンブームの先駆けになったのだが、そのせいで、ホンダの車が過去から積み重ねてきたスポーティな雰囲気はすっかり消えてしまった。

泉岳寺《せんがくじ》の交差点で停まった瞬間、村野からメッセージが入る。

今出ました。霞ケ関駅へ移動中。

桜田門駅ではないわけか。大友の調査で、若松は有楽町線《ゆうらくちょう》の辰巳《たつみ》駅近くに住んでいることが分かっていた。帰宅するなら有楽町線の駅である桜田門の方へ向かうはずだ。

そのまま第一京浜を北上。五分後、またメッセージが入る。

丸ノ内線で新宿方面に向かいました。

これですぐにピンときた。丸ノ内線は、新宿東署の最寄駅である四谷三丁目を通過する。若松は、特捜本部に「雇われて」俺の尾行をしていたのかもしれない。もちろん正式な依頼ではなく、先輩後輩の関係などで頼まれたのだろう。そういう非公式な仕事は、警察の中ではよくある。

そちら方面へ向かうことにしたが、この辺からだと四谷三丁目まではかなり遠い。当然地下鉄の方が早く着いてしまうし、駅から署までは歩いてすぐだから、署内に入られたらアウトだ。少しでもショートカットしようと、村野は芝公園入口から首都高に乗った。西川はＥＴＣを使っていて、そのまま通過——この料金は後で払わないとな、と沖田は頭に叩きこんだ。

霞が関のインターチェンジを目指してアクセルを踏んでいる途中、またメッセージが入る。

四谷三丁目駅で下車。

予想通りだ。しかし、まずい。ここからはどんなに無茶にアクセルを踏み続けても十分はかかるだろう。いや、夕方のラッシュの名残りがまだあるから十五分、下手すると二十分だ。

連絡が入らなくなったので、沖田は訝った。何かおかしい。四谷三丁目駅から新宿東署までは、歩いても三分もかからない。ターゲットが署に入ったら、村野はすぐにメッセージを入れてくるだろう。若松には何か、別の目的地があるのか。四谷三丁目付近にも飲食店は多いから、行きつけの店があるのかもしれない。

新宿通りを、四谷三丁目の交差点まであと三分というところで、ようやくメッセージが届いた。

徘徊《はいかい》中。

徘徊？　何言ってるんだ？　沖田はとうとう我慢できなくなり、スマートフォンを取り上げて村野に電話を入れた。

「あと三分で着くけど、徘徊って何だ？」

「行き先が決まってるというより、うろついてる感じです。用心してるんでしょう。大友さんが前で、俺が後ろで尾行してますけど、何度も振り返ってます」

「テツは気づかれてないのか？」

「変装してますよ」

沖田は思わず頬が緩むのを感じた。学生時代に芝居をやっていた大友は変装が得意で、尾行の時など途中で服を変えて——リバーシブルのコートなどを使うだけの簡単なやり方だが——相手の目を誤魔化すことがある。

「気づかれたかな」

「そうかもしれません」

「新宿東署の近くで待機してる。何かあったらすぐに連絡してくれ」

「了解です」

スマートフォンのＧＰＳ機能がもっと正確だったら、村野や大友を確実に追跡できるだろう。しかし今は、こうやってメッセンジャーか電話で連絡を取り合うしかない。

沖田は外苑東通りに入り、新宿東署を少し通り過ぎたところで車を停めた。交通量が多いので、いつまでも路肩に停めてはおけない。苛ついたが、すぐに村野から電話が入る。

「新宿東署の少し先——南側で待機してる」

「奴は署の裏側をうろついてます」

「裏側ね」つまり、今自分が車を停めている方だ。「ちょっと路地に入ってみる。何か目印があるか？」

「ええと、寺が……左門町《さもんちょう》の交差点、分かります？　その近くなんですけど」

「その交差点の少し手前にいるよ。一度切るぜ」

沖田はすぐに車を出した。左門町の交差点で左折すると、右手に寺が見えてくる。途中、左折して一方通行になる道路があるが、ここを曲がるべきか、真っ直ぐ行くべきか。

迷ってT字路の前で停まっていると、突然大友が姿を現した。沖田に気づくとうなずきかけ、ちらりと後ろを振り向く。さすがテツ、高度な尾行テクニックを使ってきたな——相手の先を歩き、コンパクトなどで背後にいる対象の動きを確認する「先行尾行」の手を使ったのだろう。もちろん背後には、村野が控えているはずだ。前後で挟み撃ち。

沖田は車を降りた。大友が再びうなずきかけてくる。彼の横に並ぶと、若松がうつむいたまま、早足でこちらへ向かって来るところだった。その二十メートルほど後ろには村野。沖田は大友にうなずきかけ、すっと前に出た。

「若松」

声をかけると、若松がはっと顔を上げる。沖田を認識するのにコンマ何秒かかかったようだが、それでも一瞬で踵を返し──そこで一気に迫ってきた村野にも気づいた。まずい。膝の悪い村野は、この場で若松を取り押さえることになった場合、「穴」になりかねない。しかし大友が状況を素早く読み、村野に加勢した。立ち止まった若松が、卓球のラリーを見るように何度も首を横に振る。狭い道路の真ん中で完全に挟まれ、逃げ場がない。

「若松、ちょっと話をしようか」

「俺は……」そう言ったきり、若松が黙りこむ。

「何も取って食おうってわけじゃねえよ。車を用意してあるから、そこで話そう」

「諦めた方がいい」大友が軽い調子で言った。「君は、刑事としては失格だよ。警視庁からずっと尾行してきたのに、僕たちにまったく気づかなかった。これじゃあ、自分で尾行するのも下手だろう。後で僕がテクニックを教えてあげるから、その代わりにこの人と話をしてくれ」

何なんだ、その取り引きは。沖田は呆れたが、若松は大友の提案を真面目に考えている様子だった。厳しい採用試験を突破して警官になったのに、実際にはどうにも鈍い、あるいは普通の論理的な考え方すらできない人間もいる。どんな組織でも、そういう愚鈍な人間はある程度の割合で存在しているのだろうが。

沖田はさらに前に出て、若松の腕を摑んだ。若松がびくりと身を震わせたが、それ以上の抵抗はしない。

「ぶん殴るつもりはないから心配するな。ちょっとドライブしながら話をするだけだ。ちゃんと喋れば、好きなところで解放してやる」

若松がじりじり後退する。しかしすぐに大友にぶつかってしまい、身動きが取れなくなった。

「いい加減にしろよ、この素人野郎」沖田は大袈裟に溜息をついてみせた。「これで覚悟を決められないようじゃ、お前、今後警察でやっていけないぞ」

何をしても生き残れる確率は低いが。一年後、この男がまだ警視庁にいる確率は一パーセントもない、と沖田は予測した。

大友の運転は、その人柄同様穏やかだった。途中で逃げられないためにと首都高に乗り、中央環状線を走る。ここを一周するとどれぐらいの時間がかかるだろう。いずれにせよ、事情聴取する時間はたっぷりある。何だったら二周、三周してもいい。

沖田は後部座席で若松の横に座り、村野は狭い三列目のシートに陣取った。移送の時は両脇から挟むのが常道だが、首都高を走行中にドアを開けて逃げ出すのはほぼ不可能だ。身を乗り出して斜め後ろから覗きこむ格好になるので、若松はプレッシャーを受けるだろう。

「さて……聴きたいことは一つだけだ」それまでわざと沈黙を守っていた沖田は、初めての言葉でいきなり本題を切り出した。「どうして俺を尾行していた？」

黙秘。見ると若松は、白くなるほどきつく両手を握りしめていた。足元に落ちた何かを探すように、ずっとうなだれたまま。基本的に気の弱い男だと踏んで、沖田は声のトーンを上げた。

「おい！」

途端に若松がびくりと身を震わせる。ちらりと顔を上げて一瞬沖田の顔を見たものの、すぐにまた床に視線を向けてしまった。

「聞いてるか、この野郎！　お前、特捜に頼まれたな？」

「……違う」

「ああ？」沖田は目を見開いた。「だったら何で、四谷三丁目でうろうろしてたんだ？　特捜のある新宿東署のすぐ近くじゃねえか。署へ行こうとしてたんだろう？」

「違う」

「じゃあ、何なんだ」

「尾行されているのが分かったから」

その瞬間、ハンドルを握る大友がぴくりと肩を震わせる。自慢の変装がバレたので、プライドを傷つけられたのかもしれない。沖田は後ろを向いて、村野と視線を合わせた。村野が申し訳なさそうにさっと一礼する。尾行が分かってしまったのは自分のせいだと思っているのだろう。

「尾行をまくために、全然違う方向へ行ったのか。本当はどこへ行こうとしたんだ?」

「南砂町」

「東西線の?」

「ああ」

クソ、何てこった。驚きと焦りで沖田は言葉を失った。東京メトロ東西線の南砂町は、東江東署の最寄駅の一つである。この話の流れからは、若松の行き先は一ヶ所しか考えられない。東江東署の特捜本部へ向かったのだ。沖田の想像は、どんどん悪い方向へ進んでいく。

「東江東署の特捜に頼まれたな?」

「……いや」

「違うのか？　俺を尾行して、動向を監視するように頼まれたんじゃないのか？」

「東江東署には関係ない」

「だったら誰に頼まれた！」

「一課だ……捜査一課」

一瞬、沖田は頭が混乱した。可愛い後輩の金野が、自分を監視するために若松を使ったのではないか、と嫌なことを想像していたのだが。

「よし、恩赦を与える」

「ああ？」

「ここで全部話せば、俺はお前を殺さない――殺すっていうのは、警察から追い出すっていう意味だけどな。この後は好きにしろ。おかしな依頼をした人間に対する言い訳は、勝手に考えればいい」

若松が顔を上げ、疑わし気に沖田を見た。沖田は敢えて笑って見せたが、すぐに失敗だと悟る。若松が顔を引き攣らせたのだ。そういえばよく西川に、「お前の笑顔は凶暴だから」と言われている。そんな笑顔があるのかといつも疑っていたのだが、実際には西川の指摘通りのようだ。

「要するに、お前みたいな小物に関わっている暇はないんだよ。話せばすぐに解放する。ただし、話さないと、今後も何度も会うことになる。同じ警視庁の庁内にいるんだから、逃げられないぜ」

「……捜査一課の皆川《みながわ》理事官だ」

「ああ？　皆川さん？」それならもちろん、沖田も知っている。捜査三課、一課などの現場を経験してきた、捜査一課の現ナンバーツー。非常にハードな人で、部下にも厳しい。眼鏡をかけた冷徹な顔をすぐに思い出した。「皆川さんが直接お前に頼んだのか」

「そうだ」

「依頼の内容は？」

言いながら、若松は刑事総務課に異動する前、捜査三課に在籍していたことがあると思い出した。その時に皆川と関係ができたのだろうか。警察では、どこかで先輩後輩の関係ができると、それぞれが異動になってもずっとつき合いが続くことがある。そういうつき合いがあれば、正規ルートだと時間がかかる面倒な仕事を密かに頼んでショートカットする場合に便利なのだ。沖田もそういうやり方はしょっちゅう使っている。考えてみれば、今大友が同じ車に乗ってハンドルを握っているのもまさにそういうやり方だ。

「あんたを尾行して、今回の新宿東署の事件に関してどんな動きをしているか、調べることだ」若松が打ち明ける。

「それで、分かったのか？」

「いや……」

こいつは間抜けなのか？　尾行して分かることなど、限りがある。人の動きを調べる場合には、もっと効率的な方法がいくらでもあるのだ。ただ靴底をすり減らして尾行するのは、「仕事をしています」というアピールに過ぎない。皆川も、あまりいい人材をキープしていないようだ。

「理事官には報告していたのか？」

「ああ。今日もその予定だった」

「新宿東署で？」

「すっぽかすことになっちまった。疑われる」若松が唇を噛んだ。

「今日何をしていたか、正直に言えばいい。嘘をついても、どうせすぐにバレるぞ」

「こんなことを言ったら殺される」

「そんなことはない——皆川理事官の狙いは何だ？」

「それは……」若松が言い淀む。「今回の事件は、八年前の事件とつながっている」

「それは分かってる。殺されかけた栗岡が、八年前の事件にかかわっていると分かったからな」

「それはきっかけに過ぎないんだ」

「何だって？」

何かでスウィッチが入ったのか、若松が一気に話し出した。説明の下手な男で、途中で何度か質問を挟まなくてはいけなかったが、それでも何とか状況は理解できた。すぐには信じがたい——本当だとしたら腐り切った奴らがいたことになるが、それでもこの話に嘘はないだろう。若松も、この状況でわざわざ嘘をつく理由はないはずだ。

環状線を一周する前に、若松は事情を全て話し終えた。大友は小菅《こすげ》から六号線に入り、都心環状線を回って霞が関で首都高を降りたところで若松を解放した。車内に残った三人は、その場に車を停めたまま、しばらく話し合った。というより、大友が沖田に詰め寄った。

「沖田さん、どうするつもりですか？」

「どうもこうも、これは追跡捜査係が調べる話じゃねえよ。お前こそどうなんだ？」

「僕はインサイダーですから、それこそ調べようがありません。ちょっと動いただけで目立つ」

「だな……だけど、放っておくわけにはいかない。本当なら、監察に持ちこむ話だよ」しかし、監察に情報を提供して、後はどんな処分が出るか、ただ待っているだけでは気が済まない。若松の証言は沖田の心に火を点けてしまった。「もう少し調べてみるか。八年前の事件の関連捜査ということで――うちが密かに動いている分には、誰も文句は言わないだろう」

「沖田さん、それ、俺にやらせて下さい」村野が突然口を挟んできた。

「いや、これは支援課の仕事じゃねえだろう」沖田は渋い顔を浮かべざるを得なかった。

「そもそもこの件に俺を巻きこんだのは沖田さんですよ」

「まあ、そうだけど……これは流れってやつだろう」

「こんな流れを作ってたら、どんなにでかい川でもそのうち氾濫しますよ」

「上手いこと言ってる場合じゃないだろう」

「沖田さんは、既に要注意人物になってるんです。若松は間違いなく、この件を皆川理事官に報告するでしょう。そうしたら皆川理事官は、何か新しい手を考える。沖田さんは身動きが取れなくなるかもしれない」

「……だな」それは沖田も認めざるを得ない。

「少なくとも俺は、当事者と認定されていないはずです。若松が俺のことを認識しているかどうかも分からない。だから、ここは俺が動きます。それに、被害者に関する話ですから」

「加害者だ」沖田は訂正した。

「俺にとっては被害者です」

「いや、しかしな……」思わず反論したが、こんなことで村野が引かないのは分かっている。

「どうして特捜が、一刻も早く栗岡さんに事情聴取したがったかも、今は分かりました。支援課は、最初から栗岡さんにかかわっていたんですよ？　最後まで面倒を見る必要もあります」

「あくまで被害者のためか……」沖田にすれば犯人＝加害者。しかし栗岡に関しては、被害者であるのも事実であり、自分と村野で見方が違うのは当然だろう。結局、支援課と他の捜査部署は、一つの事件の裏表を見ているとしか言いようがない。しかし村野は当然、栗岡が容疑者だということも知っている。容疑者にして被害者。責任を追及すべき相手と守るべき相手がイコールというのは、彼の精神状態にまた悪影響を与えるだろう。

いつまでもこんな仕事をやらせておいちゃいけないな、と本気で思う。とにかくこの件は、後でゆっくり話そう。時間はある。村野は、警察官人生の折り返しにもきていないのだから。

「ところでテツ、若松にお仕置きしないといけないって言ってたな？　どういうことだ」

「奴、所轄時代に不祥事を起こしてますよ。証拠品の紛失です」

「そいつはまずいな」沖田は顔が歪むのを感じた。

「でも、処分されていない。捜査には直接影響なかったようですが、その時に庇《かば》ったのが、所轄で上司だった皆川理事官です」

「なるほど。それをきっかけに子分にしたわけか」沖田は顎を撫でた。「なるほどね……クソ野郎を一掃する、いいチャンスかもしれないな」


霞が関で解散になった。村野と大友はそのまま地下鉄で帰宅。沖田は、今日中に西川に車を返すつもりで、もう少しドライブした。

途中で電話したので、西川は玄関まで出て迎えてくれた。ジャージのズボンに薄手のカーディガンという軽装だった。

車を停めてキーを返すと、西川が疑わし気に聞いてきた。

「帰るのか？」

「ああ」午後十一時半。まだ電車は動いているから、何とか帰れるだろう。

「そうか」

「何だよ、泊まらせてくれるのか？」

「断る。お前だって嫌だろう」

「――まあな」西川の家に泊まっても、変な緊張で眠れないだろう。それなら、いくら帰宅が遅くなっても自宅の方がいい。「とにかく、助かったよ。ガソリン代と高速料金は後で払う」

「そんなの、どうでもいいよ。それより、何か分かったのか」

「ああ。でも、お前は聞きたくないと思う」

西川が目を見開く。沖田は溜息をつき、「時々、警察にいるのが嫌にならないか?」と訊ねた。

「――ないとは言えないな」

「クソみたいなことをやってる連中と一緒に働いていると思うと、心底うんざりする」

「今回もクソみたいな話なのか?」

「ああ」

「それでも、お前はそれを受け止めるしかないんだよ。自分でほじくり出してきた事件なんだから。それが追跡捜査係のやり方だろう?」

「分かってる」沖田は低い声で答えた。

「まあ、話ぐらいはいくらでも聞いてやるよ。後学のためにもな」

「全部片づいてからだ。村野が動いてる」

「奴にリハビリさせてるんだ。いつまでも、支援課で燻《くすぶ》らせておくわけにもいかないからな」

「何で支援課が？」

3

ターゲットが出勤していないと聞いて、最初、村野はひどい不安を覚えた。病欠ということだが、この件の責任を取って行方をくらまし、自殺しているのではないか……。

問題の男——捜査一課の古株の刑事である八島勝《やじままさる》は、一週間ほど前から病気で欠勤している。その件は、捜査一課に所属する大友と沖田がすぐに確認してくれたのだが、その後の調査が難しかった。誰かに聞けば、村野たちがこの件を裏から探っていることがばれてしまうだろう。そうなったら、どんな影響が出るか分からない。捜査一課に内密で八島を捜すにはどうしたらいいのか。

若松を叩いた翌日の昼、三人は法曹会館にあるレストランに集まった。警視庁の近辺では珍しく、まともな昼食が取れる店である。オープンする十一時半ちょうどに集合したので、まだ他の客はいない。

店内はレトロな雰囲気だった。それこそ昔の高級レストランという感じ。白い椅子の背と座面は花模様で、古き良きデパートの大食堂をイメージさせる。寄木細工の床も落ち着いた感じだった。

最初に食券を買うスタイルで、何を食べるか、券売機の前で迷う。今日は気合いを入れなくてはいけないと決め、カツカレーにした。何度か食べたことがあるが、カツの揚げ具合がかなりワイルドで、闘争心を沸き立たせるのにちょうどいい。

食べ物で精神をコントロールするような年齢は過ぎたのだが。

村野が食券を買い終えたタイミングで、沖田と大友が連れ立って現れた。四人がけの席に三人で座る。沖田は目の前の一輪挿しに入った菊の花を指先で弾いた。

「本物じゃねえか」と驚いたように言う。「本物か造花か、見る度にずっと悩んでたんだ」

「触ればすぐ分かるじゃないですか」大友が呆れたように言った。

「いつもすぐに食い始めるから、確かめるのを忘れちまうんだよ」

「大友さん、様子はどうなんですか」沖田の無駄話をカットして、村野は訊ねた。

「どうも様子がおかしい」大友が真顔になる。「彼が所属している係の人間は、八島が何の病気なのか、知らないと言ってる」

「極秘になっているんですかね？」同僚には病気のことを話しそうだが……。

「何か隠している様子なんだ」大友がうなずく。「こうなると、やりにくいんだよな。病欠は嘘で、係全体で八島を匿《かくま》っている可能性もある」

「思い切って、もっと上の方を締め上げるか」沖田が乱暴に言った。「それこそ皆川理事官にぶつけるとか」

「八島の件に理事官が関係しているかどうかは、まだ分かりませんよ」

大友がすかさず釘を刺した。沖田はいつでも、一番手軽で単純な作戦を採用したがる。大抵の場合はそれが正しいのだが、百パーセント成功するとは限らない。今回の件は特に複雑な事情があるので、それに対処するためには沖田の単純な作戦では無理だろう。

複雑──そう、若松の話を聴いただけでは、状況は混乱するだけだった。おそらく彼も、皆川から事情を全て聴かされた訳ではあるまい。若松自身もこの件を調べたとは言っていたが、全容は分かっていなかったようだ。まあ、若松の能力からして、この件の全容、そして背景にある事情を探り出すのは不可能だろうが……皆川が「特命」で若松を使ったのは、どうでもいい人間──失敗しても簡単に捨てられる人間だからだと思う。

「裏から手を回して調べる必要があります」村野は指摘した。「病欠が続いているなら、人事二課に確認してみるとか」八島は巡査部長で、その人事を担当するのは人事二課だ。

「いや、どうもこの件は、人事が知らないところで動いている気がする」大友が反論した。「病欠が長引いても、必ず人事に報告するとは限らないからな。病欠だと、異動や査定にも影響するから、有休を消化していることにしたかもしれない」

「捜査一課以外で知っていそうな人間と言えば……」

「刑事部では、刑事総務課ぐらいだろうな」沖田が言って、大友に視線を向ける。「テツ、お前の方で何とかならねえか？　あそこ、古巣だろう」

「いや」大友の表情は暗い。「もう、離れて結構時間が経ちますから。ややこしい話を、裏手回しで聴ける人間はいませんよ」

「しょうがねえな、クソ……」沖田が顎に手を当てる。「村野の方でどうだ？」

「俺ですか？」

「刑事総務課の三浦理事官と知り合いだろう」

「ああ、いや……」村野は言葉を濁した。昨日もややこしい話をしたばかりで、今、あそこに顔を出すのは気が進まない。行けば、若松と顔を合わせてしまう可能性が高いし。

「若松と顔を合わせるのが嫌なんだろう」大友が指摘した。

「昨日の今日ですからね。まずいですよ」村野は認めた。

「俺が若松を引っ張り出してやろうか」沖田がニヤニヤ笑った。「どうにも気に食わねえんだよ。また奴を小突き回してやってもいいな」

「あまり大袈裟にやると、外に漏れますよ」大友が警告する。「昨夜は他言無用と釘を刺しましたけど、その効力もいつまで続くか分からないし」

「分かったよ」沖田が面倒臭そうに言って、村野に話を振った。「じゃあどうする、村野」

「呼び出します」

「三浦理事官を？」

「ええ。課内のことなら把握しているはずです」

「どうやって」

「やり方はこれから考えます」他に聞きたいこともあるし。結局昨日は、上手く誤魔化されてしまったのだ。「あの人は、若松を売った——俺を止めませんでした。その結果どうなったか、知っておく必要があると思いませんか？」

「まあな」沖田が渋い表情で認める。

「俺が一人で何とかします。結果は、お二人にもすぐに連絡しますから」

「分かった。任せるよ」大友が爽やかに笑った。「昨夜もそういう話になったんだから、予定通りだ」

「すみません」村野はすっと頭を下げた。「自分一人でやるつもりだったんですけど、知恵が足りませんでした」

「いいってことよ」沖田が悪そうな笑みを浮かべる。「はぐれ者同士は協力し合わないとな」

「沖田さん、僕も一緒にされると困るんですけど」大友が抗議した。

「お前も似たようなもんじゃねえか。刑事総務課時代にはあちこちに首を突っこんで、散々嫌われていただろう」

「いや、僕は自分で進んでやったわけじゃないですから。あれはあくまで仕事です」

大友が渋い表情を浮かべる。

「まあ、どうでもいいよ。もしもそこに病巣があるなら、抉り出すだけだ。どうせ監察の連中は中途半端にしか仕事しないんだから、真相をパッケージにして、目の前に放り出してやってもいい」

そこで料理が運ばれてきて、会話は中断した。食べている最中は際どい話はできないし、早めの昼食を取ろうとする人たちで、席は埋まり始めている。

大友はデミグラスソースがかかったオムレツ、沖田は麻婆豆腐《マーボーどうふ》丼を頼んでいた。オムレツをじっくり眺めた大友が溜息を漏らす。

「こういう綺麗なオムレツを焼けるのがプロなんだよなあ」

「お前、ずっと料理してたじゃねえか」沖田が指摘する。「オムレツなんか、一番簡単な料理だろう」

「基本の料理が一番難しいんですよ。だいたい、息子が出て行ってからは、ほとんど料理はしてません」

「もったいねえな。せっかくの料理の腕が錆《さ》びついちまうぞ」

村野もカツカレーに手をつけた。気合いを入れるため、と考えて選んだメニューだったが、今はただ重苦しい。しかしこれを完食しないと、午後も動くエネルギーが得られそうになかった。

無理して食べるカツカレーは、ただただ胃に重い。

村野は、日比谷公園から亮子に電話を入れた。刑事総務課の理事官が、勤務時間内に勝手に部署を離れることができるかどうか分からなかったが、亮子はすぐに行く、と言ってくれた。場所は「自由の鐘」の前。日比谷公園は巨大で——アメリカ風に言えば一ブロックそのままが公園だ——警視庁から日比谷公会堂辺りまで行くと、かなり時間がかかる。自由の鐘がある北東部なら、正面玄関を出てから十分もかからない。

村野は、自由の鐘の前にあるベンチに腰かけて亮子を待った。座っているうちに銘板を読んで、自由の鐘の由来をすっかり覚えてしまう。勤務先からこんな近くにある場所なのに、未だに知らないことがあるものだ、と驚く。

ベンチは大きな木の陰になっており、直射日光は当たらないが、それでも気温が高いので、座っているだけで汗ばんでくる。

「お待たせ」

声をかけられ、はっと顔を上げる。いつの間にか亮子が来ていた。

「お呼びたてしてすみません」村野はさっと立ち上がり、一礼した。「電話では話しにくいことだったので」

「庁内でも話せないでしょうね」亮子がうなずく。「際どい話なんでしょう？」

亮子が腰を下ろしたので、村野もすぐにそれに倣った。二人とも、自由の鐘の方に顔を向けたポジションになる。直接亮子の顔を見ないので、喋るプレッシャーから多少は解放された。

「昨日の件のご報告です」

村野は簡潔に昨夜の流れを伝えた。亮子は相槌も打たずに聞いていたが、村野が話し終えた直後、不思議そうに言った。

「若松君、今日も普通に出勤してたわよ」

「そうですか……別に肉体的に痛めつけたわけではないので、出勤はできると思います」

「でも、精神的なダメージは受けているはずよね」

「証言を信じるとすれば、あの人はただの小物です。人の命令で動いていただけで、そこに本人の意思はないと思います。ただ上の命令に従う――ロボットのようなものですから、罰することも難しいでしょう。そもそも、あの人がやっていたのは、追跡捜査係の沖田さんを監視することだけですから、行為自体が超悪質とは言えない」

「沖田君ね……悪い相手に目をつけたわけね」亮子が面白そうに言った。「猟犬に首輪をつけようとしたようなものでしょう。そんなことをしたら、逆に噛みつかれるわ」

「仰る通りです」村野はうなずいた。沖田を本気で怒らせたら、噛み殺されてしまうだろうが。「それで、若松の証言によると、この件の根源にはとんでもなくヤバい問題がありそうです」

「そのようね」亮子も認めた。「あなた、どうするつもり？　これは、支援課がやるようなことじゃないでしょう。明らかに職分をはみ出している」

「分かってます。でも、乗りかかった船ということもありますから、せめて真相を探らせて下さい」

「でも、必ず然《しか》るべきところに話を持っていって。今の話が本当なら、埋もれさせていいはずがないから」

「もちろんです。真相によっては、監察にきちんと調べてもらうつもりです。もしそれができなければ――」

「どうするの？」

「マスコミに情報提供してもいい。喜んで書くところもあるでしょう」

「それは、刑事総務課の人間としてはお勧めできないわね。外部に後始末してもらうようなことは、警察の恥よ」亮子が苦笑した。「まあ、後のことは後で考えましょう。私たちも、後始末をするためにいるようなものだから」

「お願いします」村野は頭を下げた。「その前に、もう一つお願いがあります」

「あなたにそう言われると怖いわね」

亮子がおどけた口調で言った。しかしちらりと横を見ると、表情は極めて真剣である。

「捜査一課の強行犯係に、八島という刑事がいます」

「その人がキーパーソン？」

「若松の言葉を信じるとすれば……でも今、病欠で本部には出て来ていません」

「その人の事情を探れと？」さすがに亮子は察しがいい。

「俺たちが――俺や沖田さんが動くと警戒されます。刑事総務課なら、勤務状態の確認などの名目で、何とか調べられるんじゃないですか」

「あなたね……沖田君に悪い影響を受けた？」亮子が呆れたように訊ねた。

「そういうことはないと思いますが」

「だったらガンさん？　立川の事件の時に一緒だったでしょう」

「それもないです」岩倉剛の強引なやり方には辟易させられた。むしろ反面教師だと思っている。

「人間は、一緒にいれば、嫌いな人にも似てきてしまう。それだけ意識しているからだけどね」

「心理学の講義ですか？」

「実際、大学では心理学専攻だったのよ。でも今考えると、心理学っていうのは一種の占いみたいなものね。科学的に証明できないことが多過ぎる」

「ああ……」

「とにかくそこまでは、私が責任持って引き受けてあげる。刑事総務課にも関係してきそうな話だしね」

「ありがとうございます」村野はほっとして頭を下げた。「それと、人事の話は聞かせてもらえるんですか？」

「人事？　ああ、昨日の話？　人事じゃないわよ」

「人事じゃなくて、組織でも」

「それはもう少し待って」亮子が膝を叩いて立ち上がった。「あなたには、正式決定前に言うつもりだけど、それでもまだ早いのよ。物事には、タイミングっていうのがあってね」

「気になりますね」

「あちこち突《つつ》いてみたら？　私以外の人間からも、情報は取れるかもしれないわよ」

「うちの課長とかからですか？」

「うーん……桑田さんはどうかな」亮子が首を傾げた。「あなた、もっと偉い人に知り合いはいない？」

「残念ながら、課長止まりです」村野は肩をすくめた。

「じゃあ、待った方がいいわね。あなたには必ず話すから。あなたがいるからこその話だから、先に聞く権利があるし」

そういうもったいぶった言い方をされると余計気になる。しかし亮子はさっさと立ち上がってしまい、村野は追及するタイミングを逸してしまった。


夕方、亮子が電話をくれた。「病欠」という情報に偽りはなかったようだが、疑いはさらに強まる。しかし真相を探り出すのは自分の仕事だ、と村野は気合いを入れた。

入れたつもりだったが、嫌な予感がして、やる気がじわじわと削られていく。

先に沖田に連絡を入れた。

「そうか、よくやったな」沖田の声が弾む。

「いえ……」沖田に褒めてもらっても気分は乗ってこない。

「それで、どうする？」

「行ってみます。会わないと話にならない」

「俺も一緒に行こうか？　気になるな」

「いや」一瞬考えた後、村野は断った。「二人で攻めたら、ダメージが大き過ぎると思います。ここは俺に任せてくれませんか？　支援課の仕事をはみ出しているのは承知してますけど」

「そんなこと、気にする必要はねえよ」沖田が豪快に笑う。「職分ばかり気にしてたら何もできない。こういう特殊な事案の場合は、目の前にいる人間が手を伸ばして摑めばいいんだ」

「沖田さん……そんなポエムみたいな表現をする人でしたっけ？」

「うるせえな――テツにもお前から伝えるか？」

「沖田さんからお願いできますか？　同じ話を繰り返すのも何ですから」

「分かった。話しておくよ——それで、決行はいつだ？」

「明日、行ってみようと思います。早い方がいいでしょう」

「そいつは間違いねえな。じゃあ、お前に任せる。ただし、状況はすぐに教えろよ。話を聴いたら、俺にも速攻で電話してくれ」

「もちろんです」

村野は電話を切って、溜息をついた。悪い気を吐き出したつもりだったが、胸の中ではまだもやもやしたものが渦巻いている。何か悪い病気でも抱えこんでしまったような気分だった。


亮子の調査で、八島は病欠して実家の方へ戻っているらしいと分かった。五十歳にもなる男が実家へ身を寄せるというのは、少し情けない感じもしたが、独り身で、都内に頼れる人間もいなければ、逃げ場所は実家しかないのかもしれない。

栃木《とちぎ》県栃木市。ＪＲと東武線が乗り入れるこの駅に、村野は昼過ぎに降り立った。栃木市は、市街地に古い蔵が多くあり、それが観光資源にもなっているようだ。駅の北口を出ると、高い建物はあまりなく、広々と空が開けている。あいにく曇り空だが、晴れていると気持ちがいいだろう。

八島の実家は、駅からは結構離れているようだが、バス便が分からないし、タクシーに乗るのももったいなかったので、歩くことにする。「蔵の街大通り」という、街の特徴そのままに名づけられた道路を歩いて行ったが、駅の近くではまだ蔵は見当たらない。巴波川《うずま》という小さな川を渡って十分ほど歩くと、左膝が鈍く痛み出した。このところリハビリもサボっているから仕方ないか……目的地はこのすぐ近くだ、と自分を勇気づけて歩き続ける。

八島の実家は、蔵とはまったく関係ない普通の二階建てだった。もしかしたらどこかに出かけているかもしれないと思ったが、構わずインタフォンを鳴らす。かなり年季の入った家で、インタフォンのボタンも変色しており、頼りない呼び出し音が家の中から聞こえてきた。

出て来たのは、六十歳ぐらいの女性だった。村野の顔を見ると、困惑した表情を浮かべたので、すぐにバッジを見せる。

「警視庁の村野と言います。八島さん——八島勝さんの同僚です。仕事の関係でちょっと話がしたいんですが、ご在宅ですか」

「はい、ちょっと待って下さい」

女性が引っこみ——八島の姉か義姉だろうと見当をつける——村野は玄関のドアを押さえて開けたまま待った。すぐに、五十絡みの冴《さ》えない男が姿を現す。村野の顔を見ると、怪訝そうな表情を浮かべた。

「あんたは？」

「犯罪被害者支援課の村野と言います」村野はさっと頭を下げた。

「支援課？　支援課が俺に何の用だ」

「栗岡将也さんについて話を聞かせて下さい」

途端に八島の顔から血の気が引いた。急いでドアに手を伸ばしたが、村野は思い切りドアを引いて、彼の手が届かないようにした。八島の腕が、力なくぶらりと垂れ下がる。

「八島さん、いずれ話さなければならないんです。私は行きがかり上、この件に関わっていますが、私ではなく監察から話を聴かれた方がいいですか？　向こうは容赦ないですよ」

この件が明らかになれば、必ず監察が乗り出して八島の事情聴取に着手する。「私と話せば、穏便に済みます。時間もかかりませんから、ちょっとつき合って下さい。家の中に入る必要はありません。どこか外で話しましょう」

「ちょっと準備を――」

「駄目です」村野は八島の言葉に被《かぶ》せて言った。準備を言い訳に家の中に引っこんだら、二度と出てこないだろう。家に籠る人間を引っ張り出すには、かなりの手間がかかる。「すぐに行きましょう」

諦めたように、八島が深々と溜息をつく。サンダルを引っかけ、すぐに外へ出て来た。身長百七十センチぐらい、短く刈り上げた髪は半分白くなっている。

「どこか話ができる場所はありますか」

「この辺には、喫茶店もないんだ」

「人気がないところなら、どこでも」むしろ、人がいる喫茶店などでは、こういう話はしたくない。

「じゃあ、こっちへ」

八島が先に立って歩き出した。せかせかした足取りで、膝に痛みを抱えた村野はつい遅れそうになる。俺の膝が悪いことを知っていたら、八島はダッシュで逃げ出すだろう。ただし、長くは逃げられないはずだ。金もスマートフォンも持っていない状態では、逃亡先は限られる。

古めかしいデザインの橋を渡ると、その先は遊歩道のようになっていた。石畳の道路で、川沿いには柳の木と小さな灯籠。細い川を、遊覧船がゆっくりと行くのが見える。こういう川が流れる街は風情があるものだ、と村野は感心した。一方で、急にリアリティのない世界に入りこんでしまった戸惑いを感じる。観光地というのはこういうものだろうが……川の反対側には普通に商店が立ち並んでいて、観光客らしき人たちがゆっくりと歩いている。しかし、「賑わっている」ほどの人出ではないので、川の方を向いて話していれば目立たなく、誰にも話を聞かれないはずだ。

「この辺でどうですか」

村野は、空き地の前で立ち止まり、川の方へ移動した。八島がのろのろとそれにならう。立ち止まったところで村野は切り出した。

「栗岡さんは、通り魔事件の被害者でした。私はその関係で、栗岡さんのフォローをしていました。ずっと意識不明の状態が続いていたんですが、一命は取り留めて、今は意識も戻っています」

「ああ」

「知っていたんですか」

「情報としては」

「栗岡さんは、八年前に江東区で起きた強盗殺人事件の犯人と見られています。事情聴取に耐えられるまで体力が回復したら、その辺を厳しく追及されるでしょう。逮捕も時間の問題だと思います。実際、共犯者は既に逮捕されて、犯行の実態を全て喋りました。栗岡さんが犯行に加わっていたのは間違いないと思います」

「そんな人間を、あんたは庇うのか」細い声で八島が訊ねる。

「庇うんじゃなくて、ケアしています。それが犯罪被害者支援課の仕事ですから」

「事件の加害者であっても？　そういう仕事は無駄だと思わないか」

「仮に加害者であっても、犯罪に巻きこまれれば被害者です。その原則に変わりはありません」

「そうか……」八島は釈然としない様子だった。

「事件は解決するはずですが、まだ分からないことがたくさんあります。空いた穴を、あなたが埋めてくれると思っているんですが」

「俺が？　どうして」

八島が不思議そうな表情を浮かべる。しかしそれが演技だということは、村野にはすぐに分かった。

「あなたは、ずっと捜査一課にいますね……二十五年ぐらいですか？」

「ああ」

「歴代の一課長が異動させなかったんですから、優秀なんですね。素直に尊敬します」

「いや……」

八島が、半袖シャツの胸ポケットから煙草を取り出した。しかし一瞬躊躇った後、ポケットに落としこんでしまう。今時は、外で煙草を吸っていると顰蹙《ひんしゅく》を買うはずだ。くしゃくしゃのパッケージを見て、村野は何故か少しだけ悲しくなった。

「あなたは、通り魔事件の捜査にも、八年前の強盗殺人事件の捜査にも参加していない。これは単なる巡り合わせですよね」

「そうだ。重大事件が起きると、待機していた係が順番に出動するから、何もなければ長い間きつい仕事から外れることもある」

「知っています」村野はうなずいた。「私も短い間ですが、捜査一課にいましたから」

「あんたが？」八島が目を見開いた。

「覚えてないな」

「強行犯捜査第四係」

「いつだ？」

「十年近く前に離れました」

「ああ……俺が特殊犯係にいた頃だな。特殊犯係と強行犯係じゃ、普段はまったく交流がない」

しかも捜査一課は四百人の大所帯だ。長い間同僚だった人間が、挨拶をかわしたことすらない、というのも珍しくはない。

「あなたがどんな仕事をしてきたかは調べました。立派な仕事ぶりだと思います。でも今は、仕事を休んでいる」

「それは……」八島が言い淀んだ。

「あなたの名前が挙がっているんです」若松の口から。

「俺が？　どういうことだ？」

「ネタ元の名前は言えません。ただし、あなたが今回の二つの事件で重要な役割を果たしたことは間違いないと考えています。わざわざあなたを貶《おとし》めるために嘘をつくとは思えませんから」

「俺にも、敵がいないわけじゃない」

「今回、あなたの名前を挙げた人は、敵ではないと思います。そもそもあなたのことをまったく知らなかった。そういう人が、あなたを攻撃する理由はないでしょう」

「そうか……」

「今回の通り魔事件のことは、知ってますか？」

「いや」八島が唇を舐めた。

「もう休んでいましたか？」

「そういうわけじゃない」

村野は無理に正確を期そうとはしなかった。タイムラインをはっきりさせるのは後でいい。事実関係を確認するのが先だ。

「東京にいたんですね？」

「ああ」八島が認める。

「通り魔事件の犯人が誰か、分かってるんでしょう」

八島がびくりと身を震わせる。また煙草を取り出したが、すぐにパッケージに戻してしまった。かなり追いこんでいる、と村野は確信した。

「特捜本部も掴んでいるはずです。しかしまだ逮捕していない。行方が分かっていないのか、逮捕できない事情があるのか、どちらでしょう」

「そんなことは俺には——特捜本部にいない人間には分からない」

「いや、あなたは知っているはずです」村野は決めつけた。八島は弱気になっているから、強く責めれば責めるほど、早く真相を白状するだろう。若松から聞いた話だけでは、まだこの一件の構図ははっきりとは描けない。

「俺は知らない」八島が繰り返したが、声には力がなく、消え入るようだった。

「そうですか……では、少し話を引き戻します。今回通り魔の被害に遭った栗岡さんは、八年前にも容疑者として名前が挙がっていました。当時は詰めきれずに逮捕に至らなかったんですが、最近になって追跡捜査係が再捜査を始めました」

「追跡捜査係……」初めて聞く名前だとでもいうように、八島がぼそりと言った。

「そうです。その捜査が始まった矢先に、通り魔事件が起きて、栗岡さんも襲われました。これは偶然でしょうか」

「通り魔は相手を選ばない」

「通り魔なら、そうですね」

八島は何も言わない。黙って川の方を向くと、木製の手すりに両手を置いて、少し身を乗り出した。まさか飛びこむつもりでは……と村野は身構えたが、飛びこんでも死ぬようなことはないだろう。川は細く、おそらく水深もそれほど深くない。しかも観光船が頻繁に行き来しているから、村野が飛びこんで助けに行かなくても、すぐに救助されるはずだ。完全な金槌《かなづち》だったらまずいが。

村野はチラリと下を見た。八島は体重を移動していない。手すりにはそれなりの高さがあるから、腕の力だけで飛び越えるのは難しい。踏ん張ってジャンプして――という手順が必要になるが、八島の膝はまったく曲がっていなかった。

「通り魔じゃないって言うのか」かすれた声で八島が訊ねる。

「私にはまだ確証がありません。一人からしか証言が取れていないんです。複数の人間の証言が必要です。あなたが話してくれるんじゃないかと期待しています」

「どうして俺が」

「あなたは、この事件のハブである可能性が高い」

「いや、俺は何も……」八島が人差し指で口元を拭った。

「栗岡さんは、前回の事件で何度も警察の事情聴取を受け、その頃働いていた自動車修理工場にい辛《づら》くなってやめました。その後は他の仕事を転々として、今は別の自動車修理工場で働いています。八年前には交通事故を起こして、その関係で金に困っていたのは間違いありません。強盗事件に加わる動機はあったんです。当時、どうして逮捕できなかったんですか」

「俺はその事件の捜査はしていない……だから、当時の事情は分からない」

「ベテランの推測だけでも教えてもらえませんか」村野は持ち上げた。

「それは……詰めが甘かっただけだろう。容疑者がいるのに詰めきれないのは、基本的に警察側のミスだ。警察が容疑者とみなした人間は、ほぼ百パーセント犯人だからな。それはあんたも知ってるだろう」八島が急にまくしたてた。得意なことならいくらでも話せるのだろう。

「ええ」村野はうなずいた。「そういう見立てで間違うことはまずありませんよね」

殺人事件の捜査は、複数の線から成る。昔から特に重要なのは、鑑識による現場の調査と、被害者の人間関係の捜査だ。日本の殺人事件の多くが家族間で起きることを考えると、捜査はそれほど難しくないとも言える。大抵の場合、早い段階で容疑者の名前が浮かび、あとはそれを裏づけしていくだけになることが多いのだ。

「でも、詰め切れない部分が出てくる時がある。あの強盗殺人事件では、栗岡のアリバイを詰められなかった」

「そう聞いています」

「詰められたはずなんだ」八島が言い張った。「今は、移動するだけで様々な記録が残る。そうでなくても、必ず誰かに見られているものだ。そういう捜査が甘かった」

「八島さんが捜査していたら、逮捕できましたか？」

「仮定の話はできない」

「被害者――殺された浜中聡美《さとみ》さんは、当時まだ十九歳でした。たまたまおばあさんの家に泊まりにきていて、被害に遭ってしまったんです。本人はもちろん、ご家族にとってもたまらない事件ですよね」

「それこそ、支援課のフォローが必要だな」

「当時、私の先輩たちはかなり入念にケアしたようです。ただし、それが上手くいったとは言えません。聡美さんの母親の道子さんは、娘さんの葬儀、それに自分の母親の看病と休む暇もなく動き回るしかなくて、事件から一ヶ月後には自分も倒れて入院することになりました」

　村野が支援課に異動する前の話だ。しかし記録はしっかり残っていて、当時も支援課にいた優里の記憶も確かだった。この辺を、もう少し詳しく確認しておくべきだった、と村野は悔いていた。栗岡のケアをする中で、八年前の事件を調査しても無駄ではなかったのだ。もっとも今回は、栗岡をケアしていたとは言えない。ずっと意識不明の状態が続いていて、一切話ができなかったのだから、ケアも何もない。支援課がやったのは家族に連絡したこと、それに特捜の連中が無理な捜査をしないよう、ひたすら排除しようとしたことぐらいだ。

今では、特捜がどうしてあんなに急いで栗岡に事情聴取しようとしていたかも分かっている。

唐突に八島が歩き出した。逃げるつもりかと、村野もすぐに動き出したが、八島の歩みはゆっくりしており、景色を楽しみながら散歩でもしているようだった。十メートルほど移動すると立ち止まり、柳の木に背中を預ける。

「続けていいですか」

「ああ」八島が惚けたような声で言った。

「聡美さんは、通り魔の被害に遭ったようなものです。何もしていない、ただ寝ているだけであんな事件に巻きこまれたわけですから」

「そうだな」

「あの事件のせいで、辛い目に遭った人が何人もいました。家族だけではありません」

八島がびくりと身を震わせる。確実にダメージを与えていることを意識しながら村野は続けた。

「支援課では、被害者家族に対するフォローを徹底してやります。長い間、断続的に面会して関係をつなぎ、状態を見守ることも珍しくありません。ただ、家族以外の親しい人間に関しては……例えば恋人の場合、どうするべきか、決まりはありません。その都度対応するしかないんです」

村野は、優里の説明を思い出していた。この話をする時、彼女の顔は普段よりずっと暗くなっていた。

「当時、聡美さんには恋人がいました。ただし、家族には認められていなかった。理由はよく分かりません。普通のサラリーマン家庭で育った大学生で、本人には非行歴もなかった。親御さんにすれば、ウェルカムではなくても特に反対する理由のない人物だったはずです。ただし聡美さんの母親は、この交際に反対していた」

「ああ」八島がしわがれた声で反応した。

「当時、支援課でも対応に困ったという記録が残っていました。聡美さんの母親は、娘を殺され、母親が重傷を負って、本人も大変なダメージを受けました。支援課は、彼女のフォローをするので手一杯だったようです。結果的に、この恋人にまでは手が回らなかった。後で分かったことですが、この事件をきっかけに彼は精神状態に変調をきたし、大学をやめて家に閉じこもるようになってしまったそうです」

手遅れだったのね、と優里は溜息を漏らしたものだ。もしも事件発生直後に何らかのケアができていたら……。

当時まだ支援課にいなかった村野にも、優里の痛みは理解できる。この仕事は、毎回満足して終わるとは限らない。いや、どこかに必ず小さな傷のようなものが残る。はっきり言えば、捜査部署の方がはるかに楽だ。どんなに捜査が難しい殺人事件でも、犯人を逮捕して解決すれば、担当刑事の中では一区切りがつく。被害者の家族にも感謝される。しかし支援課の仕事には区切りがない。犯人が逮捕・起訴されてからこそが本当の勝負だという感覚さえある。犯人が捕まったことで、被害者や被害者家族の心の痛みは第二段階に入るのだ。

「あなたは、この人を知っていますね」

村野が指摘すると、八島が急にうつむいた。知っているとは分かっていたが、どうしても本人の口から真相を聞きたい。

「この人がどうしていたか、何をしたか、あなたには分かっているはずです。だからこそあなたは、仕事を離れてこんなところにいる——こんなところ、と言って申し訳ないですが」

「いや」

短い否定の言葉に、自分に対する罪の意識が感じられた。いや、それは考え過ぎかもしれない。どうしても考えが先走り、結論を求めてしまう。

「話してもらえますか」

村野は八島に一歩近づいた。八島がのろのろと顔を上げる。顔色が悪いのは、精神的なダメージを受けているせいだけではないように思えた。本当に体調が悪いのではないか？

「俺は、警察を辞めるんだ」八島が突然打ち明けた。

「今回の責任を取るんですか」

「いや……静かに死なせてくれ」

物騒な言葉に、村野は思わず身構えた。本当に、この浅い川に飛びこんで死ぬつもりなのか？

「どういう意味ですか」ショック療法のつもりで、村野はきつい言葉を突きつけた。「死ねば責任を取れるとでも？」

「違う。俺はもう……本当に、長くない」

「それは……」村野は急に喉が渇くのを感じた。病欠の真相が今明らかになろうとしている。「病気なんですか」

「一人で死にたくないんだ」八島の声が震える。「人間、いつかは死ぬ。最後に看取《みと》ってくれるのは家族なんだ。だけど俺は、この歳まで独り身で、東京にいたら病院のベッドで一人で死んでいくしかない。だから今回は、こっちに住んでる兄貴に相談に来たんだ」

「警察を辞めて、実家に引っ越してくるつもりなんですか」

「ああ」八島がうなずいて繰り返す。「一人で死にたくない――俺の望みはそれだけなんだ。近く正式に辞表を書いて、こっちで療養生活に入る。金の面では、家族に迷惑をかけないで済むからな……ずっと一人で暮らしてきて、金はそれなりにあるんだ。頼むから、静かに死なせてくれ」

八島が頭を下げる。村野は迷った。死にゆく人間を厳しく追及することに、意味はあるのだろうか。辛かった記憶を胸に死ねば、八島は安らかには眠れないだろう。

故人を不幸に陥れる権利は警察官にもない。しかし、事件の真相を知るためには、誰かが不幸になるのも仕方ないのではないか？　そもそも八島の動きがきっかけになって、今回の通り魔事件が起きたのだから。

どうしようもない。ここで八島から話を聴かなければ、真相は埋もれてしまうかもしれない。特捜が――捜査一課の幹部連中が何を考えているか分からない以上、真相を知ってしまった自分たちは先に手を打っていくしかない。

どんな状況でも、それは警察官の務めだと思う。真相を明らかにすること。そのために努力を惜しまないこと。支援課の仕事ではないかもしれないが、俺だって警察官なんだ。やるべきことに変わりがあるわけではない。

「あなたは、捜査一課でずっと活躍していました。私にはそれが羨ましいんです」

「異動したからか？」

「捜査一課時代に、私は自分の不注意で事故に遭いました。膝をやられて、捜査一課から支援課に異動することになったんです。今の仕事は誇りに思っていますけど、捜査一課で完全燃焼できなかったという悔いがあります。だから私は、あなたが羨ましい。ずっと捜査一課の誇りを持って仕事をしていたあなたが。でも、今のあなたに誇りはありますか？　話して下さい。誇りのために」

八島が口を開いた。彼の話の内容は、一課の刑事の誇りをぶち壊すようなものだったが。

4

水曜日の夜、沖田は村野と会った。電話では話しにくいというので直接……彼の言う通りだった。こんなややこしい事情は、実際に会って話すしかない。

村野は迷っていた。事実関係はほぼ間違いない。若松の発言の裏は取れたし、それ以上に情報は膨らんだが、この件をどう処理すればいいかが分からないと言う。

「監察に言えば、それで片がつくかもしれませんけど、自分たちが黙って見てるのは気が済まないんですよ」村野が打ち明けた。

「じゃあ、どうするよ」

「うーん……」

「誰が裏にいるのか、分からないんだよな。誰かが設計図を書いて、周りの人間はそれに従って動いた——つまり、黒幕みたいな人間がいる可能性も高いんだ」

「まさか、一課長ということはないでしょうね」

「どうかな」捜査一課長は直属の上司だから、彼に何かあれば沖田にも影響が出る可能性がある。例えば部下である沖田が課長を刺したとなったら……沖田自身も無事では済まないだろう。「それを言えば、刑事部長の可能性もある。もしかしたら、総監とか」

「まさか」

「指示していたかどうかは分からないけど、事情を知っていたら同罪だぜ。某県警で覚醒剤の横流し事件が起きた時には、本部長自らが隠蔽《いんぺい》の指示をしていたし、本当に組織ぐるみだった可能性は否定できない」

「ああ……」村野の表情がさらに渋くなる。「ありましたね」

「まあ、今回はそんなことじゃないだろう。俺は、現場レベルの話じゃないかと思うんだ。俺が現場の人間だったら、上には知らせないで処理しようと思う」

「まだ処理できてないじゃないですか、今回の件は」村野が指摘した。

「ああ、そうだな」沖田も認めざるを得なかった。この場合の「処理」が何を意味するかも分からないのだが。少なくとも、特捜は違法行為に手を染めているわけではない。他の面々もそうだ。

ただ、納得がいかない。あいつらの行動で、自分も村野も散々無駄な動きを強いられたのだ。

「分かった。明日、勝負しよう」

「誰とですか」

「武本管理官。管理官は、この特捜の責任を負っているから、全体像を知っているに決まってる。何とか認めさせるんだ」

「認めさせて……どうしますかね」

「そんなことは、話を聴いてから考えればいい。明日の朝、新宿東署の特捜に殴りこみに行くぜ」

「俺もですか」村野が自分の鼻を指さした。

「当たり前じゃねえか。一番重要な証言を持ってきたのはお前なんだから、最後の最後までつき合えよ」

「いろいろきついですね」

「何が？　仕事がきついのはいつも同じじゃねえか」

「仕事だけじゃなくて、私生活も厳しいんですよ」

村野がいきなり打ち明け話を始めた。どうやらあまり人に相談できず、ストレスが溜まっていたらしい。しかし沖田としては、今は親身になって相談に乗る余裕がなかった。それでも心の片隅には引っかかったが……何が言えるか分からないが、そのうち俺なりの解決策を提示してやろう。

村野は渋っていたが、最終的に沖田は何とか納得させた。別れ際、村野が妙に疲れた様子なのが気になったが……仕事と私生活のストレスで、やっぱりそろそろ限界なんじゃないかと、沖田は本気で心配になった。

リハビリも効果なしか。こんな訳の分からない事案に遭遇したら、肉体的にはともかく、精神的なダメージが大きくなるのは間違いない。余計なことをさせるべきではなかったかもしれない、と沖田は悔いた。

翌日、木曜の朝九時半、沖田は新宿東署の前で村野と落ち合った。村野はぼうっとした様子で、ただ突っ立っている。最近は、人待ちしている間はスマートフォンで時間潰しをするのが普通なのだが、何もせずにただ立っているだけ。まだ昨夜の元気のなさが続いているようだった。

「村野」

声をかけると、村野がのろのろと顔を上げる。

「大丈夫か？」

「あまり大丈夫じゃないですね」

「体調でも悪いのか？」

「そういうわけでもないですが」

しかし顔色がよくない。その場でへたりこんでしまってもおかしくない様子だった。

「飯食ってからにするか？」沖田は昨夜ほとんど眠れず、朝食も摂っていない。

「食べましたよ」

「朝飯を食べたら、もう少し元気になりそうなものだけどな」

「なかなかそういうわけにも……」村野が寂しげな笑みを浮かべる。

「じゃあ、とにかく行こう。話してさっぱりして、その後で馬鹿でかいステーキでも食って元気を出そうぜ。元気を出すのにステーキっていう発想も古いかもしれないけど」沖田はわざと声を上げて笑った。

村野には笑いは伝染しない。沖田は思わず溜息をついた。これはとにかく、何とか乗り切るしかない。全て吐き出した後でないと、村野をどうするかも決められないだろう。

俺もつくづくお節介だな、と思う。捜査一課の後輩とはいえ、今は違う部署で働く人間の世話まで焼いているのだから。誰に頼まれたわけでもないのに。

特捜の捜査会議は終わり、刑事たちは既に出払っていた。今、特捜が何をしているかは分かる。容疑者の監視だ。ただ監視するだけ。どうしていいかはまだ決めていない──それこそが問題だ。

二人揃って武本の前に立つと、武本が不審げな表情を浮かべた。

「何事だ」

「確認させていただきたいことがありましてね」沖田は切り出した。「座らせてもらいますよ」

「お前らの話をのんびり聞いている暇はない」

沖田は武本の言葉を無視して、近くの椅子を引いてきて座った。村野にも目配せして、隣に座らせる。

「居座る気か」武本が睨みつけてきた。

「歳なんで、立ったまま話してると疲れるんですよ」沖田はニヤリと笑った。「古川《ふるかわ》章大《しょうだい》は見つかりましたか？　とっくに見つけて監視してますよね」

武本が、首を痛めそうな勢いで顔を上げ、沖田の顔を凝視した。

「お前……どういうつもりだ？」

「いや、古川章大が犯人でしょう」沖田は平静を装って言った。そうやって静かに話していると、昨夜からずっと自分を支配していた怒りが静かに薄れていくのを感じる。刑事にとって、やはり「真相」が何よりの薬なのだと意識する。

「どこでその名前を知った」

「それは言えないですね。ネタ元は明かせません。とにかく犯人の名前は古川章大です。特捜はとっくに名前を割り出して、監視してますよね？」この辺は当てずっぽう、はったりだった。しかし当たっているという確信はある。

「部外者に余計なことを話す必要はない」

「部外者とも言えないんですけどねえ。俺は八年前の強盗殺人事件の再捜査で栗岡を追いかけていた。こっちの村野は、被害者になった栗岡のケアをしていた。二人とも、特捜に絡んで動いていたんですよ」

「だから何だ？　事件の捜査はこっちの仕事だぞ」

「村野、説明しろ」

村野は反応しなかった。ちらりと横を見ると、ぼうっとしたままどこか遠くを見ている。沖田は思わず、村野の二の腕を肘で小突いた。それで村野が、はっと我に返る。

「村野、これまで分かった状況を説明してやってくれ。お前が調べたんだから、お前が話すべきだ」

「……分かりました」

村野がすっと背筋を伸ばす。突然スウィッチが入ったようで、明瞭な声で説明を始める。

「まず、八年前の強盗殺人事件からです。この件は容疑を詰め切れないまま捜査が長引いていましたが、先週犯人が一人、逮捕されました。計画を立てた主犯格と見られる人間の名前も割れていて、東江東署の特捜本部で今、行方を追っています。見つかるかどうかは分かりませんが」

「それはうちとは関係ない」

「あります」村野が否定する。「まだ入院中の栗岡さんが、この事件の犯人の一人だと分かっています。まだ本人からきちんと事情聴取はできていませんが、時間の問題でしょう。回復すれば逮捕されるはずです」

「だから？」武本が苛ついた口調で言った。「話がくどいぞ」

「この件を話さないと、一連の事件の真相が分からないからです」村野は譲らなかった。「栗岡さんに関しては、強盗殺人事件の発生当初から、容疑者として名前が挙がっていましたが、結局は詰め切れませんでした。追跡捜査係が再捜査を始めて、改めて身辺を調べ始めた直後に、今回の通り魔事件が起きて、栗岡さんは一時意識不明になる重傷を負ったんです」

　武本は反応しなかった。ただ村野の顔を凝視している。どこまで知っているか疑心暗鬼になっているのだと、沖田にはすぐに分かった。しかし何か喋れば、こちらに言質を与えてしまう恐れがあると判断して、黙っているのだろう。自分が武本と同じ立場でもそうする。村野は一切動じず、淡々とした口調で続ける。完全に元気を取り戻したわけではないが、何とか普通に仕事ができるモードにまでは回復しているようだ。

「古川章大という男について話します。八年前の事件で犠牲になった女子大生の浜中聡美さんには、恋人がいました。それが、同じ大学に通っていた古川章大です。しかし聡美さんの母親である道子さんは、この交際に反対していた。理由は分かりませんが、古川章大は聡美さんの家族に認められていなかった、ということです。そしてこの件には、支援課も絡んでいます」

「支援課が？」武本が疑わしげに訊ねた。

「この強盗殺人事件では、支援課も家族のフォローに入ったんです。ただし、古川章大に関しては、ケアはできなかった。古川は何度か支援課に相談したようですが、道子さんに『関係ない』『娘の恋人として認めていない』と言われたために、一、二度話を聞いてそれきりでした。その後、古川章大に関してはフォローもしていませんでしたが、精神状態が不安定になって大学もやめ、一時は引きこもり状態になっていたようです。ただし、二年ほど前からはバイトで働き始め、それと同時に、自分の恋人を殺した人間を探し始めたんです」

「素人にどうにかできるような話じゃない」馬鹿にしたように武本が言った。「特捜が挙げられなかった事件だぞ？」

「仰る通りです。ただし誰かが漏らせば、重要な情報を得ることはできる」

武本の眼差《まなざ》しが一気に厳しくなる。この会話は核心に入りつつある、と沖田は確信した。右手をきつく握り締め、その中で緊張感を押し潰す。村野はペースを崩さない。姿勢も変えない。報告する際は「休め」の姿勢のまま——というのは警察官になって最初に叩きこまれることだが、ここまで微動だにしないのはむしろ不自然だ。まるで「喋る機械」になってしまったようで、これはこれで心配である。

「先ほども言いましたが、古川章大はバイトを始めました」村野が続ける。「ただし昼間の仕事には抵抗感があったようで、夜のバイトです。新宿にある本格的なバーで、バーテンの修業をしていたことが分かっています。その店を、一人の警察官が客として訪れました。捜査一課強行犯係のベテラン、八島勝さんです。実は二人は、その店以外の場所でも顔を合わせていました。病院です。八島さんは内科で、古川章大は心療内科で……同じ病院でした。何度か病院で顔を合わせたことは二人とも意識していて、八島さんが初めてその店に行った時、互いにすぐにピンときたそうです。それが半年ぐらい前のことでした。二人はそれから意気投合した。深い話もするようになったようです。その深い話の中には、八年前の事件のことも含まれていました」

村野が一瞬言葉を切り、すっと背筋を伸ばした。いつの間にか、こめかみに汗が垂れている。特捜本部のある会議室は、きつ過ぎるぐらい冷房が効いているのに。

「村野、代わるか？」沖田は思わず訊ねた。

「続けます」村野の声は平板で、感情の揺れを一切感じさせない。

一方、武本の顔は真っ赤になっていた。怒り心頭、すぐにでも沖田たちを怒鳴りつけたいと思っているのに、そのタイミングを摑めないのだろう。喋り終えたら一気に爆発するつもりかもしれないが、逆に反論する気力さえ失ってしまうかもしれない。

「八島さんは、八年前の強盗殺人事件の捜査にはかかわっていませんでしたが、事件についてはよく知っていました。捜査一課の中では、知り合いの刑事同士が自分の担当した事件について話すのは、よくあることですよね。八島さんは、栗岡さんが疑われていたことを知っていて、ついその名前を古川章大に明かしてしまったんです。おそらく同情心から……事件以降、古川がきつい目に遭ってきて、ようやく立ち直りかけたという事情も、八島さんの心を動かしたんでしょう。八島さんは刑事としての基本――機密保持については十分意識していたと思いますが、同情心がそれを上回ったのではないかと思います。当時、容疑者の名前は表沙汰になっていませんでしたが、だからこそ、古川はこの情報に食いついたんでしょう。彼が何を考えていたかは、正直分かりません。容疑者が浮かんでいたのに逮捕されなかったのは、警察の怠慢だと考えた可能性もある。そして、栗岡さんが犯人だと思いこんで、自分で復讐《ふくしゅう》しようと企てたのではないでしょうか」

「それは全部、お前の想像じゃないのか」

「いえ」村野が短く否定した。「証言があります」

「まさか、八島に話を聴いたのか？」武本が目を見開く。「そんな無茶なことを……」

「通り魔事件が発生した直後から、八島さんは姿を消していますよね？　病欠でもありますが、理由はもう一つある。何だと思いますか？　通り魔事件が起きたのは、自分からの情報漏洩《ろうえい》がきっかけだと、八島さんには分かっていたからです。余計な詮索をされないために、病気療養ということで栃木の実家に帰っていた」

「きっかけ……」武本がつぶやく。

「八島さんにとって、栗岡さんはあくまで『容疑者』でした。犯人だと確定したわけじゃない。刑事なら、容疑者と犯人の間に大きな違いがあることは理解しています。しかし古川は、容疑者イコール犯人と思いこんだ。おそらく彼にも、すがるものが必要だったんでしょう。被害者支援の仕事をしてきて、私はそういう場面には何度も出くわしました。犯人に対する恨みを募らせることで、親しい人を失った怒りや悲しみを薄れさせるんです。普通は、憎しみを持ち続けるだけで、自分から積極的に何とかしようとは思わない。しかし今回は、古川の感覚では犯人は野放しになっている状態で、古川はそれが許せなかった。警察に任せず、自分で犯人を始末しようとした。その結果起きたのが、あの通り魔事件です。古川は、栗岡さんの居場所を摑んで、動向を確認していました。そしてあの日、真昼間に凶行に及んだんです。どうして他の人まで襲ったかは分かりませんが、自棄《やけ》になっていたかもしれないし、通り魔の犯行に見せかけるための偽装工作だったのかもしれません」

「頭に血が昇っている人間に、そんな偽装工作ができるか？」

「できるかできないか、古川本人に聴いてみればいいだけの話です。いつまで監視しているつもりなんですか？　早く逮捕して、きちんと取り調べるべきです。居場所が分かっているのに、どうして逮捕しないんですか？」

「それは……」武本が唇を舐めた。まるで熱を持っているように、顔はますます赤くなっている。

「八島さんの件があったからですね？」村野は本題に切りこんだ。「警察内部からの情報漏れで通り魔事件が起きた――とんでもない失態です。八島さんは、自分が重大な捜査情報を漏らしてしまったことを、いち早く特捜に打ち明けた。しかし特捜では、この件をどう扱うべきか、判断できなかった。意識不明の状態が続いていた栗岡さんに無理やり事情を聴こうとしたのは、何とか状況をはっきりさせるためでしょう。しかし結局、栗岡さんにはまだちゃんと事情聴取できていない。それはともかく、八島さんが情報を漏らした結果、古川が犯行に走ったという推測は、特捜でも早い段階で成立していたはずです。しかし逮捕はできない……逮捕すれば、情報漏れのミスが表沙汰になる可能性が高いからです。ここから先は私の推測ですが、もしかしたら八島さんが死ぬのを待ってるんですか?」

武本がびくりと体を震わせる。この件について沖田は、「可能性もある」と村野と話し合っていたのだが、本当にそんなことをしようとしていたのか? 判断停止状態だ、と沖田は憤ったが、すぐに、自分も同じように考えたかもしれないと思い直す。どう対処していいか分からない状況に直面した時、人間は固まってしまう。特に警察は、考え方が硬直した組織であり、これまで経験したことのない事態が起きると、すぐには対処できない。

それが警察の体質なのだ。

「八島さんはステージⅣの大腸癌《だいちょうがん》です。本人は既に死を覚悟して、唯一頼れる家族のいる実家に戻りました。ただそれは言い訳で、今回の情報漏れが外に出るのを防ぐため、というのが本当の目的ではないでしょうか。東京にいなければ、追及される恐れがない、と考えていたんでしょう。八島さんの病気には同情しますが、やったことは許されない。特捜としてはどうするんですか？」

「淡々と捜査するだけだ」

「犯人が分かっているのに、いつまでも泳がせておくつもりなんですか？　それは怠慢です」

「犯人だと断定はできていない」

「だったらどうするんです？」

「さらに情報収集して、然るべきタイミングがきたら逮捕する」武本の喋りは完全な官僚答弁になっていた。

「情報漏れがあったことは――」

「それは、この特捜とは関係ない」武本がぴしりと言った。「八島個人の問題だ」

「八島さんに全責任を押しつけるつもりですか？」村野の声のトーンが変わった。

「これは異常事態だ。どうすべきか、すぐに判断できるものじゃない。我々には時間が必要なんだ」

この件で、八島が罪に問われる可能性は低い。通り魔事件のきっかけを作ってしまったのは間違いないが、「機密保持」という公務員の基本を破ってしまったことは、事件として裁けるのだろうか。

無理だ、と沖田は結論を出した。

急速に怒りが薄れていく。特捜が事実を隠して捜査を遅延させていたこと、八島が古川に情報を漏らしていたことに怒りを感じていたのだが……特捜はいずれ古川を逮捕するだろうし、八島は死ぬ。誰かの責任を問おうとしても、中途半端に終わるのは目に見えている。

しかし、八年前の事件で、栗岡が逮捕されるのは間違いない。

それなら全て丸く収まるのではないか。俺はただ、自分の思うように捜査ができなかったから、苛ついていただけかもしれない——沖田は分析した。

「組織的に何かを隠蔽したわけじゃないんですね？」沖田は念押しした。

「当たり前だ！」武本が怒りを爆発させる。しかしその怒りは瞬時に萎んでしまう。「特捜は……こんな事態に直面することはない。できるだけ傷を浅く済ませるためにどうすればいいか、やり方を探っていただけだ」

「ただし、俺や村野が気づいて騒ぎ出すことは避けたかった。だからこそ、追跡捜査係や支援課を強硬に排除しようとしたんですね？」沖田は指摘した。

「それは……そう考えてもらっていい」

「正直、組織ぐるみでの隠蔽や改変があれば、俺は監察に情報提供しようと思ってました。でも、管理官の言葉を信じるとすれば……それはやり過ぎかもしれない」

「俺たちは、違法なことは一切していない」

武本は強調したが、思考停止状態に陥っているのは間違いない。この場でいくら話し合っても、何らかの結論が出るとは思えなかった。しかし沖田としては、どうしても保証して欲しいことがいくつもあった。

「古川は逮捕しますね？」

「もちろん」

「いつですか？」

「それは……」

「一刻も早く逮捕して、八島さんの件も含めて真相を明らかにすべきじゃないですか。というより、そうして下さい。八島さんにも同情すべき点はあると思いますけど、隠すのは筋違いです」

「……分かっている」武本が重々しくうなずく。

「全て明らかにすることで、今回の通り魔事件の被害者も納得するんじゃないですか？　そうだよな、村野？」

「真相が分からないのが、被害者にとっては一番辛いんです。憎むべき存在が具体的になれば、そこに怒りをぶつけることで、悲しみを鎮めることができる。包み隠さず、全ての事情を公表すべきだと思います」

「しなければ――」沖田はわざとらしく言葉を切った。

「どこかに訴え出るのか?」

「当然です。捜査の怠慢、情報隠蔽――ただでは済まないでしょうね。でも俺も、そういう乱暴なことはしたくない。特捜本部の仕事ぶり、じっくり拝見させてもらいますよ」

沖田は笑みを浮かべた。武本も、この笑顔を「凶暴」と感じるのだろうか。

武本のスマートフォンが鳴った。武本は沖田の顔を凝視したまま、手を伸ばしてスマートフォンを手繰り寄せた。画面を確認してから電話に出る。

「俺だ……ああ、そうか。分かった。慎重にやってくれ。無理をする必要はない」

電話を切ると、武本は「栗岡に対する事情聴取の許可が出た。東江東署の特捜にも連絡が入るはずだ」と告げた。

「どっちが優先ですか」沖田は訊ねた。

「うちだ。ただし、東江東署の特捜も同席することになる。同時並行で、二つの事件を調べる」

「うちも立ち会いますよ」村野が自分のスマートフォンを取り出した。「無茶な取り調べは困ります」

「この期に及んで、まだそんなことを言うのか」武本が目を見開く。

「栗岡さんは、支援課にとっては今でも犯罪被害者です。ケアするのがうちの仕事です」

　そこまで頑なになるのか……と沖田は心配になった。自分の信念や仕事を守ることは大事だが、それによって他の部署と衝突することで、村野の神経はすり減っていく。

　限界だぞ、村野、と沖田は心の中で声をかけた。

　会議室を出ると、村野がすぐに支援課に電話を入れて、病院に人を回すように指示する。自分で立ち会うつもりではないのだ、と分かって沖田は少しだけほっとした。

「どうする？　さすがにステーキにはまだ早いけど」

「別の機会にしましょう」

　村野は平然とした口調で断ってきた。取り敢えず今は、動揺もしていないし落ちこんでもいないようだ。

　署を出たところで、沖田の電話が鳴る。東江東署の金野だった。

「お知らせですけどね」金野の声は弾んでいた。

「何だ」

「猪狩欣弥の居場所が割れました」

「どこに隠れてた？」

「大阪です。奴はもともとそっち出身なんですよ」

「尻尾を巻いて逃げ帰ってたわけか」

「そんなところでしょうね。今朝、大阪府警から連絡が入って、うちの刑事を向かわせました」

「府警にはちゃんと協力してもらえよ。向こうの暴力団が絡んでいたりすると、厄介なことになる」

「いや、それはないでしょう」金野の声はあくまで明るい。「今はたこ焼き屋をやってるそうです」

「はあ？」

「屋台に毛の生えたような店だそうですけどね。暴力団を破門された人間は、なかなか会社勤めもできないでしょうから……もしかしたら、強盗で奪った金が原資になったのかもしれませんけどね」

「あり得るな」

「とにかく、ご協力ありがとうございました。これでうちも面子《メンツ》が立ちます」

「俺は何もしてねえよ」

「いえいえ、沖田さんが牟田を割り出してくれたおかげで、全面解決に向かいそうですから」

「そうだな」この感じだと、金野は情報漏れの話はまったく知らないだろう。知っていたら、こんなに素直には喜べないはずだ。いずれは知ることになるが、自分の口から言う必要はないと沖田は判断した。

「とにかく、ありがとうございました。そのうち一杯、奢らせて下さい」

「ああ……そうだな」

電話を終えて溜息をつく。振り返ると、村野はまた固まっていた。エネルギーが切れたようにも、何か必死で考えているようにも見える。声をかけにくい……しかし無視して去ってしまったら、村野は永遠にそこで固まっていそうだった。

こいつをしっかり自分の席まで連れていくのも俺の仕事なんだ、と沖田は村野に歩み寄った。

5

十一月。村野は朝から落ち着かなかった。今日の夕方、愛が成田《なりた》からアメリカに向けて旅立つ。シカゴ経由でロチェスターまで十五時間の長旅だ。母親が同行するのだが、心配ではある。しかし愛は「座っているのはいつもと同じだから」と平然としていた。

村野は、今日は早退して優里と一緒に空港まで見送りにいくことにしている。それを考えるとどうしても仕事が手につかない。そんな状況の中、昼食を終えた後、刑事総務課に呼び出された。

こんな大事な時に……さっさと用件を済ませようとすぐに出向くと、亮子は課長室に村野を誘った。まさか、刑事総務課に異動じゃないだろうなと身構えたが、実際には課長が不在で、話し合いの場所にそこを選んだだけのようだった。

ソファに向かい合って座ると、亮子がいきなり切り出した。

「結論から言います。総務部犯罪被害者支援課は、改組されます」

「改組？」何かあると予想してはいたが、改組とは考えてもいなかった。「どういうことですか」

「組織的には総務部にぶら下がったまま、看板をかけ替えて『総合支援課』になります。人員も増強されるわ」

「総合……ということは、被害者支援だけじゃないんですか？」

「加害者家族の支援も視野に入れているのよ。支援課が今まで頑張って、被害者や被害者家族に対する支援は充実した。それは、庁内でも高く評価されてる。でも、加害者の家族支援に関しては、警察は基本的にかかわってこなかったでしょう。それは当たり前というか……警察にとって加害者は、一種の敵みたいな存在だから」

「まあ――そうですね」

「でも、加害者家族も、被害者家族と同じように辛い目に遭っている。特に最近は、加害者家族がネットで晒《さら》されたり、全然関係ない人から攻撃を受けることも珍しくなくなったわ」

「確かに」村野はうなずいた。

「実は私は、ずっと前から加害者家族に対するケアも必要だと考えていたのよ。大昔、私が担当した事件で、加害者の家族が一家心中したことがあるの」

村野はすっと背筋を伸ばした。その衝撃は簡単に想像できる。「死」に慣れている警察官でも、平然とは受け止められないだろう。

「それ以降ずっと、警察の仕事の取り組み方に疑問を持っていたの。同じように考えている人は、警察の中には結構いるのよ。あなたもそうじゃない？」

「俺は……いや、混乱しているだけです」村野は認めた。

「今回の事件もそうでしょう。被害者だと思っていた人が、実際には過去の事件の加害者だった。そういう状況では、誰のために、どこを見て仕事をしていいか、分からない」

「そうですね」

「目の前の仕事はこなしていくけど、結果的にそれが正しいかどうかも判断できない。きついわよね、こういうことは」

「組織を改組したって、状況に対応するきつさは変わりませんよ。それに加害者家族支援専門の部署を作っても、表立って活動はできないんじゃないですか？　警察が加害者家族の肩を持つのかって、世間の非難を浴びるでしょう」

「そうかもしれないわね」亮子がうなずく。「でも、今までみたいに、あなたたちが『結果的に』加害者支援をするような、イレギュラーな事態はなくなるわ。警察は役所だから、職分はできるだけちゃんと決めておきたいのよ」

「俺は別に、きついとは思ってません。混乱しているだけです」

「だから、それが問題なの」亮子がいっそう厳しい表情になった。「仕事をしていく中で、混乱することが一番困るのよ。特に警察の仕事では、一瞬で判断しなければいけないことも多いから、誰が担当するかで揉めている暇はない。だから、会社で言えば定款の中にきちんと一項目入れておく――そうすることで、動く裏づけができるでしょう。あなたは今まで、自分の信念に従って、かなり職分をはみ出して動いてきた。私は、それは悪いことではないと思う。それで救われた人がいるのは事実なんだから……でも、よりはっきりと仕事をするための裏づけがあれば、ずっと動きやすくなるでしょう。だから、これからあなたには、新しい総合支援課の仕事に何を盛りこむか、考えて欲しいの」

「そんな行政的なこと、俺の仕事じゃないと思います」

「何でもやってみないと」亮子がふいに微笑んだ。「自分で枠を定めて、それ以上のことはやらない——それは、あなたらしくないことよね」

「……そうかもしれません」

「この計画——支援課を総合支援課に改組する計画は、実はもう十年ぐらい前から動いていたの」

「理事官が動かしたんですか？」いくら幹部——警視とはいえ、一人の人間にそんなことができるのだろうか。そもそも十年前といえば、亮子はまだ警部補か警部、中間管理職的な存在だったはずだ。

「まさか……でも、私が声を上げた最初の一人であることは間違いないわ。警視庁は大きな組織で、一人の力で変えることは難しいけど、同じ意見を持った人間が何人もいれば、できる。それに警視庁は、そこまで硬直した組織じゃない。今までだって、時代に合わせて様々に変化してきたのよ」

「そうですか……」

「あなたはどう思う？　加害者家族にも、被害者家族と同等のケアを行う必要があると思わない？　実際、これまでも実質的にはそういうことをしてきたんだし」

「それはあくまで偶然です」

「偶然でも、何でも」亮子がうなずく。まるで、村野よりも自分を納得させようとするようだった。「あなた、何で躊躇ってるの？」

「分かりません」村野は素直に認めた。「自分がやってきたことを否定されているような気がしているのかもしれないし、今まで取り組んできた仕事以外にはやりたくないのかもしれません。状況によってはやらざるを得ない……でも、きちんと決められると、それはそれでやりにくい」

「人間って、勝手な生き物よね」亮子が言った。「でも、あなたの気持ちはともかく、組織の改組はもう決まっているから」

「それに関しては、俺にはノーとは言えません」

「気持ちをそちらにシフトしていく時間はまだあるわよ。来年の春、人事の季節に合わせてだから。そしてもう準備は進んでいる……新しい人材もスカウトしてあるし」

「スカウト？」

「捜査一課の柿谷晶《かきやあきら》。覚えてる？　少し前に一緒に仕事をしたでしょう」

「ああ」有名なテレビ司会者、前尾昭彦《まえおあきひこ》の息子が殺人容疑で逮捕された事件を巡り、支援課もサポートに入ったのだ。その事件の捜査を担当していたのが彼女である。

彼女にも彼女の事情があることを村野は知っている。そもそも彼女のような人間が、警視庁で刑事をやっているのが謎だったが……。

「あの子のお兄さんが、傷害致死事件で逮捕されて起訴されたのは、あなたも知っているでしょう？」

「ええ」警視庁内では有名な話だ。そんな男の妹が何故警察官になったのか、と。

「しかもお兄さんが逮捕された直後、お父さんが自殺している。事件に押し潰されたのよ。精神的なショックに加えて、事件のせいで仕事が立ち行かなくなった。個人で商売をしていたから、運転資金も回らなくなったんでしょうね」

「そうだったんですか……」まさに加害者家族の悲劇だ。

「事件が起きた時、あの娘《こ》はちょうど警視庁の採用試験を受けている最中だった。一次を通って、二次を待つ間で、本人は辞退するつもりでいたのね。でも私たち——総合支援課の立ち上げを計画していた人たちで、彼女をスカウトすることにしたのよ。そのためにわざわざ連絡を取って、このまま試験を受けるように説得したの。結果的に柿谷は警察官になって、捜査一課で一人前の刑事になった。でもそれは、近い将来発足する総合支援課にスカウトするための伏線だったの」

「それは……きついというか、残酷じゃないんですか」村野は頬が引き攣るのを感じた。「そんな経験をした人に、自分と同じ立場の人間のケアをさせる——トラウマを抉り出すようなものですよ」

「私たちは、柿谷をずっと観察——見守ってきたのよ。それで、彼女ならそういう仕事にも耐えられると判断したの。彼女にもちゃんと話をして、総合支援課への異動を了解してもらった。彼女は、新しい支援課の軸になりうる存在なの。そしてあなたには、総合支援課の主力として活躍してもらうと同時に、彼女のメンターになって欲しい」

「そういう仕事は、俺には荷が重いです」村野は正直に打ち明けた。「今までの仕事でも、プレッシャーを受け続けていたのは事実です。これ以上耐えられるかどうか、はっきり言って自信はありません」

「私たちは、あなたなら耐えられる、新しい支援課を軌道に乗せてくれると判断したの。批判的な人がいたことも分かっているけど、そこは頑張ってもらうしかないわ。今まで突っ張ってやってきたんだから、続けてみて」

「すぐにイエスとは言えません」

選択肢がないことは、村野には分かっていた。警察という組織において、異動を拒否するのは極めて難しい。もちろん、本部と所轄、本部の中でも部を跨いだ異動や、引っ越しが必要な異動に関しては最大限の配慮がされるが、断るには相応の理由がないと無理だ。自分で異動先を希望する場合も同様である。

村野は、自らも事故の被害者である立場から被害者支援を行いたいという理由で、捜査一課から支援課への異動を認められた。大友鉄は、妻を亡くした後で、子育てのために捜査一課から刑事総務課へ異動した。ただしいずれも、例外的措置である。村野が異動する際も、周りに理解者が多かったからこそ可能になったのだ。支援課が人手不足で、常に人材を求めていたという事情もあったし。

今、他の部署へ異動させてくれと言っても、叶うかどうかは分からない。

「分かった。でもあなたは、総合支援課で仕事をしてくれると私は思っている」

「人事は……異動の命令は断れませんからね」村野は肩をすくめた。

「そういうマイナスの気持ちじゃなくて、これで新しい道に踏み出すんだと考えてくれない？」亮子がニコリと笑った。「私の理想のためにも。支援課の今までの仕事を、いろいろ教えてもらわないと」

「もしかしたら……理事官、新しい課長になるんですか？　そのために、何度も桑田課長と話していたとか？」

「ものすごく早い引き継ぎみたいなものね。理想はあっても、支援課の仕事の実態を私は知らないから」

もしかしたら彼女は、次期課長として、密かに桑田をコントロールしていたのかもしれない。急に長野出張が許されたのも、亮子の差金ではないだろうか。

「今回は……査定は低いでしょうね」村野は肩をすくめた。

「そんなことはどうでもいいの。支援課の仕事は、普通の警察の仕事みたいに数値化して査定はできない。でも、必ずやらなくちゃいけない大事な仕事ではある——どう？　私を助けるためにも、これから一緒に仕事をしてくれない？　初代総合支援課課長に恥をかかせないように」

ずいぶん露骨な言い方をする人だ、と村野は苦笑してしまった。しかし亮子は真顔のままである。

「あなたは長い間、支援課で頑張ってきた。でも、人間、永遠に同じ仕事をするわけじゃないのよ。あなたの警察官人生はまだ道半ばでしょう。というより、人生そのものが」

「人生と言われましても」

「あなたの身辺、プライベートなことでいろいろ騒がしいんじゃない？」

「それは——そんなことまで監視しているんですか？」さすがにこれは気分が悪い。

「あなたは、支援課でも特殊な立場にある人だから……今でも、周りが気を遣っているのは分かる？」

「いえ」

「精神的にパンクしないか、ちゃんと見守ってきたのよ。そしてあなたは今、大事なパートナーとしばし別れることになっている」

「別れるわけじゃ……」愛の渡米まで知られているのか。となると、俺を監視していたのは優里に違いない、と村野は判断した。だからといって、彼女を責めるわけにはいかないが。

「今日でしょう？」亮子が左腕を持ち上げてスマートウォッチを見た。「ごめんなさいね、引き止めて。まだ大丈夫？」

「ええ」

「人間、勝負しないといけない時があるのよね」

そんなことを、つき合いの浅い人に言われても。

警視庁には、なんとお節介な人間ばかりが揃っているのか。


沖田は少し迷った後、村野のスマートフォンを鳴らした。移動中のようで、背後には街の喧騒《けんそう》が感じられる。

「ちょっといいか？」

「何ですか？」村野が迷惑そうに言った。「午後から休みなんです。今、成田へ向かう途中なんですよ」

「知ってるよ」

「え？」

「まあ、とにかくだ……」沖田は咳払いした。「いいチャンスじゃないか。お前、彼女にプロポーズしろ」

「はあ？」村野が頭のてっぺんから突き抜けるような声を上げた。

「こういう劇的な場面は効果的なんだぜ。一つ区切りをつけるためにも、いいじゃないか」

「勝手なこと、言わないで下さい」

「先輩からの貴重なアドバイスだ。一発決めてこい。じゃあな」

電話を切ると、隣に座る西川が呆れたように訊ねた。

「誰と話してたんだ？」

「支援課の村野」

「プロポーズを勧めた？」

「そうだよ」途端に沖田は、落ち着かない気分になった。「だから何だ？」

「お前が言うかね」西川が目を見開く。「いつまでもダラダラと……響子さんとの関係はどうなってるんだよ」

「うるせえな」

自分のことより人のこと。警視庁は、お節介な人間の集まりなのだ。

成田へ移動する間、村野は落ち着かない——複雑な気分を抱えたままだった。優里と一緒だったのだが、何を話していいか分からない。彼女は普通に世間話をしているのだが、村野としてはそれにつき合うわけにもいかない……ぼんやりと応じている間に、沖田の言葉が頭の中に何度も浮かび、一つの覚悟が固まってきた。

「なあ」優里に訊ねる。

「何？」

「西原は、どうして渡米して手術を受ける気になったんだろう？」

「それは、新しい治療法が発見されたからでしょう」

「だけど、実際にその治療を受けるには、金の問題はともかく、勇気がいる。時間もかかるし」

「あのね」優里が呆れたように言った。「西原、一生車椅子の覚悟をしてたと思う？　自分の足で歩きたいってずっと思ってたのよ。あなたには絶対に言わなかったけど」

「どうして」

「そんなことを言えば、あなたを傷つけるのが分かっているから。あなたのせいで怪我をした——だから、自分の足で歩きたいって強く言えば、あなたはまた責任を感じてしまう」

「そんなことないけどな」

「そう？　ずっと責任を感じ続けてるでしょう？　だからこんな仕事をしてるんだし。ある意味、不健全よね」

優里がこんなことを言うのは初めてだった。批判でもある……村野は胸を抉られる思いを味わった。

「あなただって、この状況、どうすればいいか分かってるはずよね」

「どうしようもないじゃないか。西原はアメリカへ行くんだから」

「その後の話よ。人生はまだまだ続くのよ？」

辛い人生なのか。まったく別の……明るい明日なのか。


成田空港へ来るのは初めてだった。出張で飛行機に乗ることはよくあるのだが、基本的には羽田からである。そもそも海外旅行へ行ったことがないので、成田には縁がない。

優里が予め愛と予定を打ち合わせたようで、村野は出発ロビーの一角に連れていかれた。午後遅く、ざわついた空港の中を、優里は迷わず歩いていく。

愛がいた。愛の母親も……その姿を見て一気に緊張した村野は、一礼した後、固まってしまった。優里が気安い雰囲気で愛の母親に近づき、何事か話しかける。直後、村野にうなずきかけて、母親と一緒にどこかへ去って行った。お茶でも飲もうと誘ったのか、買い物か。

愛と二人で取り残された村野は、異様な居心地の悪さを感じた。渡米の話を聞かされて以来、愛とは一度も会っていなかったのだ。一緒に仕事をすることもなかったし、それ以外の用件で話をする必要もなかった。

話をする必要？　必要でなければ話もしないのか？

愛が村野を見上げた。

「じゃあ……ちょっと行ってくるけど、また連絡するわ」愛の言い方には屈託がなかったが、微妙によそよそしい。

「この治療が上手くいかなかったら……どうする？」

「別に、失うものはないから」愛は平然としていた。

「君は、新しいターンに入りたいのか？」

「もちろん」愛が真顔でうなずく。「私、ようやく人生の折り返し地点に来たぐらいなのよ？　足が動かない以外には完全な健康体だし、長生きするつもり。だから思い切ってチャレンジして、これから先の人生を変えてみるのもいいでしょう」

「俺は……変える勇気がなかったな」沖田の言葉が脳裏に蘇ってくる。

「そう？」愛が首を傾げる。

「いろいろあったんだ。組織の改組で仕事が変わるかもしれないから、それにもビビっている。今までと変わることが怖いんだ」村野は正直に打ち明けた。

「人間って、保守的だから」愛がうなずく。「慣れた環境が少しでも変わることには抵抗するわよね」

「でも君は、思い切って一歩を踏み出した」

「私、チャレンジャーだから」愛は屈託がない。

「俺も一歩を踏み出すべきだと思うか？」

「それはあなたの自由だけど……あなたの人生だから」愛の顔に、初めて戸惑いの表情が浮かんだ。

「俺は、あの事故でずっと責任を感じていた。今も感じている。君が歩けなくなったのは俺の責任なんだ」

「その件は何度も話したけど、村野は考え過ぎなのよ」愛が少し苛立ちを交えた口調で言った。「人間にできることには限界があるでしょう？　事前に察して危機を回避するなんて無理よ。それに、あなたも痛い目に遭ったんだから」

「分かってる。それでも、君を守れなかった事実は一生消えない。しかもその後、君を個人的にもサポートできなかった」

「その件も、何度も話し合ったでしょう」愛の口調がきつくなる。「無理なことは無理。仕事は一緒にするけど、私生活は別々。不健全かもしれないけど、それで今までは上手くいってたじゃない」

「俺も人生を変えるべきだと思うか？　今までと同じやり方にしがみついているのは、勇気がないからだと思うか？」

「どうかな」愛が肩をすくめる。

ざわめきの中で、自分たちの周囲の空間だけが静かになっていく感じがした。

「変えるべきかもしれないな。今までの人生を否定するわけじゃないけど、変えれば、もっといいことがあるかもしれない。それを信じれば、大変なことがあっても我慢できるんじゃないかな」

「村野は、我慢強いもんね」愛の表情が崩れる。

「それで……人生を変えるためのチャンスを俺にくれないか？」

「私が？」愛が自分の顎を指さした。

「このところいろいろあって、考えることが多かったんだ。本当に俺にも、人生を変えるタイミングが来たのかもしれない」

「それで？」愛が面白そうに笑みを浮かべる。

村野は、彼女と目線を合わせるために、しゃがみこんだ――いや、膝をついた。そのまま彼女の手の甲に自分の手を置く。愛は手を引かなかった。

「君に対する責任でもない。自分を支えてもらおうとも思わない。ただ、一緒にいるのがいいと思うんだ」

「それって——」

「俺と結婚してくれないか？　昔の続きじゃない。まったく新しく」

愛がふっと真顔になり、村野の目を見詰めた。村野は愛の手を握ったまま、内心動転していた。空港へ来る前は、こんなことを言うつもりはなかったのだ。人の心は一瞬で変わり、しかもコントロールできない。どんな結果が出るか分からないまま、ただ言葉だけが溢れていく。

愛が、村野の手の下から自分の手を引き抜いた。それから「ご苦労様」とでもいう感じで、村野の手の甲を軽く叩く。

「残念だけど、不合格」

「不合格って……試験じゃないんだぜ」村野はゆっくりと立ち上がった。耳が熱い。とんでもないミスを犯してしまった、と悔いる。渡米する前の愛に、余計な心的負担をかけてしまったのではないだろうか。自分も……まあ、俺はいい。人生は何度でもやり直せる。

「あのね、花束も指輪もなしで、プロポーズはないわ」

「問題はそこなのか？」

「空港でプロポーズは、シチュエーションとしては悪くないけど、もうちょっと設定と言葉を考えて。準備不足で不合格」

「そう言われても」

「帰って来る時にやり直しね。もちろん、あなたがアメリカに来てやり直してくれてもいいけど、その時は相当のサプライズがないと厳しいわよ」

「君、そういうことを求めるタイプの人だったか？」

「人は変わるの。私も――私たちも十年前とは違う」

「あーあ、村野も撃沈ね」

振り返ると、優里が肩をすくめていた。愛の母親、それにいつの間に来たのか梓の姿も見える。

「おいおい」村野は梓に声をかけた。「君が来るなんて聞いてないぞ。支援課で三人も早退したら、何かあったらまずいだろう」今の場面を聞かれたのだろうか、とまた耳が熱くなる――聞かれていたに違いない。

「愛さんの出発の日ですから、見送りたかったんです」そう言う梓は涙ぐんでいる。

「梓ちゃん、今、泣くところじゃないわよ」愛が笑いながら言った。

「だって……」

優里が梓の肩を叩いた。優しいその表情は、まさに母の顔だった。

「西原が帰って来るまでには、いろいろなことが変わっていると思うわよ」優里が言った。「覚悟しておいてね。支援課も様変わりしているはずだから」

「何だ、君も知ってたのか」村野は思わず訊ねた。

「ついさっき聞いたばかり。私たちの仕事はそんなに変わらないと思うけど、でも……やっぱり変わるかもね。だから西原たちセンターの人の仕事も、影響を受けるかもしれない」

「遅れないように情報収集しておくわ」愛がうなずく。「いろいろなものが変わっていくからね」

「変わらないものもある」村野は自分の胸を拳で叩いた。「俺の気持ちとか」

「ちょっとよくなってきた」愛が微笑む。「もっと練習しておいてね」

村野は思わず笑い出した。釣られて、愛も声を上げて笑う。ざわつく空港の中に、二人の笑い声が流れていった。

本書は文庫書下ろしです。
この作品はフィクションであり、実在する
個人や団体などとは一切関係ありません。

|著者|堂場瞬一　1963年茨城県生まれ。2000年、『8年』で第13回小説すばる新人賞を受賞。警察小説、スポーツ小説など多彩なジャンルで意欲的に作品を発表し続けている。著書に「警視庁犯罪被害者支援課」「刑事・鳴沢了」「警視庁失踪課・高城賢吾」「警視庁追跡捜査係」「アナザーフェイス」「刑事の挑戦・一之瀬拓真」「捜査一課・澤村慶司」「ラストライン」などのシリーズ作品のほか、『八月からの手紙』『傷』『誤断』『黄金の時』『Killers』『社長室の冬』『バビロンの秘文字』（上・下）『犬の報酬』『絶望の歌を唄え』『砂の家』『動乱の刑事』『宴の前』『帰還』『凍結捜査』『決断の刻』『ダブル・トライ』『コーチ』『刑事の枷《かせ》』『沈黙の終わり』（上・下）『赤の呪縛』『大連合』など多数がある。

チェンジ　警視庁犯罪被害者支援課《けいしちょうはんざいひがいしゃしえんか》8
堂場瞬一《どうばしゅんいち》

2021年8月12日第1刷発行

発行者――鈴木章一
発行所――株式会社　講談社
東京都文京区音羽2-12-21　〒112-8001
電話　出版（03）5395-3510
　　　販売（03）5395-5817
　　　業務（03）5395-3615

講談社文庫
定価はカバーに表示してあります

KODANSHA

デザイン―菊地信義
本文データ制作―講談社デジタル製作
印刷―――株式会社KPSプロダクツ
製本―――株式会社国宝社

Printed in Japan

ISBN978-4-06-524058-8

講談社文庫刊行の辞

二十一世紀の到来を目睫に望みながら、われわれはいま、人類史上かつて例を見ない巨大な転換期をむかえようとしている。

世界も、日本も、激動の予兆に対する期待とおののきを内に蔵して、未知の時代に歩み入ろうとしている。このときにあたり、創業の人野間清治の「ナショナル・エデュケイター」への志を現代に甦らせようと意図して、われわれはここに古今の文芸作品はいうまでもなく、ひろく人文・社会・自然の諸科学から東西の名著を網羅する、新しい綜合文庫の発刊を決意した。

激動の転換期はまた断絶の時代である。われわれは戦後二十五年間の出版文化のありかたへの深い反省をこめて、この断絶の時代にあえて人間的な持続を求めようとする。いたずらに浮薄な商業主義のあだ花を追い求めることなく、長期にわたって良書に生命をあたえようとつとめるところにしか、今後の出版文化の真の繁栄はあり得ないと信じるからである。

同時にわれわれはこの綜合文庫の刊行を通じて、人文・社会・自然の諸科学が、結局人間の学にほかならないことを立証しようと願っている。かつて知識とは、「汝自身を知る」ことにつきていた。現代社会の瑣末な情報の氾濫のなかから、力強い知識の源泉を掘り起し、技術文明のただなかに、生きた人間の姿を復活させること。それこそわれわれの切なる希求である。

われわれは権威に盲従せず、俗流に媚びることなく、渾然一体となって日本の「草の根」をかたちづくる若く新しい世代の人々に、心をこめてこの新しい綜合文庫をおくり届けたい。それは知識の泉であるとともに感受性のふるさとであり、もっとも有機的に組織され、社会に開かれた万人のための大学をめざしている。大方の支援と協力を衷心より切望してやまない。

一九七一年七月

野間省一

講談社文庫 最新刊

内館牧子
すぐ死ぬんだから
年を取ったら中身より外見。終活なんてしない。人生一〇〇年時代の痛快「終活」小説！

堂場瞬一
チェンジ
〈警視庁犯罪被害者支援課8〉
通り魔事件の現場で支援課・村野《むらの》が遭遇したのは。シーズン1感動の完結。〈文庫書下ろし〉

辻堂魁《かい》
落暉《ゆうひ》に燃ゆる
〈大岡裁き再吟味〉
あの裁きは正しかったのか？ 還暦を迎えた大岡越前、自ら裁いた過去の事件と対峙する。

有栖川有栖
カナダ金貨の謎
臨床犯罪学者・火村英生《ひむらひでお》が焙《あぶ》り出す完全犯罪計画と犯人の誤算。〈国名シリーズ〉第10弾。

佐々木裕一
宮中の誘い
〈公家武者 信平《のぶひら》(十)〉
息子・信政《のぶまさ》が京都宮中へ!? 日本の中枢へと巻き込まれた信政は、とある禁中の秘密を知る。

荻上直子
川っぺりムコリッタ
ムコリッタ。この妙な名のアパートに暮らす、愛すべき落ちこぼれたちと僕は出会った。

四戸俊成
芹沢政信
神在月のこども
映画公開決定！ 島根・出雲、この島国の根っこへと、自分を信じて駆ける少女の物語。

綾辻行人
黄昏の囁き
〈新装改訂版〉
「……ね、遊んでよ」——謎の言葉とともに出没する殺人鬼の正体は？ シリーズ第三弾。

創刊50周年新装版

真保裕一
連鎖
〈新装版〉
汚染食品の横流し事件の解明に動く元食品Gメンに死の危険が迫る。江戸川乱歩賞受賞作。

薬丸岳
天使のナイフ
〈新装版〉
妻を惨殺した「少年B」が殺された。江戸川乱歩賞の歴史上に燦然と輝く、衝撃の受賞作！

幸田文
台所のおと
〈新装版〉
病床から台所に耳を澄ますうち、佐吉は妻の音の変化に気づく。表題作含む10編を収録。

成瀬櫻桃子
久保田万太郎の俳句
解説＝齋藤礎英　年譜＝編集部
なV1
小説家・劇作家として大成した万太郎は生涯俳句を作り続けた。自ら主宰した俳誌「春燈」の継承者が哀惜を込めて綴る、万太郎俳句の魅力。俳人協会評論賞受賞作。
978-4-06-524300-8

水原秋櫻子
高濱虚子　並に周囲の作者達
解説＝秋尾敏　年譜＝編集部
みN1
虚子を敬慕しながら、志の違いから「ホトトギス」を去り、独自の道を歩む決意をした秋櫻子の魂の遍歴。俳句に魅せられた若者達を生き生きと描く、自伝の名著。
978-4-06-514324-7

中井英夫　新装版 虚無への供物(上)(下)
中島らも　僕にはわからない
中島らも　今夜、すべてのバーで〈新装版〉
鳴海　章　フェイスブレイカー
鳴海　章　謀略航路
鳴海　章　全能兵器AiCO《アイコ》
中嶋博行　ホカベン ボクたちの正義
中嶋博行　新装版 検察捜査
中嶋博行　新検察捜査
中村天風　運命を拓く〈天風瞑想録〉
中山康樹　ジョン・レノンから始まるロック名盤
梨屋アリエ　でりばりぃAge
梨屋アリエ　ピアニッシシモ
中島京子　妻が椎茸だったころ
中島京子ほか　黒い結婚 白い結婚
奈須きのこ　空の境界(上)(中)(下)
中村彰彦　乱世の名将 治世の名臣
長野まゆみ　簞笥のなか
長野まゆみ　レモンタルト

長野まゆみ　チマチマ記
長野まゆみ　冥途あり
長野まゆみ　45°〈ここだけの話〉
長嶋　有　夕子ちゃんの近道
長嶋　有　佐渡の三人
永嶋恵美　擬態
永井　均／内田かずひろ 絵　子どものための哲学対話
なかにし礼　戦場のニーナ
なかにし礼　生きる力〈心でがんに克《か》つ〉
なかにし礼　夜の歌(上)(下)
中村文則　最後の命
中村文則　悪と仮面のルール
編／解説 中田整一　真珠湾攻撃総隊長の回想〈淵田美津雄自叙伝〉
中田整一　四月七日の桜〈戦艦「大和」と伊藤整一の最期〉
中村江里子　女四世代、ひとつ屋根の下
中野美代子　カスティリオーネの庭
中野孝次　すらすら読める方丈記
中野孝次　すらすら読める徒然草
中山七里　贖罪の奏鳴曲《ソナタ》

中山七里　追憶の夜想曲《ノクターン》
中山七里　恩讐の鎮魂曲《レクイエム》
中山七里　悪徳の輪舞曲《ロンド》
長島有里枝　背中の記憶
長浦　京　赤刃《セキジン》
長浦　京　リボルバー・リリー
中脇初枝　世界の果てのこどもたち
中脇初枝　神の島のこどもたち
中村ふみ　天空の翼 地上の星
中村ふみ　砂の城 風の姫
中村ふみ　月の都 海の果て
中村ふみ　雪の王 光の剣
中村ふみ　永遠《とわ》の旅人 天地の理《ことわり》
中村ふみ　大地の宝玉 黒翼《こくよく》の夢
夏原エヰジ　Cocoon〈修羅の目覚め〉
夏原エヰジ　Cocoon2〈蠱惑の焔〉
夏原エヰジ　Cocoon3〈幽世の祈り〉
夏原エヰジ　Cocoon4〈宿縁の大樹〉
西村京太郎　華麗なる誘拐

講談社文庫　目録

西村京太郎　寝台特急《メモリー・トレイン》「日本海」殺人事件
西村京太郎　十津川警部　帰郷・会津若松
西村京太郎　特急《アリバイ・トレイン》「あずさ」殺人事件
西村京太郎　十津川警部の怒り
西村京太郎　宗谷本線殺人事件
西村京太郎　奥能登に吹く殺意の風
西村京太郎　特急《スーサイド・トレイン》「北斗1号」殺人事件
西村京太郎　十津川警部　湖北の幻想
西村京太郎　九州特急「ソニックにちりん」殺人事件
西村京太郎　東京・松島殺人ルート
西村京太郎　新装版　殺しの双曲線
西村京太郎　愛の伝説・釧路湿原
西村京太郎　山形新幹線「つばさ」殺人事件
西村京太郎　新装版　名探偵に乾杯
西村京太郎　十津川警部　君は、あのSLを見たか
西村京太郎　南伊豆殺人事件
西村京太郎　十津川警部　青い国から来た殺人者
西村京太郎　十津川警部　箱根バイパスの罠
西村京太郎　新装版　天使の傷痕

西村京太郎　新装版　D機関情報
西村京太郎　十津川警部　猫と死体はタンゴ鉄道に乗って
西村京太郎　韓国新幹線を追え
西村京太郎　北リアス線の天使
西村京太郎　十津川警部　長野新幹線の奇妙な犯罪
西村京太郎　上野駅殺人事件
西村京太郎　京都駅殺人事件
西村京太郎　沖縄から愛をこめて
西村京太郎　十津川警部「幻覚」
西村京太郎　函館駅殺人事件
西村京太郎　内房線の猫たち〈異説里見八犬伝〉
西村京太郎　東京駅殺人事件
西村京太郎　長崎駅《ナガサキ・レディ》殺人事件
西村京太郎　十津川警部　愛と絶望の台湾新幹線
西村京太郎　西鹿児島駅殺人事件
西村京太郎　札幌駅殺人事件
西村京太郎　十津川警部　山手線の恋人
西村京太郎　仙台駅殺人事件
西村京太郎　七人の証人〈新装版〉

仁木悦子　猫は知っていた
新田次郎　新装版　聖職の碑《いしぶみ》
日本文芸家協会編　愛染夢灯籠〈時代小説傑作選〉
日本推理作家協会編　犯人たちの部屋〈ミステリー傑作選〉
日本推理作家協会編　隠された鍵〈ミステリー傑作選〉
日本推理作家協会編　Play《プレイ》推理遊戯〈ミステリー傑作選〉
日本推理作家協会編　Doubt《ダウト》きりのない疑惑〈ミステリー傑作選〉
日本推理作家協会編　Bluff《ブラフ》騙し合いの夜〈ミステリー傑作選〉
日本推理作家協会編　Propose《プロポーズ》告白は突然に〈ミステリー傑作選〉
日本推理作家協会編　Acrobatic《アクロバティック》物語の曲芸師たち〈ミステリー傑作選〉
日本推理作家協会編　ベスト8ミステリーズ2015
日本推理作家協会編　ベスト6ミステリーズ2016
日本推理作家協会編　ベスト8ミステリーズ2017
二階堂黎人　ラン迷宮〈二階堂蘭子探偵集〉
二階堂黎人　増加博士の事件簿
新美敬子　猫のハローワーク
新美敬子　猫のハローワーク2
西澤保彦　新装版　七回死んだ男
西澤保彦　人格転移の殺人

2021年6月15日現在